地球の生物多様性詩歌集

生態系への友愛を共有するために

鈴木比佐雄　座馬寛彦　鈴木光影 編

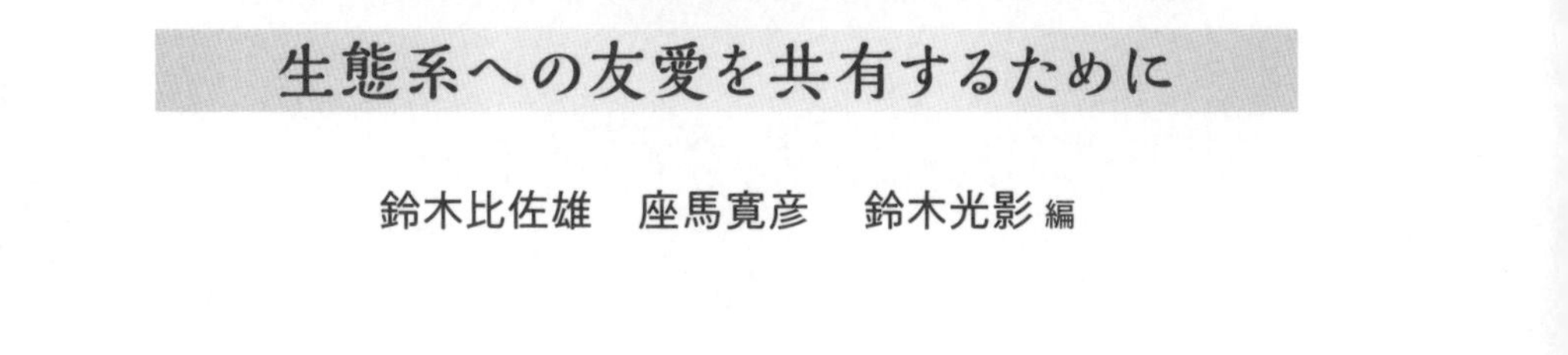

コールサック社

目次

第一章　誰がジュゴンを殺したか

第二章　海のかなしみ

第三章　花に神をり

第四章　昆虫の叙事詩

第七章　「動物哀歌」が響きわたる

第八章　それぞれの命の香

第十一章　荘子の夢

目次

第一章　誰がジュゴンを殺したか

おおかみ

（表題・抄出はコールサック社編集部）

暁闇を猪《しし》やおおかみが通る

おおかみが蚕飼《こがい》の村を歩いていた

おおかみに目合《まぐわい》の家の人声《ひとごえ》

おおかみに螢が一つ付いていた

おおかみを龍神《りゅうかみ》と呼ぶ山の民

龍神の両神山に白露かな

龍神の走れば露の玉走る

木枯に両神《りょうかみ》山の背の青さ増す

龍神の障《さえ》の神訪う初景色

龍神に福寿草咲く山襞《やまひだ》あり

金子　兜太（かねこ　とうた）

1919〜2018年、埼玉県生まれ。句集『百年』、『金子兜太集　全四巻』。俳誌「海程」を主宰した。埼玉県熊谷市などに暮らした。

狼に転がり墜ちた岩の音

狼生く無時間を生きて咆哮

山鳴りに唸りを合わせ狼生く

山鳴りときに狼そのものであつた

月光に赤裸裸な狼と出会う

山陰《やまかげ》に狼の群れ明《あか》くある

狼の往き来檀《まゆみ》の木のあたり

狼墜つ落下速度は測り知れぬ

狼や緑泥片岩に亡骸《なきがら》

ニホンオオカミ山頂を行く灰白なり

『東国抄』より

儒艮《ザン》といふ人魚の歌

玉城　洋子（たまき　ようこ）
1944年、沖縄県生まれ。歌集『紅い潮』『花染手巾』。短歌誌「くれない」主宰。沖縄県糸満市在住。

人魚の歌聞こえて来たり若者が下ろすザン網のたゆたふ波間
その昔人魚の声の語らひに辺野古の海のジュゴンの祭り
昼餉とるジュゴンの海に真向かへばふるさと恋し乙女子の夢
エメラルド輝く海をジュゴンの遊ぶ詩歌伝へし大浦の波
海亀もジュゴンも豊かな海に棲む恐ろしき凶器オスプレイ落下
「沿岸」のジュゴンと涙分かつ日の「基地建設」とふ花冷ゆる夕
幼らのジュゴンと遊ぶ夢かなしうからららがうたふ命のうたの
母たちはサンゴもジュゴンも基地反対赤ちゃん育てる沖縄《シマ》の海原
藍透ける海は愛《かな》しきジュゴン棲む人世の愚行神よ許さじ
ジュゴンなど殺して沈めて辺野古の海の本土防衛海底ブロック

ジュゴンのヘソの緒

上江洲　園枝（うえず　そのえ）
1949年、沖縄県生まれ。
俳句同人誌「天荒」。沖縄県中頭郡在住。

青鮫も鬼女も添い寝する熱帯夜
宇宙のほころびつまむシオマネキ
蛇穴を出づ闇をつくろう針となる
グルクンの尾びれ宇宙の腹たたく
千手観音《せんじゅかんのん》宇宙を洗う甘蔗の穂
ひがん花バーコードの直立不動
蛇穴に入る回転ドアの地球かな
オスプレイ人間狩りはまだ続く
泡盛のハブの目にらむアインシュタイン
もんしろ蝶ロールシャッハの家出かな

啓蟄《けいちつ》や動脈静脈浮き出る
甘い罠闇をからめる蛇いちご
モンステラ地球の肺も穴だらけ
うりずんの闇コロナの密談
初あかねジュゴンのヘソの緒絡みつく
雨粒やコロナウイルスの全休符
斑猫の毒を盛るのか二枚舌
葉脈をたどるここはシルクロード
嘘《うそ》真《まこと》を線分する猫しっぽ
カマキリやインフル・コロナを生け捕りす

霧に包まれ

松村　由利子（まつむら　ゆりこ）
1960年、福岡県生まれ。歌集『耳ふたひら』『光のアラベスク』。短歌誌「かりん」。沖縄県石垣市在住。

食べ終えたマンゴーの種が発芽する夏の終わりのちさき喜び

種子こそが世界を救う飢えながら種子を守りし科学者思う

絶滅した鳥の卵の美しさ『世界の卵図鑑』のなかの

完全な剝製はなく手彩色版画の中を歩むドードー

陸《りく》を棄て海へ戻りし海牛目《かいぎゅうもく》　争うことが嫌いであった

プラスチックだらけの日々は層を成しなだれ込むなり亀の胃壁へ

ハンニバルの行軍のごと苦しみつつ象は歩めり絶滅に向け

プラスチックは象牙の代替品なりき罪の連鎖は果てなく続く

ミルク色の霧に包まれ歩む影　死ににゆく象あるいは私

絶滅は危惧されずもっと恐ろしき未来がわれら人類を待つ

『光のアラベスク』（砂子屋書房）より

限りある命

うりずんの雨は大地を潤して光の中をかたつむり這う

ヘラサギもセイタカシギも憩いおり島の小さな三角池に

この地上生きる命のさまざまに五ミリの亀虫わが掌に乗する

水蠆《やご》たちはいずこの池で泳ぎしか秋を知らせて蜻蛉飛びくる

三ミリの天道虫はこの地球《テラ》の抱き育む優しさと言わん

木が伐られ外来種生う高江村オオアレチノギク・オニノゲシ草

サンゴ生いジュゴンの藻場の辺野古の海貝や魚も共に生きている

春の海ジュゴンの骸流れくる声無き叫びあなたも聞いて

傷癒えしカンムリワシの放たれて野山明るき若夏の島

限りある命なりせば島の宝ヤンバルクイナ・イリオモテヤマネコ

謝花　秀子（じゃはな　ひでこ）
1942年、沖縄県生まれ。歌集『うりずんの風』。黄金花表現の会会員。沖縄県那覇市在住。

星生まる

手のひらの川蜷《かわにな》恋のうすみどり
ほろろ打つ雉もわれらが地祇《ちぎ》であり
山径の少しき水に蝌蚪《かと》の紐
しんしんと蛞蝓《なめくじ》ふとる疫癘《えやみ》の世
パンゲアの岩をも這ひし蜥蜴《とかげ》の子
野鯉走る青水無月の底を搏ち
はんざきの一日いたはる星の数
金魚見ゆ玻璃《はり》の向かうの歪な日
空中にイルカの光る夏の果
子《こ》蟷螂《とうろう》に原爆の日の星生まる

大河原　真青（おおかわら　まさお）

1950年、福島県生まれ。句集『無音の火』。俳句誌「小熊座」「桔槹」。福島県郡山市在住。

帯電の象の歩める敗戦日
眦《まなじり》をあげ蟋蟀《こおろぎ》の鳴き出しぬ
川獺《かわうそ》の夢寐《むび》に真白き月上る
さかしまに流るる鮭の白日夢
しぐれけりナウマン象と切株と
あかつきの白鳥の生す一和声
海鼠《なまこ》切るさびしき穴の次次に
オオカミの睦言密か冬の月
隼《はやぶさ》は悲しき玩具独房に
儒艮《じゅごん》ねむる南十字を聖樹とし

夏至の蛇

馬場　あき子（ばば　あきこ）
1928年、東京都生まれ。歌集『渾沌の鬱』『あさげゆふげ』等。短歌誌「かりん」創刊。日本芸術院会員。神奈川県川崎市在住。

夏至の蛇榠樝《かりん》の樹にゐて鶵《ひよ》の巣はあなありありと静かになりぬ
爬虫綱有鱗目ヘビ庭の樹に上りゐてかそけき舌を見せたり
鶵も蛇も大切なれど取りあへず鶵助けんと女らが出る
樹の上の蛇とたたかひ放水するわわしき女のわれとそのほか
庭に立つ榠樝にほつそり寝てゐたのはこのへんの絶滅危惧種なる蛇
アスファルトの路上に激しく死んでゐる蚯蚓《みみず》の理由ことしも知らず
かたつむりと出会ひし蟻は背に上《のぼ》り哲学のやうな静かさを見き
人間的葛藤うしなつてゐるのだらうかこのごろは鳥の巣のぞく悪い趣味なり
帰りきて戸袋の鶵の巣を見れば灯にきまじめに並ぶ雛ゐる
戸袋に巣づくりし鶵の雛の声立ちぎきをする梅雨の雨間《あめま》を

『世紀』より

鯨の耳骨《じこつ》

（表題・抄出はコールサック社編集部）

伸びあがり皮一枚の仔猫かな
水芭蕉最後の光吸取らる
朴の花天を相手の愉しさよ
森やがて汀となりぬ半夏生
迎へ梅雨砂にて巣穴縁取らる
抜くだけの本抜きをれば牛蛙
水搔で拭ふくちばし夏はじめ
息かけてやれば目を上げ病み夏蚕
病み夏蚕見えざる糸を吐きにけり
蜘蛛の囲の破れて風に統べらるる

照井　翠（てるい　みどり）

1962年、岩手県生まれ。句集『泥天使』、句集『龍宮』文庫新装版。
俳誌「暖響」「草笛」。岩手県北上市在住。

双蝶の息をひとつに交はりぬ
尻残し蛞蝓《なめくぢ》のいま花の芯
白鳥の夢でも恋を鳴くらしく
片翼の白鳥闇へ羽搏ちけり
白鳥の光る泥濘《ぬかるみ》ごと立ちぬ
真ん中の真つ赤な女王毒茸
この小さきいのちの震へ蜆蝶
水澄しこれほどあらば王国よ
しはしはの鯨の耳骨《じこつ》霜の声
落つる声湧くこゑ雁の塒《ねぐら》入り

『泥天使』より

絶滅種の男

炎天の俺も一枚の反《そ》るねずみ

遠雷や恐竜絶滅の悲鳴聞く

身を投げるほどの時代かギシギシ月渡る

腹に卵透かして守宮《やもり》梁を跳ぶのか

月天心人類はみな渡り鳥

絶滅種の男は今日のワイン飲む

羽広げ無人の地球群れるゴキブリ

なつかしく地球眺めるセイタカアワダチソウ

魂送《ウークイ》りや地上は蒼い海の底

万緑も紺碧もみな俺の故郷

おおしろ　建（おおしろ　けん）

1954年、沖縄県生まれ。句集『地球の耳』、詩集『卵舟』。
俳句同人誌「天荒」、現代俳句協会会員。沖縄県那覇市在住。

宇宙からの帰還カプセル天人花の実

ＡＩやさよなら人類竹の花

恐竜の皮膚剝《む》いて喰うライチ

アルコール依存症の河馬が燃えている

若水やヤンバルクイナの声も汲む

コンクリートの川で翡翠啼き終える

梅雨告げたアカショービンは蜥蜴喰う

春疾風世界を喰ったコロナウイルス

禁断のマンゴー喰らう琉球原人

ニイニイゼミ酔って候と鳴き崩る

誰がジュゴンを殺したか

石川　啓（いしかわ　けい）
1957年、北海道生まれ。文芸誌「コールサック（石炭袋）」、北海道詩人協会会員。北海道北見市在住。

「誰が殺した駒鳥《クックロビン》を？
それは私　と雀が言った」
――マザー・グース――

儒艮《じゅごん》「沖縄の方は儒艮《ザン》と呼んでいます」と
尊敬している方が教えて下さった
沖縄の方には聖なる生き物であることも
それでは辺野古の海は聖域《サンクチュアリ》なのですね
新種の生き物がいるばかりではなく
沖縄の方達の心の拠り所でもあるのでしょう
儒艮《じゅごん》　体長三m程　体重四〇〇kg近く
そんな巨きな軀でいても食するのはアマモ類
造物主は平和を好む優しい心を埋め込んだのでしょうか
だからなおさら人々に愛され敬われたのでしょう
優しい目とゆったりとした軀に安心と包容力を感じます
三頭いたジュゴンが姿を見せなくなったのは
住民に無許可で強引に海に土砂を投入したからです
沖縄の方達の嘆きと怒りは推し測ることができません
一昨年の五月　一頭の儒艮《ザン》の死が報道されました
誰がジュゴンを殺したのか
瞭然なのに「それは私」と名乗る者はいません

「沖縄に寄り添う」との言行不一致の迷言を繰り返す
沖縄の方達の大切な儒艮を　大切な聖域を
事もなげに浸蝕しても裏腹な言葉で躱《かわ》されました
血涙をしぼった方達がたくさんいたでしょう
儒艮　優しすぎたのか今や絶滅危惧種
辺野古にいた君達は「海君」と「愛ちゃん」ですか？
今はどこで暮らしているのでしょう
アマモがいっぱいある所でゆったりできていますか
私は沖縄とは真逆の北の地で
それも札幌市よりもロシアに近い所で暮らしています
盆地ですので海が見たくなると網走市に行きます
オホーツク海の水はいつも冷たいです
とっても遠い所にいるけれど時々儒艮《じゅごん》の事を考えます
考えると地理を飛び超えて心は近づきます
日本で最初に絶滅された動物はエゾオオカミだそうです
それを想うととても悲しくなります
人間の身勝手さで殺してしまったからです
沖縄の方達にはそんな思いをさせたくありません
儒艮《ザン》　生きて　生きて　生き延びて下さい
そしてまた沖縄の方達に元気な姿を見せてほしいのです

コスモス日記

柴田　三吉（しばた　さんきち）
1952年、東京都生まれ。詩集『角度』『旅の文法』。
詩誌「ジャンクション」。東京都葛飾区在住。

晩夏、花壇の土を掘り返す。ふたたび根の国に光を入れ、コスモスの種を播く。「種まく人」のような勢いではなく、一粒二粒、指でおまじないをかけながら。時節を逸したかと案じたが、しばらくして芽が出そろう。わずか数センチの林が、ほやほや揺れる。こんなにひょろひょろして、と母は笑う。

（今朝、被災地の干潟に戻った海岸で、絶滅危惧種のミズアオイが一面に花を咲かせた、という記事を読んだ。かつて人が埋め立てた土の下、種子は干潟が蘇る日をじっと待っていたらしい）

あわあわした林のあいだを、胡麻粒みたいな蟻が行き交っている。私は世界を創造したのだろうか。種を播いたのはほんとうに私だったろうか。

§

ときおり残暑がぶり返す。河川敷のコスモスはすでに胸の高さまで伸びて花盛りだ。勢いよく腕を振り抜いた「種まく人」はだれだろう。背後にそびえるススキ、そのうしろの葦原も衰えを見せず、川岸に壁となって立ちふさがっている。

水辺公園とは名ばかり。細い踏み跡を分け入れば下草がからまり、すぐに行き止まりとなる。葦の刃でいくつもすり傷をつくり、滲み出す血をなめながら迷路を突破すると、小さなハウスが並んでいて、木箱に座った人が焜炉でスルメを炙《あぶ》っている。こんにちは。歯茎《はぐき》でスルメをしゃぶり、コップ酒を啜る老人は、種を播いたのは自分だと言った。

街から追われた人が水辺にうずくまり、絶滅に抗っている。花畑は老人が創造した宇宙だ。絶滅するのはあんたらの方さ、とは言わない。口元に笑みを浮かべ、欠けたコップの縁を舌でなぞるだけだ。

§

冷たい雨の日、母入院す。誤嚥性《ごえんせい》肺炎。万一の場合も考えられますと、医師は警告を怠らない。

炎症する肺。延焼する悪夢。点滴を繋がれて目覚めた母は譫妄《せんもう》状態だ。薄闇の中、大空襲の炎を思い出したのか、向こう岸に逃げなくちゃ、と呟く。その川に触れてはいけせんよ、水を飲んでもいけません。葦の茎のような指を握る。いい夢なら向こうへ渡る兆し。怖い夢なら命が残っている証し。

ここはどこなの。病院ですよ。わたしはここで死ぬのかしら。大丈夫、ここでは死にませんよ。恩寵のように、天から滴る薬液のしずく。二週間ほどあやふやな問答を繰り返しているうちに、肺の炎は鎮火、悪夢も鎮火。

その日も冷たい雨だった。帰ってきちゃったわ、と笑う母を、これきり戻らない人のように送り出したスタッフたちは、きまり悪そうに迎えた。テラスの花壇では、すでに枯れたと思ったコスモスが、震えながらいくつも花をつけていた。

§

年を越してもコスモスは花をつけ続けた。雪が降っても蕾をつけ、晴れ間を縫っては小さな花を咲かせた。くすんだピンクと黄色（被災地の干潟に咲いたミズアオイは、どんな色だったろう）。

立春間近、母は車椅子の人となり、下腹部の湿地にビニールの管を差し込まれる。枯れていく茎を見ながら、こんなにひょろひょろして、と笑う。萎《しお》れたものから間引きしていくが、わずかに残った花はなお、朽ちる寸前の命を一点に集めている。根から茎から絞り出される一滴の命が、かろうじて花の輪郭を留める。

すべてが力尽きた日、終わりましたね、と言う。終わったわねえ。見つめる母は細い茎の上で、蕾のような頭《こうべ》をもたげた。

主旨

ひろげた新聞のコラムに
思いがけずイチモンジセセリの文字を見かけた
庭先のアメリカ菊から
群れの最後の一匹が姿を消した今朝

セセリはつつきちらすなどの意味をもつ「せせる」
に由来するとか。あっちの葉に止まったかと思うと、
こっちの花に止まって蜜を吸っています。黒っぽいせ
いか目立ちませんが数が多い。　と。

幼虫が稲の葉を食べて育つので
研究のすすんだ蝶だとも
日本がイチモンジセセリの分布北限なのは
稲作の北進とどうやら関係しているらしいとも

コラムは
その主旨とみえる今年の低米価と農家の苦労を言うまえ
に
文字数の大半を
セセリに喰われてしまった
それというのも
この蝶のせわしないいとなみを
「せせる」と見立てた　先人の目の素晴らしさからか

アメリカ菊から
日に日にセセリの減るのを追いながら
わたしをつつきちらしていたわたしの目つきに
ふっと気がつく
消えることにうわまわる主旨を
そこにのっけたがって
栗原　澪子（くりはら　みをこ）
1932年、埼玉県生まれ。詩集『遠景』、歌集『独居小吟』。
埼玉県東松山市在住。

都タナゴ

あの時代は良かったと思い出を語ろうというのだろうか
清冽な流れ　流れに揺らぐみどりの苔
喪われてしまったと無様にも嘆こうというのだろうか
確かにあれは六十年も前のことだ
狭山丘陵の北西部からながれだした東川《あずまがわ》
我が家の南二百m辺東川は上流から中流域へと変わる
流れの方向の右側は高い切り立った崖
左側は小さな田園を形成している
ながれは広いところで三m狭いところが二m
川床は大石小石　深さ十五cm
アメリカザリガニが川底をのっそり歩いている
泥鰌《どじょう》も隠れずに姿を現すが関心はそれにない
広い川幅のところながれに向かい右側の高い断崖を
形成しているところ　縁があり草が蔽《おお》っている
そこにぼくの目的の魚たちは棲息する
春が来た　茶摘み用の笊を抱え空き瓶抱えて単独行
狙った縁は水深が二十cmを越えている
まず周囲の大小の石を集め縁を囲う
堅固な縁のよどんだ水をバケツで徹底的に掻き出す
いるいる　いたいた

髙橋　宗司（たかはし　そうじ）
1948年、埼玉県生まれ。詩集『大伴家持へのレクイエム』、作品集『鮒の棲む家』。俳句結社「雑草」、千葉県現代俳句協会副会長。千葉県野田市在住。

空想と期待と憧れ　ピンピンと跳ねるものたち
都タナゴが現れた
朱色の腹部や青い線に震える鰭
都タナゴと鮒の相違は明瞭だ
都タナゴは厚みが無い　繊細な平たさ広い横腹
うつくしい朱色や青く光る色彩
生きた宝石を得た快感にぼくは酔う
思春期初期しなやかにくねる都タナゴに
異性のからだへの憧れが重なる
あれらの都タナゴが東川から消えた
建築が襲撃のように丘陵地帯を削り一部は暗渠《あんきょ》の東川
しかし
その都タナゴが尚も関東平野南部に棲息《せいそく》というのだ
ぼくはまだ夢を持てる　遠い過去の思い出ではない
再会の時は優しく挨拶を交わすのだ

源五郎

ひとがもつどんな大きな地球儀にも
針の穴ほどの点にすら記されない水たまり
これがおいらの宇宙
標高一〇九九m　周囲二三〇m　水深八m
おいらの仲間が生きているのは
この世でたった一ヶ所　夜叉ヶ池しかない

流れこむ谷も　流れおちる滝もない
水が絶えたことなく溢れた過去もない
龍が棲むという謎の池とかさねて
ひとびとはおいらたちを不思議がる
そして名前もつけかえた
池の名を冠して「ヤシャゲンゴロウ」

こがね色にかがやく翅
肉食のエネルギーで飛翔移動する知恵
その技も術も失くしたわけではない
だが　ここよりほかの地へ
おいらの祖先が飛んだ記録は
いまだかつて　ない

神山　暁美（かみやま　あけみ）
1949年、岐阜県生まれ。詩集『糸車』『ら』。
詩誌「那須の緒」、日本ペンクラブ会員。栃木県宇都宮市在住。

食物連鎖の頂点にたっているとは
思ったこともないが
ひもじさを感じた記憶がないのは確かだ
危険をはらんだまぶしさは苦手で
山の頂きが夕陽を呑みこむころ
おいらたちは動きはじめる

水面が夜空をきりとって
月も　星も　雲も　うかべる
ひとがロケットにのって月をめざした日
おいらも池のなかの月まで泳いでいった
体長一六ミリ　いのちの重さ二グラム
身の丈にあった欲と夢をおいかける
ミクロコスモスの住人　おいら源五郎

＊夜叉ヶ池…岐阜県と福井県の県境にある池

青春の暦

十二月はニューパパナ
〈夜の火の月が通る道〉　苦しみを表す
北米先住民族の言葉だという
赤いハーブの花咲く丘　そびえ立つ
トーテムポールのはるかな昔

鳥は　花は　星は　風は　海は　山は
なんと呼ばれていたのだろう
世界は言葉であふれているのに
見つけ出す術もない
絶滅にひんした生物たちのように・・・

苦しみの果てに新しい年が明けるという
十二月はニューパパナ
他の月の名は知らないけれど　いまも

青春の暦はめぐっている
カナダの島から送られてきた
一枚の古い絵葉書のなかを

森田　和美（もりた　かずみ）
1948年、奈良県生まれ。詩集『二冊のアルバム』『リヴィエール・心の河』。詩人会議、戦争と平和を考える詩の会会員。埼玉県川口市在住。

ニッポニア・ニッポン

ネー　中国から贈られたトキからかえったヒナでも
ニッポニア・ニッポンて　言うの
朝鮮から　強制連行された人たちの子どもで
日本で生まれ
ハングルと　日本語の
二つの言葉に　とまどう人でも
選挙権もないのに
鳥には　一つの地球しかなく
人間には　地図に引かれた　国境があるからなの

なぜ　トキは　フライング・ケージの中にしかいないの
トキの好きな　ドジョウやタニシのいる村が
飛び疲れた羽根を　休める村が
　なくなったからなの
なぜ　諫早の湾は　閉めきられたの
ムツゴロウは　滅びてもいいの
淡紅色のつばさも持たず
ムツゴロウ・ニッポンではないからなの

萩尾　滋（はぎお　しげる）
1947年、福岡県生まれ。詩集『地球《テラ》の涙』。京都府向日市在住。

潟のまつり——霧氷幻夜

干あがった湾に　浸み透っていく
吹き下ろす霧氷の　湿ったにおい
火の山と海とが　睦みあった泥土《ドベ》が
ゆるく　甦る

潟《ガタ》スキーにはしゃぐ　溺れた児らの声に
ヤドカリの　空《から》の御輿の　うねり
死にきれない　骨だけになった　ムツゴロウが跳ねる
襲う鉤《はり》の　一閃の真空

立ち枯れた草の根に　絡まれた
砂に　なりきれない
剝がれ落ちたうろこの　燐光が
星を失った闇に　蒼く　たいまつをつなぐ

腹ばいになった海に　汐を　呼ぶ声
ひび割れた浪に　凍りついた夏が
白く砕ける

黒い虹

打ち下ろされた　ギヨチンに
堰の外も
　流れは　断ち切られた
潜水服を通して　刺し込んでくる
海の死んだ冷たさに
　吐き出された空気も　凍りつく

澄んだ光に
きらめく砂地と
羽衣を思わせる　海草のゆらめき
寄りそう小魚の群に
夫婦瀬と呼ばれた流れも
水をけって泳ぐ
　手のひらよりも大きい
　黒いタイラギの
　赤く　緑に　映える扇の舞も
消えた

　役ニタタン　干拓バシヨッテ
主を失った　廃屋のように

うず高い　プランクトンの死骸に
ランプが鈍くうつる
向こうの見えない　もどかしさの中を
海牛が　のったりとうごめいていった
　あとに　白っぽく　黒い光が　ひとつ

爪の大きさほどの
まだ　刻まれた模様の数は少ないが
まちがいもない　タイラギの　稚貝

　去年マデハ　ヒトツモ見ツカランカッタノニ

甦った命が
こみ上げるおもいに
黒く　にじんだ

　タイラギ…かっては、諫早湾の水揚げ量一位を誇った二枚貝。干拓工事の始まりと共に姿を消した。

虐げられた子どもたち

築山　多門（つきやま　たもん）
1945年、岡山県生まれ。詩集『時空を翔ける遍歴』『夢を紡ぐ者』。詩誌「いのちの籠」、日本詩人クラブ会員。神奈川県横浜市在住。

親に無視された子どもがいる
親に殴られつづけた子どもがいる
親にいつも兄と比較され
家庭に居場所のない子どもがいる
親に悪戯された子どもがいる
親に愛のかわりに金を与えられた子どもがいる
親の期待の重圧にあえいでいる子どもがいる
親はいても　一日顔を会わすこともなく　いつも
電子レンジで温めた食事をしている子どもがいる

教師として教壇に立ち
現代国語を教える
人としていかにあるべきかを問いかけ
理想を語っても――
過酷な現実の前に　ことばは空転し
無感動な　冷やかな　押しひしがれた
眼差しの前に　立ちすくむ
一介の教師の私に　何ができるというのか
その眼を避け
生き生きとした　未来に希望をたたえた
眼差しに向かって　語りかけ問いかける

重い口を開く
少年　少女には背負いきれない重荷
家庭の恥を語る
唇は震え　とぎれとぎれに

少女は私は悪い子だからと　言う
他の子たちはあんなにも親に愛され
抱きしめられ　手をつないで歩き
目と目で語らっているのに
一度でいいから抱きしめられたい――
少年はつぶやく
殴られた方がいい
無視されるのがつらい
少女はうめく
あの他人を見るような
冷やかな眼が私を切り裂く
別の少女は胸からしぼり出す
父親が憎い　でも　あんなことされても

　まだ愛されたいと願っている私がいる
私は　聞いている
ただ　黙って聞いている
そして　同じことばを繰り返す
　おまえが悪いんじゃない
　おまえが悪いんじゃない
　おまえはいい子なんだよ　と
それ以外に　このわたしに何ができただろう
何と言ってやれば　慰められ
傷口を少しでも塞ぐことができただろう
わたしに訴える子はまだいい
永い時の流れが必要であろうが
いずれ解決の糸口を自分で見つけるだろう
こころを開かない　多くの子どもがいる
大人を恐れ　信じることを拒絶した子どもたち
虚無の闇の底にうずくまっている子どもたち
教員歴三六年の無能な私に
いったい何ができるというのだろう――

愛ふたり

斎藤　紘二（さいとう　ひろじ）
1943年、樺太生まれ。詩集『東京ラプソディー』『挽歌、海に流れて』。
日本現代詩人会、宮城県詩人会会員。宮城県仙台市在住。

銀も金も玉も何せむに勝れる宝子に及かめやも　山上憶良

ふたりの女の子が逝った
ほぼ一年の間をおいて
その名に〈愛〉を含むふたりの女の子が逝った

ふたりの親は娘に〈愛〉の字を与えたが
親の愛を与えることはなかった
愛の代わりに与えたのは死
しかもひどく残虐な死だ

その残虐な死から立ち昇る狂気の気配
人間の貌《かお》をしながらわが子を虐待して殺す親を
動物にも劣ると言って非難する者もいる　だが

動物はわが子を慈しみ
身を挺していのちを守ろうとするではないか
動物はわが子を虐待して殺しはしない
悲しいことだがそれをするのは人間だけだ

人間としてこの世に生まれたばかりに
親に殺されてしまった結愛《ゆあ》と心愛《みあ》
五歳と十歳で逝った幼いふたりの
焼かれたやはらかい骨の上に降り積もる
空白のながいながい歳月

もしもふたりの親に動物ほどの愛があれば
ふたりは死なずにすんだであろう
凍えるような寒い日にベランダに放置されることなく
真冬に浴室で冷たいシャワーをあびせられることなく
そして　理不尽に殴打されることもなく

結愛と心愛　その名に〈愛〉がありながら　親に愛なく死にゆくは哀し

ああ　その父母にせめて動物なみの愛さえあれば
万葉の憶良を嘆かせずにすんだものを

第二章　海のかなしみ

お魚

海の魚はかわいそう。
お米は人につくられる、
牛はまき場でかわれてる、
こいもお池でふをもらう。

けれども海のお魚は
なんにも世話にならないし
いたずら一つしないのに
こうしてわたしに食べられる。

ほんとに魚はかわいそう。

金子　みすゞ（かねこ　みすず）
1903〜1930年、山口県生まれ。山口県長門市に暮らした。

大漁《たいりょう》

朝やけ小やけだ
大漁だ
大ばいわしの
大漁だ。

はまは祭りの
ようだけど
海のなかでは
何万の
いわしのとむらい
するだろう。

海のかなしみ

ぼくはアカウミガメ
ある日クラゲと間違えて
ビニールを飲み込んでしまった
息ができなくて　苦しんだ
そしてぼくは死んだよ

わたしはアホウドリ
エサだと思って食べたのは
糸のついた釣り針たった
喉《のど》の奥に突き刺さったまま
アラスカの海までなんとか飛んだわ
でもそこまでの命でした

おれはフクシマの沖合を泳ぐ
男前のマコガレイだ
気がついたら築地の水槽の中
トラックに乗せられたところまでは
おぼろげながら覚えているけど
その後の記憶はない

海を昇る朝日がまぶしいのは

曽我　貢誠（そが　こうせい）
1953年、秋田県生まれ。詩集『学校は飯を喰うところ』『トッピンパラリのプー』。日本詩人クラブ、日本ペンクラブ会員。東京都文京区在住。

生命《いのち》を育んだふるさとだからだ
海に沈む夕日が美しいのは
生命が還《かえ》るゆりかごだからだ

最近、海は不安を感じている
お腹に入っているアカウミガメも
アホウドリもマコガレイも
みんなみんな涙の味がすると

いただく

命はすべて　太陽の光でできている
できた命を　別の命がいただいて
地球の命をつないでいく
今日も、私は　おいしくいただく
食卓に並んだ
太陽の光だったものたちを

草野　心平（くさの　しんぺい）

１９０３～１９８８年、福島県生まれ。詩集『第百階級』『定本　蛙』。詩誌「歴程」創刊。福島県いわき市、中国南京、東京都に暮した。

畔道

半透明の素足で
白いげんげをふみ　露をふみ
（ぐるりは　いちめんの蛙の声）
たもとには風と月がいつぱいだ

蛙

さむいね
もつとこつちによらないか
月があかるすぎるかい

秋の夜の会話

さむいね
ああさむいね
虫がないてるね
ああ虫がないてるね
もうすぐ土の中だね
土の中はいやだね
痩せたね
君もずゐぶん痩せたね
どこがこんなに切ないんだらうね
腹だらうかね
腹とつたら死ぬだらうね
死にたくはないね
さむいね
ああ虫がないてるね

ぐりまの死

ぐりまは子供に釣られてたたきつけられて死んだ。
取りのこされたるりだは。
菫の花をとつて。
ぐりまの口にさした。

半日もそばにゐたので苦しくなつて水にはひつた。
顔を泥にうづめてゐると。
くわんらくの声声が腹にしびれる。
泪が噴きあげのやうに喉にこたへる。

菫をくはへたまんま。
菫もぐりまも。
カンカン夏の陽にひからびていつた。

るるる葬送

Accompainied by Chopin's Funeral march.

しづかにすすむ一列の。
ながい無言の一列の。
蛙の列がすすんでゆく。
ひたひに青い螢をともし。
万の蛙等すすんでゆく。
日本砂漠の砂をふみ。
砂漠のくらい闇をふみ。
しづかにしづかにすすんでゆく。

るるるはしろい。
ほのほになって。
るるるはゐない。
うつくしいるるるはもうゐない。
ひかるはなびら。
るるるにそそげ。
ひかるはなびら。
るるるにそそげ。

ひとすぢのさざなみたててみおくりの。
歌がしづかに流れだす。
日本砂漠の闇のなか。
いつとはなしにその歌も。
はるかかなたにとほのいて。
螢のあはい。
ひも絶え絶えにきえてゆく。

かたむく天に。
鉤《かぎ》の月。

『水へのオード16』 16 源流へ

新川　和江（しんかわ　かずえ）

1929年、茨城県生まれ。詩集『土へのオード13』『ひきわり麦抄』。日本現代詩人会所属。東京都世田谷区在住。
若者は歌えない
〈多摩川にさらす手づくりさらさらに何ぞこの児《こ》のここ
だ愛《かな》しき〉
と歌ったのは
千年前の武蔵国《むさしのくに》の若者です
透き徹った水がよどみなく流れていた時代の川のしらべ
です

多摩川は痩せ　汚れ
白いふくらはぎまで漬かって
手づくりの布をさらす娘も　もういない

歌えぬ若者をひとり伴って
ある秋の日
奥多摩で流れをせき止めている小河内《おごうち》ダムを見に行き
ました
東京への給水と発電を目的に
一九五七年完成した
非溢流《ひいつりゅう》型直線重力式コンクリートダムです
「ものものしい堰堤だこと　まるで城塞のよう」
「雑兵みたいに動員されて　出を待っているわけですね
まわりの山の沢筋を伝って降りて来た水も
天からじかに来た水も」
「ひとつの村を湖底に沈めている水にしては　いやに無
表情ね」
「人間だって　大資本下の組織の中に組み入れられれば
三年もたたないうちに　あんな表情になってしまう
ぼくなんかまだ学生だけれど　すでにしてそうです」

「水がいそいそと働いていた頃のことを　わたしは知っ
ているわ
粉碾《こなひ》き小屋の水車を回しに
水が筋肉をもりあげてわれがちに水口へ躍りこんでく
るのを
ほれぼれと眺めたものだった……
春浅い頃だったから　あの時小屋で碾いていたのは
桃の節句につく草餅用の糝《しん》粉だったのでしょう
そば粉　小麦粉　きな粉　香煎　白玉粉
村人たちが笊に入れてかかえてきた原料を
水の助っ人にたすけられて
粉碾き小屋のおじいさんは　一日じゅう粉を碾いてい

た……」
「このごろのそば屋のそばは
ほとんどが輸入粉だといいますよ
さっきあそこで食べたのだって　どこの粉だかわか
りゃしません」

「もっと奥へ入ってみましょう
この人造湖に流れこむ前の水を見に」
丹波山《たばやま》村という一握りほどの村落に辿りつくと
背後にせり上った山から
潺湲《せんかん》と走ってくる谷川に出会いました
「少年のような水ね　なんという無心な流れ方！
もうじきダムへ集団徴用されるのも　知らないで」
「スキップしてる　まだ小学生だ」
原生林をくぐり抜けて
いきなり明るいところへ出たのが　うれしくてならぬ様
子です
しめじをとっての帰りらしい村のお年寄りに
多摩川の下流から訪ねて来ました　と挨拶すると
満足そうに頷いて　話してくれました
「もうちょっと行けば　大菩薩峠ですよ
向う側へ落ちる水は山梨県の笛吹川に注ぎますが
ここらあたりはまだ東京都で
これは丹波川　多摩川の源流です」

「ＴＡＢＡＧＡＷＡ！」
たどたどしいが　しかし力のこもった声で
その時連れの若者が発音したのです
最初に名付けてそう呼んだ　大昔の奥多摩人のように
――
ＴＡＢＡＧＡＷＡと唱えるたびに
夜が明けるように明るくなってゆく若者の表情を
目ざましい思いで眺めつつ　わたしは呟きます
「とうとう探りあてたのね　多摩川という笛の歌口を」

ドリアン　助川（ドリアン　すけがわ）

1962年、東京都生まれ。エッセイ『線量計と奥の細道』、小説『あん』。
日本ペンクラブ理事。神奈川県横浜市在住。

汚染蟹《よごれがに》

おっかさん
陽が昇ったね　まわりが明るくなってきたよ
ゆれているコンブが見えるもの
ヒラメが一匹
うねりに巻かれて　流されていくよ

波間からやってくる朝焼けは
プリズム百万個の空を作り
イワシの群れの思い出を
雲のように光らせる
でも　イワシたちはもういない
代わりに　透明な雪が降っているよ
銀色の海の空から剝がれて
カマスの影がゆっくりと落ちてきた

おっかさん
言われたようにしているよ
海のなかの言葉が沈み始めたとき
おらは　岩にしがみついて
なにも考えないようにしていた

この透けた吹雪のなかに恐ろしいものがあるなんて
そんなことを考えちゃいけない
ごまかせばいいんだね
ごまかすんだ
そう　ごまかすんだ
骨の曲がったカサゴが一匹
岩のくぼみでうずくまっているよ

おっかさん
どうしてこんなことになってしまったの
アナゴは穴のなかに消えてしまったよ
いのちの闇のなかに消えてしまった
みんないなくなっちゃった
青い光が走っている
見えない雪が降り積もる
イソギンチャクはうなだれて
アメフラシは溶けてしまった
そして　おらの指先は
火で叩かれるように痛むんだ
森が掘り返されるように痛むんだ

山が哀しむように痛むんだ
川がむせび泣くように痛むんだ
それでも　ごまかすんだね
なにも知りませんって
なにもなかったって
痛くても　目をつぶっていればいいんだね

おっかさん
この雪は　いつから降り始めたんだろうね
大事なことは　じっとしていることなんだね
最初から忘れてしまえば
雪はまぼろしになるから
だけど　おっかさん
おらが話しかけているんだから
すこしくらい返事をしてよ

おらだって　心細くてしょうがないんだ
次のうねりが来たら　ここから転がり落ちそうだ
それなのに　おっかさんたら
見えない雪のなかで動かない
おっかさん　目がにごっているよ
あぶくを吐いてよ　あぶくを吐いてよ

なんだか　おらは
ごまかすのが苦しくなってきた
これはきっと本当に起きていることなんだね
おっかさん
だれもいなくなってしまったよ
何百年も続くであろう吹雪のなかで
おっかさんとおらだけだ
いったいだれのためにごまかすの
もう　おらとおっかさんしかいないんだよ
それなのにおっかさんたら
雪のなかで動かない
おっかさん　目がにごっているよ
おっかさん　爪が割れているよ
おっかさん　尻からなにか滲んでいるよ
おっかさん　おっかさん
あぶくを吐いてよ
あぶくを吐いてよ
あぶくを吐いてよ

渚にて

わたしが歩く　夢の果ての渚は
海鳥の通わぬ黒砂のビーチ
嵐が来ては去ってゆく
短かい夏の終わりに
傘はいつも役に立たない。
黙示を垂れるように
雲は空を駆け下り
この世を巡る

この浜辺には
シャチの白い骨が埋まっている
海豹《あざらし》の狩りをしていたそのシャチは
浜に近づきすぎ　軀を砂地に乗りあげて
海に帰れなくなった

沖から
仲間たちがやって来て
シャチが力尽き
息絶えるまで見守りつづけた

淺山　泰美（あさやま　ひろみ）
1954年、京都府生まれ。エッセイ集『京都 夢みるラビリンス』、詩集『ミセスエリザベスグリーンの庭に』。日本文藝家協会、日本現代詩人会会員。京都府京都市在住。

不運なシャチの亡き骸は
打ち寄せる荒波にもまれ
ゆっくりと風化してゆくばかり。
寄せては返す銀の波が
すべてを海の彼方へと運び去り　いつしか
白い骨だけが残った

わたしが歩く夢の果ての渚に
潮の香りは漂わず
黒い砂の下には
哀しくもうつくしい挿話が眠っている
夕映えはなく　ふいに
静かな夜がやって来る
また　月は出るだろうか
海辺の黒い砂の粒を煌《きら》めかすために

ボネリア

中久喜　輝夫（なかくき　てるお）
１９４６年、茨城県生まれ。詩集『ヒトとモノのはざまで』『ジェロントロジー』。詩誌「鹿」、日本詩人クラブ会員。静岡県三島市在住。

光の射さない海底の泥の中に
生息するボネリア
ユムシ類のボネリアという
無脊椎《むせきつい》動物をご存じでしょうか？

体表にボネリンという物質を含むために
うす暗い緑色の体をしています
ボネリアのメスは全長数センチメートル
オスは数ミリしかありません
メスの子宮の中で受精した卵は
しばらくメスの体内で過ごしたのち
海水中に放出されます
そこで孵化《ふか》した幼生は泥の中をさ迷ったのち
メスのT字型の長い吻《ふん》に出会って
メスの分泌ホルモンにさらされると
オスとなってメスの咽頭に入り込みます
オスは咽頭の中で生き続けるのです
幼生がメスの吻につくかつかないかで
オスになるかメスになるかが決まります
母の吻のなかの性ホルモンに左右されるのです
成長したメスは貪欲に食事をあさり
オスの幼生をあさっては咽頭に囲い込みます
メスの咽頭の中で生きるオスの役割は
メスの作る卵子を受精させることです
メスの咽頭には沢山のオスが囲い込まれていて
受精の競争にさらされています
受精の競争に敗れたオスや
寿命が尽きた高齢のオスは
そのままメスに吸収されて一生が終わります

ボネリアはほとんど光の射さない
温帯の海底の泥の中で生き続けながら
いのちの意味を問うことなく
和音のような調べの一生を終えるのです

不条理の海

うえじょう　晶（うえじょう　あきら）
1951年、沖縄県生まれ。詩集『ハンタ（崖）』『我が青春のドン・キホーテ様』。詩誌「あすら」「いのちの籠」。沖縄県西原町在住。

花開くセシジュイソギンチャクに
戯れるカクレクマノミの白いマフラー
見え隠れしながら底深く誘う
つーっと気取って前を泳ぐはミノカサゴ
色鮮やかなモンガラカワハギと鉢合わせ
愛くるしいアバサーは幼い日に
突っついてよく怒らせたっけ
デバスズメダイ　ルリスズメダイの群れは
海のカーテンのように
サーッと背景を変えていく

愛しい魚たちよ　何故
海の天上から土埃をあげて
土砂が降ってくるのかも知らず
逃げまどう小さな命たち
叫ぶ声が聞こえないか
絶滅していく種の喘《あえ》ぎが聞こえないか
この日を
忘れない　愚かな人類の大罪を
戦争のための武器弾薬　核さえも
密かに抱えようとする
禍々《まがまが》しい軍事基地を造るがために
何故美しい自然を海の墓場に変えるのか
沖縄県民は魚と等しく
生殺与奪の権利を握られているのか
政府に盾突くこんな人たちなのか
こんな人たちには人権も無く
民主主義の蚊帳からも除外されているのか
頬を紅潮させやっと祖国に帰れると
涙した46年前　そして
夢に描いた祖国が崩壊していった46年間
それでも日本語で思考し
日本語を愛さずにはいられないジレンマ
美しい日本語と美しくない日本の乖離
それでもなお美《ちゅ》ら海を守ることを
諦めてはいけない
日本はひとりの暴君のものではなく
人々の美しい心は日本のどこかに
必ずあるはずだから

石の揺りかご

村尾　イミ子（むらお　いみこ）
大分県生まれ。詩集『うさぎの食事』『花忍の花蔭から』。
詩誌「真白い花」「マロニエ」。東京都日野市在住。

島の白い砂浜に
まるいテーブルほどの大きな石がある
その平らな面にさまざまな化石を見つけた
珊瑚やウミユリ　貝殻や軟体動物など
古生物の遺骸がそのまま堆積している

石のうえに弁当をひろげる
何千万年か前の生きものたちと　食卓を囲むのは楽しい
海の生きものたちが傾《かし》ぎ
太古のしおからい臭気を吐いて
干からびた季節を抱きしめる

来間島《くりまじま》を訪れるたび
あの秘密の石の存在を確かめる
下まで埋まっている大きな石であるから
誰かに持ち去られることはないだろう
颱風の向きによっては
下の方までごっそりと砂がさらわれていたり
逆に砂が押しよせて
石が埋まってしまうこともある

人の生なんて一瞬の夢
アダンの甘酸っぱい香りに
がさごそとヤシガニが集まる
荒々しい浜のこの場所でこそ
万年の夢を見ながら
化石たちは
石の揺りかごで波に揺られている

深海の伝言

あんこうは語る
光さえ届かない
海の底の底について

そこには
天使もいなければ
悪魔もいない
花畑もなければ
ゴミの山もない
ただ水底で
おまえが今まで見てきた世界とは全く異なる
新たなものらに　出会うであろう

天狗もいなければ
タヌキも　狐もいない
しかし　水面のように
たやすく　流れて
生きていける場所ではない
一瞬　気を抜けば
命の危うい世界

星乃　マロン（ほしの　まろん）

1961年、山梨県生まれ。英詩集『The door to inner happiness』『劇詩　エーテルの風』。詩誌「山梨の詩」、東京英詩朗読会会員。山梨県甲府市在住。

短い言葉だけで
伝達する世界だ
しかし　その言葉は　詩より耀いている
叡智に満ちたチカラのみ　働く世界だ

水底のうねりの底に在るものについて
あんこうは語る

そこでは　魂を働かせなければ
何ひとつ　微動だにしないし
動かないことを決めたものらの
底知れぬチカラや
うごめこうとしたまま
身動きすらできなくなったものらの
語りつくせない在り方が
はっきりとわかる

哀しみも
ユーモアも

絶望を超えた明るさも
深海は　ただ抱いて　そこに在る

おまえには
奇ッ怪に思えるものらが
案外みんな親切で　いい奴らかもしれない

動かなくても　気持ちはある
語らなくても　伝えている
水底の底に
自らを置いてみよ
人生とは何かが
はっきりと見えてくる

平たい言葉や
うすい言葉は
みんな　見透かされてしまう世界で
おまえの全体を感じてみろ
おまえのまことのうねり
まことのうごめきを
おまえの内側から　発してみるのだ

おまえの真実の姿
それを

おまえ自身が
引き寄せずに
誰がするのだ

世間がつくったお前の小ささに
お前自身が騙されないように
おまえは
もっともっと
すでに大きい

深海に 身を置き
その深みで　合流しろ
海なるもの その全体と
そこに 対立はない

誰もが
奇ッ怪な自分をさらけだし
醜さも美しさも
どうでもいい世界

水底で待つ

アメフラシの乱

日野　笙子（ひの　しょうこ）
1959年、北海道生まれ。文芸・シナリオ同人誌「開かれた部屋」「雪国」。北海道札幌市在住。

浜辺にボートが並んでいた。一日の海の仕事を終えたさざ波。持ち主のいない記憶の船が漂う。そこはぼくがかつていた岬の町。海泥にまみれ砂と海藻と風と虚無の波がぼくの軀に触れたとき、アメフラシの思い出が蘇った。それはあたかも黙契のように、紫色の煙幕を出しぼくの目をくらませた。潮の引いた砂浜にアメフラシはぬらぬらゆらゆらごろごろいた。体長十五センチの大きさの手頃なものを捕まえた。自分史があるとしたらこのときほどぼくが無自覚に残酷だった時代はなかっただろう。

無楯の色とりどりの柔らかな体からモクモクと忍術のごとく煙を吐いたとき、彼らにココロと言っていいのならそれがあるとぼくは何となく確信したんだ。古代ギリシャの一兵卒の遺伝子を引き継いだアメフラシは無抵抗で武器を持たずに人間と闘った。ぼくらの試みたその実験は推論から導き出すものだった。神経細胞やら回路のしくみをあらかじめ予測していたんだからね。人間ほど残酷な生き物はいないだろう、この仮説はどうやら変わらない。あぁ、どこからか潮の匂いがしてくる。

アメフラシの全身を縛り付け、信号やら刺激とやらで、彼らは水槽の中で苦しんだ。えらが縮んだり伸びたり、給水口に水を浴びせたり泡を吹いたり、パープルレインは彼の涙。実験ノートに「かわいそうなアメフラシ実験」と記した。潮の匂いを嗅ぎながらぼくは記録したことを自動的に思い出した。

それでどうなったかって？　どこか大きな国のロボット兵隊のチームが立証してしまったらしい。ぼくの破局と孤独の青春が続いた。それを卑怯と同義と言ったっていいんだ。アメフラシよ、ぼくはもう敗残兵だ。壊れた神経回路に等しい。ぼくが本当に怯えたことは人嫌いなことを人に知られることだったんだからね。いずれにしても、この軀に触れてくる虚無ばかりがエラそうにぼくを支配し続けたんだ。

夕焼けの色はあのアメフラシが降らした雨の色だ。空も海も一日ごとに表情を変えた。あのころ海洋生物の実験に、雪が消えた早春からひと夏を過ごし、秋から冬まで通い詰めた海岸にぼくは今いる。アメフラシやらウミウシやら外来種の魚やらクラゲやらいったいどれほど彼らを死なせたことか。歳月は何と速くに疾走してしまったのだろう。あの頃の一日は永遠に長かった。アメフラシよ、君より何倍も生きてしまった。ぼくの半生はたくさんの訃報にさえ耐性がついてしまったふしがあるんだ。

潮騒が聞こえた。そろそろ記憶の頁が終わる。今日という日、ぼくの破局の思い出まで旅をした。泥にまみれたココロの故郷。ぼくの歴史にアメフラシの乱が刻まれた。

ナウマン象の涙

水辺にしゃがんだ子どもは
象の形をした水やりでおおはしゃぎ
みてみて
水しぶきが公園の空にはじけると
虹がカーブしながら七色の丘の稜線を刻んだ
ヒトの記憶のしずくが
遠望となって幻想をかき立てる
あら　まぁ
遠い昔の水辺を
上の空でクルージングするような白昼夢
霧や夕立そして氷河の時代まで
象たちが今　土埃を立てていっせいに駆けて来た
やがて滅びる時間を嘆いているのか
水の善悪が命のあかしなら
積もり重なったヒトの悪が
ミミズも鳥も土も空もみんなみんな
どのくらいの時間何が起こったのか
わからないまま蝕みつつある爆弾みたいな
破局がやって来てその時もし生きていたなら
夢の中の象たちは泣いていたと伝えて欲しい
曇りなく晴れ渡った午後
ベンチに腰掛けひととき過ごす
オフィスワーカーと住人たちが行き交う
初夏の日射しと木洩れ日
それは晩年のようで
ここから見る公園は実にのどかだ
悲しいほどに失われてゆく
水辺の夢の象
そして未来への遠望

潮だまり

山本　衛（やまもと　えい）

1933年、高知県生まれ。詩集『わたしのダイアナ』『黒潮の民』。詩誌「ONL」、日本現代詩人会会員。高知県四万十市在住。

この星にいるのだろうか

陸だまりを這い出して
水の溜まり場を覗きこんでいる男もまた
海原を目指せなかった

背丈の伸びた丸い岩礁には
海鵜が羽根を拡げる
脚もとを糞尿にまっ白く積み重ね
天に晒《さら》し
塩をまぶし
襲いかかる波濤を撥《は》ねている

この小さな海に
取り残されて
出られなくなったのか
それとも
引いていく潮の激しさを嫌ったのかも

おのれの意志を
つらぬき通してのことか
たまたまか
ともかく
昨日の奴が今日もいる

広く果てしない蒼空を
穴いっぱいに写した場所
いるわ　いるわ
溢れんばかりの小さなものども
チチコハゼ　ヤドカリ　カエルウオ　ベラ　コトヒキ
……
何を背負って
今を

弱肉

青柳　晶子（あおやぎ　あきこ）
１９４４年、中国上海市生まれ。詩集『みずの炎』『草萌え』。
日本現代詩人会会員。栃木県宇都宮市在住。

まだ若いシロナガスクジラが群れからはぐれてさまよい
　こんだ知らない海域
シャチの大群に囲まれ執拗な攻撃から逃げられない
シャチもサメも海鳥も　チャンスとばかり食らいついた
死んだクジラは海底深く沈んでいった
真っ黒な海底でもたくさんの深海生物が集まってきて
長いことかかって食べ尽くした
残った大きな骨があちこちに散らばっている
ライトで照らすとクジラの頭骨がいくつも転がって見え
　る
人の目のおよばぬ所で普通にくりかえされた生きものの
　摂理

昔からの捕鯨国日本にとって　クジラは大切な資源で
　あった
魚屋にはクジラ肉が売られていて
人々はあたり前にクジラを食べて暮らした
海に棲む最大のかわいい動物を食べるのは残虐だ
と諸外国から非難をあびている
けれど　クジラと牛はどこが違うのだろう

祖先はマンモスでさえ狩り尽くして絶滅させたのだ
生きるため食べるためたくさんの動植物が消えていった
いったい何が誰が悪かったのか　人も含めて大昔から命
あるものはあらゆる方法で戦い　進化し
種をつないできた

恐竜の化石が展示されている博物館
孵化《ふか》しなかった大きな卵もまとまって見つかった
その中に　昔生まれそこなった私がいるかもしれない

折しもクリスマス
どれだけたくさんの鶏や七面鳥が捌《さば》かれたろうか

私たちは折り紙を丸めてつないだ長い鎖の輪のひとつ
七夕になれば銀河にむかって懺悔《ざんげ》する

眠る魚

魚も夢ぇ見るんじゃろうか

大分県佐賀ノ関ん沖で一本釣りされた鯖は
関サバち言われち
身のコリコリした美味《うま》さは
地元ん活き造りでしか味合われんのじゃ

この関サバん　ばされー《ものすごい》味を関西や関東で
食べてぇ　食べさせてやりてぇち
いんにゃ《いいえ》　高級魚にしち高値で売りてぇち
げさきぃ《下品な》こと言うんは人間の夢じゃ

魚にもツボがあるんじゃあち《あるのだそうな》
そんツボさい針打っち　麻酔かけち
眠っちょるなか《間》まに遠方まで運ぶんじゃぁち

豊予《ほうよ》海峡の魚は　速ぇぇ《はやい》流れさい鍛えられち
泳ぎは達者なはずじゃに
なし《何故》油断しちょったんじゃろうか

門田　照子（かどた　てるこ）

1935年、福岡県生まれ。詩集『ロスタイム』、方言詩集『無刻塔』。
詩誌「東京四季」、日本現代詩人会会員。福岡県福岡市在住。

水槽ん中さい生け捕られち　眠らされち
見知らん町方の　俎ん上で目覚めてん
もうとっと　遅いんじゃ

瀬戸の大海原越えち
島ん娘に逢いに行く夢なんか見ちょっち
知らんなか《間》まに高級ブランド魚にさせられち
グルメん舌先い幻の味となっち消ゆるんは
関サバん不覚の涙じゃ

浜べいっぱいに響く

五月の快い夕
つばめが翻り飛ぶ
初なつの風のように軽やかに
泡だつ磯の叢ではヒバリが日なが鳴く
目をこらし叢に近づく
ピタ、鳴き止む
離れた叢で賑やかに鳴く
足音をしのばせ近づく
ピタ、鳴き止み前の叢で鳴いている
思わず笑う
ヒバリの子育ては姿を見せず
太陽が沈む頃には浜いっぱいに鳴き響く
西の空が赤くさざ波の音だけになる
松籟《しょうらい》が弔いの笛の音に聞こえて家が恋しい
三人　でこぼこ並んで帰ろ
街を抜けて帰ろ
右手にひとつ　左手にひとつ
夕暮れの気体がまるまって握れば温かい
八坂神社を過ぎればもうすぐ
杜の小鳥は木の枝に眠っている
植木　信子（うえき　のぶこ）
1949年、新潟県生まれ。詩集『その日―光と風に』『田園からの幸福についての便り』。詩誌「花」「山脈」。新潟県長岡市在住。

あの灯、古木のかたがり松の近くの家に
夕餉をつくり待つ人がいる
奥間にひとり座っている
そのひと四つ葉のクローバを見つけるのが上手かった
たくさん見つけて二人の子を残して早くに逝った

五月の初なつの風はドアをカタカタ鳴らすので
逝ったひとが叩いているのだと思う
――うるさいよ　少し
　どうか家にいてください
　出かけないでください
食べ物があり　眠るところがあるのなら
行け　行けと言うのではないから　ないから
昨日が一昨日が明日が来ることが幻想に漂い
西の空を真っ赤に塗って　暮れたなら
引き舟が闇の向こうに行くよう
わだつみの向こうへ行くよう
初なつの夕はつばめがひらりひらり飛ぶ
浜べでは子育て真っ最中のヒバリが空と海いっぱいに鳴く

落日の海

波の音にすっぽりと包まれて
海を見つめていたあの日
生命は一瞬の波の飛沫のようだった
あれから五十年
海が凪《な》ぐことはあっても
この星の躍動は止まらない
陽が落ちてまた陽が昇れば
新しい生命が生まれている
どんな時代も生き抜いてきた生命の連鎖
けれど私たちの手の届かない所で
思いの及ばない所で
消えていった生命もまた限りが無く――
この星に海が有ることの幸せを
忘れないで忘れないで　と
波がきらめく

耳を澄ませば

世界は会話が満ちている

坂田　トヨ子（さかだ　とよこ）

１９４８年、福岡県生まれ。詩集『源氏物語の女たち』『方言詩問わず語り』。福岡詩人会議（筑紫野）、詩人会議会員。福岡県福岡市在住。

草木の根とバクテリアの会話が映像で確認された
世界の会話を見つけ出す科学の力

アリとアブラムシ
甘い蜜と労働の交換
どのように会話を交わしているのか

あんぐり開けた大魚の口の中を
ゆうゆうと泳ぎ回る小魚
掃除家さんは餌にありつく
大魚はそれを裏切らない

世界に満ち満ちている
共に生きるための会話
どちらが先に語りかけたのかも分からない
けれど　それは対ではなくて
生命の無限のつながりのほんの一コマ

共生のための語りかけ
その一つに成り得るのか
私の詩は

もっと海へ

橋爪　さち子（はしづめ　さちこ）
1944年、京都府生まれ。詩集『乾杯』『葉を煮る』。
詩誌「青い花」。大阪府池田市在住。

おびただしい染みを散らせた背中に比して
かあさんの胸はしろく張りに充ち
ほとんど齢をとらないようでした

母であったことの矜持は
それほど鮮烈に
永の齢月を印されるものなのでしょうか

砂をかき集め
お椀型に盛り上げたてっぺんに
棒を立てて弟と繰り返し遊んだお山くずし
傍にはいつもかあさんの匂いが

淋しいときは口をへの字にして
その胸の膨らみに触れさえすれば
世界はいつも凪いだ海の安らぎで
滴るように充たされるのでした

太古の太古の海の底
いのちのはじまりシアノバクテリアは
より多くの光を得ようと円錐形に盛り上がり
そのいただきに光合成の
酸素の水滴を煌めかせていたといいます

哺乳類の溢れる胸も
よりたくさんの乳を与えたくて
椀型になっていったのかも知れません

いいえ
谷の樹　森の樹　富士の山
麦の穂　花の芽　チューリップ
土穴にひそむ野兎の鼻さき

降り注ぐ陽に顔を差し出すいのちは皆
この星を精いっぱい生きたその果てに
自身の記憶の枝葉を一枚いちまい脱ぎ棄てて

海へ
もっと深い青の揺らぎのただ中へ
細胞のすべてを解いていくかのようです

大王烏賊

我もまた巡る季節の一部らし梢の春の色にときめく
音階の数ほどの緑重なりぬ花消えしのちの木々と夏草
草花は無心に咲けりこの夏も地球にひたすら命を繋ぐ
紅き実にひと夏の暑さ閉ぢ込めて粒の内より光る南天
天と地を巡る雨水含みつつ日増しに熟れゆく青き野葡萄
生存の戦略みなぎる森の中木々を枯らしてつる草のびゆく
てのひらに冷たき檸檬《れもん》を握りしめ確かめてゐるいのちと命
これ以上望めぬかたち千両の実の集まりてひとつ朱の色
猛毒の蛸とオコゼの棲む海をサンゴの死骸がひつそり眠る
生まれては消ゆる営み海深く大王烏賊の眼は炯々《けいけい》と開《あ》く

福田　淑子（ふくだ　よしこ）
1950年、東京都生まれ。歌集『ショパンの孤独』、評論集『文学は教育を変えられるか』。短歌誌「まろにゑ」「舟」。東京都中野区在住。

ヤドカリ異聞

青木　みつお（あおき　みつお）
1938年、東京都生まれ。詩集『幻想曲』、小説『荒川を渡る』。
日本現代詩人会、詩人会議会員。東京都小金井市在住。

エンタツ　アチャコでいえば
エンタツ
やす　きよでいえば
やすし

ヤドカリは小指の爪にも満たない生きもの
ひょうきんで透明な風貌をする
小さな黒い点としかいいようがない眼
意外に表情が変化する
皿にうすい塩水を入れ仮の棲み家とする
近づくと死んだ振りをする
しばらくすると皿の端の斜面に爪をかける
幾度かそれを繰り返し脱出の術を覚えた
逃げ足はヤドを抱えたまま速い

財務省幹部が国会の答弁席に就いた
ことばにできない事のいきさつ
とりつくろいは擬態
メガネをかけた表情がヤドカリに見えてきた
才知がゆがみ　プラレールのご意向の列車がぐるぐる走
る
踏み切りで　忖度忖度とカネが鳴る
姪の娘の沖縄土産の貝殻にまざってしまったのが不運
夜中にガサゴソいうので取り出した

貝ですっと囁きに来て

秋野　かよ子（あきの　かよこ）
1946年、和歌山県生まれ。詩集『夜が響く』『細胞のつぶやき』。詩人会議、日本現代詩人会会員。和歌山県和歌山市在住。

サザエは　蓋の裏に螺旋模様で過去を語る
私の蓋《ふた》から　閉じた魚がでてくるだろうか

＊

カタツムリを手にすると
体が貝のなかに縮みきれない
いつのころから地面を這いはじめたのだ

＊

小さい貝が虫になって　山の樹でマイマイしている
祖先代々　ここが宇宙
この木へどこから来たのだろう
貝殻に引きこもったままなのに

＊

潤んだ点が　ふたつ
家も捨て泳ぎも忘れ塩まで嫌い　隠れて歩いた
ナメクジよ
黒い泪眼《なみだめ》に夜空の何が映っているの

＊

海に居ることにした
ウミウシは踊る
光から　ド派手な衣装をもらった

夜空の星は見ないけど　海藻を食べて
子どもには　一つひとつ違う服を着せて願いを込めた

＊

体じゅうに海水を溜めながら
人は何もわかっていないのです
夜空の星や渦巻く銀河の映像を
水たまりのような　小窓を眺めて微笑んでいても
先に生きてきた　あなたの足あとをたずねられないので
す

＊

そういえば　カンブリア紀の絵に似たものを見た
眼だらけ円盤が　海を舞う
ホタテは　うなずいて飛んでいった

かいぼり
池はしなやかによみがえりつつ…

上空のヘリコプター　ボランティア　マスコミ
見物人　炊き出しの匂い
武蔵野のかいぼりは祝祭のような賑わいだった

生け捕りされた在来種　水槽に誇らしく　跳ね
白い巨大な腹の外来魚　人がのるほどの亀　アメリカ
ザリガニの山　捨てられた家電　自転車　空《から》の財布
掘り起こされ　水が抜かれ　むき出しの池の底
いきものたちは包囲されたように
澪筋《みおすじ》にサギ　泥土にカモ　必死に餌をついばむ
ぽっかりあいた深い真っ黒な穴　深夜うっすら積る雪
月明りに灰白色に映え　湧水は細く　細く地を這い
天の川のように　乳白色に照り　流るる
ひっくり返った天地に　夜ごと　セロの音　ひびき
ゴーシュは『鳥の歌』*に励み　合わせて口ずさむと
天の川に佇む　ちちははも海に逝った少年も友人も
あの水鳥たちも　静かな祝宴を楽しんでいるような
ああ、こんなに静かな時は久しぶり　こころ震わせ

あの朝ひたひたと流るる音　水を溜え始めた池

ひおき　としこ
1947年、群馬県生まれ。詩抄『やさしくうたえない』。日本現代詩歌文学館会員。東京都三鷹市在住。

彩りをかえながら　池面はキラキラと澄みわたる
あれから三回のかいぼりを経て
いくたびの春　めぐり
角ぐむツツイトモ　フラスコモ　銀色の魚　ひかり
渡る鳥たちは　季節のたしかな訪れを　告《つ》げる
「るるるー」と甲高い鳴き声　ヒナを狙うゴイサギ
鋭い嘴　種を繋ぐいきもの　逞しく痛ましく競い
やがて淘汰される命と　深い哀しみの闇を超えた
慈しみ溢るる命のさけび　おごそかな輪廻
思わず見上げる空　とおく拡がり
枯れたまんさくの上　薄紅色の愛おしいはなのき
池のまわりの斜面には　黄　白　赤　紫の花　つぼみ
高い木の繁みに卵を温めるつがい　澄んだ池を囲み
水も草地も木も　生きとし生けるもの　ゆたかな営み

人はいつも季節に取り残されたように　急《せ》いて
急いて失い競い争う　人の営みの切なさ　儚《はかな》さ
自然に生かされ　自然と共にある　命の恵を知る
この自然を守る使命と矜持　ロマン　しみじみ思う

*カタロニア民謡

水族館

勝嶋　啓太（かつしま　けいた）
1971年、東京都生まれ。詩集『今夜はいつもより星が多いみたいだ』、『妖怪図鑑』（共著）。詩誌「潮流詩派」、文芸誌「コールサック（石炭袋）」。東京都杉並区在住。

大昔　クジラの祖先は　さらなる進化を目指して
住み慣れた海の生活を捨て　陸に進出したそうな
でも　陸の生活には　なかなか馴染めず
あきらめて　俺　やっぱ　海に帰るわ　という奴と
俺　もうちょっと陸で頑張ってみるよ　という奴に
分かれたんだそうな
で　海に帰った一族は　今の形のクジラになり
陸に残った一族はその後　カバになったのだそうだ
生物学的に根拠のある話なのか　おとぎ話なのか
知らないが　ぼくはこの話が好きだ
カバが海に行ったらクジラになる　っていうのが
なんか楽しい
それに　別れ別れになってしまったカバとクジラが
結局　それぞれに居場所を見つけて
うまくやっているというのも　ロマンがあっていい
水族館に行くと　いつも　この話を思い出す
多分「水族」という部分が「海に帰った一族」
というイメージを連想させるからだろう
カバの「水族」が　クジラなら
こうやって水槽の中を悠々と泳いでいる
サカナエビカニイカタコクラゲなどなど　の中に
もしかしたら　遥か昔
人間の「水族」だった奴も　いるのかもしれない
そんなことを夢想すると　なんか楽しくなるのだ
……でも　水族館でクジラ見たことないんだけどね

カンツカ

神子田《みこだ》の朝市を
久し振りに覗いてみると
薄明りの一角に
得体の知れない物が並んでいる。

近づいてみると
串刺しにされた小指大の黒い物が
丸い目だけ光らせている。
「これ、なんだェ？」
「カンツカだよ！
そばの出しに最高だから
一串、買ってって…」

近くの小川からはとうに消えた
頭でっかちの剽軽者《ひょうきんもの》のカンツカに
しばらくぶりに出会ってみると
元の姿はどこへやら
丸焼きにされ
錆びた釘になって
影すら消えていた。

一串、手に取って見詰めると
釘に変えられたカンツカたちは
小学一年生のように
お行儀よく一列に並んで
生きているもののように
健気《けなげ》に挨拶してくれた。

だれか
この真珠のような目を
「そっこど
　閉じてけで…」
念じながら
手ぶらで市場を後にした。

＊カンツカ＝カジカ
＊そっこど＝そっと
＊閉じてけで＝閉じてくれて

金野　清人（こんの　きよと）
１９３５年、岩手県生まれ。詩集『冬の蝶』『青の時』。
岩手県詩人クラブ、北上詩の会会員。岩手県盛岡市在住。

みずすまし

群馬県渋川市のあじさい公園
小川の流れを少し溜めた小池がある
六月の澄み切った空の下
水面《みなも》にも白い雲が浮かんでいる
小さな動く物体が数匹
みずすましだ
対面するのは久しぶり

子どものころ
前の小川で何度も見たのだ
〈アメンボ〉と言ってた
――アメンボ歩くぞ水の上
　そんなに急いで何さがす
俗謡を歌っていた仲間たちも浮かぶ

帰宅してから辞典開く
〈水虫の甲虫。（略）背腹各一対の複眼をもち、空中水
　中を同時に見られる〉
とあるが　しばらく見ていたら
下に泳いでいる金魚が　水面まで顔を出し
みずすましを捕獲している

大塚　史朗（おおつか　しろう）
1935年、群馬県生まれ。詩集『千人針の腹巻き』『産土風景』。
詩人会議、群馬詩人会議会員。群馬県北群馬郡在住。

上にも下にも見られる眼を持ちながら
何匹が姿を消しているのだ

自然界の摂理というか
魚だって鳥だって野生動物だって
大きいもの　力のあるものが
次々と捕獲して存続してきたのだろうが
強者が弱者を消滅する
人間社会にも通じてるのか

紙面とペンから手を放し窓外を見る
六月の陽光《ようこう》のもと緑がいっそう濃くなった
私の視界はせいぜい百八十度
みずすましのように上下は見えない
だが　瞑目したら　過ぎ去った歳月も見える
少しは現在も
そして未来も見るよう
見たがっているのだ
地球という惑星の
昨今の動物化になりがちな本性に叛《さか》らい
共生と共存の道を探している人たちの

メダカ

高森　保（たかもり　たもつ）
1933年、佐賀県生まれ。詩集『五月の大連』『1月から12月 あなたの誕生を祝う詩』。「九州文学」同人、詩誌「滾滾」。佐賀県伊万里市在住。

メダカが商品になって売られている
えげつない世の中になった
春が来るとメダカは田んぼの溝にわんさと出て来て
同じ向きにそろって泳いでいた
掬《すく》ってみるか　と水中に手を入れた途端　一斉に
さっと向きを変え去って行く
その先へ手を入れると　また向きを変えてしまう
群から遅れて泳ぐメダカなんていない
メダカは勢揃《せいぞろ》いして泳ぐ
上から見ていると　流れの速い渓流のようで
メダカの背中が渓流の下の小石のように見える
それで天敵の鳥たちの目を避け生き延びて来たのか
♫　メダカの学校は　川の中　誰が生徒か　先生か
　みんなで　お遊戯しているよ　♫
半世紀よりも前　まだ幼い子どもに私は返っていた
もう　その頃の現実には帰れない

小学校の教員をしていて　五年生の理科でメダカを教え
るようになっていた
メダカを探して　学校周辺から歩いたがいない
やっと隣町の丘下の小川で発見　掬って教材にできた
それから数年後　地元の若い同僚が五年生担任で
メダカを教えていられたが　その生きた教材の小魚は
ハヤ　動きが速くすばしこく単独行動をする
「これハヤ　メダカは目が上について目が大きい」
「そうですか　メダカって見かけないもんですから」
それで　私はメダカを採集した場所を教えたのだった
どうしてメダカはいない

思えばベトナム戦争後　そこで使われていた枯葉剤等
の毒薬が農業用に転用され出したのだった
ホリドール散布後の水田が梅雨末期の大雨で冠水
氾濫《はんらん》した川面に淡水魚が白い腹を見せて流される
それが毎年繰り返され　それ以上に　農業の近代化
土地改良と国営の事業が展開されたのだった
自然を残した昔からの小川　田の畔溝も姿を消した
もう在来のメダカどころか鮒《ふな》も蟹《かに》も汽水の蜆《しじみ》もいない
これが豊かな日本の国土なのか

メダカ売ります　ヒメダカ　シロメダカ　きれいですよ

雨は

雨　静かに降る
木々は葉を濃いワイン色に染め
濡れて　庭に立つ
底知れぬ冬の空虚が迫ると
足元に踏まれた枯れ葉が粉になる

小さな生き物の命は土になり
土の深く　いくつもの命を埋め
我も彼らも終《つい》の棲家《すみか》の土となる

雨　この雫は
広い空からここをめざして
流れ落ち　小さな命の糧となる
底知れぬ広大な空の情報を持って
小さな庭にインストールする

大地は宇宙を浸透し
土深くファイルをためて
春になり　夏になり　秋になる

雨は
終の棲家のこの庭に
我と彼らを保存し
宇宙の情報を大地深く記憶し
氷で固めて冬になる

雨　静かに降る
土の質量は何億年も変わらず
その時　庭は生を得る

山野　なつみ（やまの　なつみ）

長野県生まれ。詩集『時間のレシピ』『上海おばさん日記』。
詩誌「まひる」「いのちの籠」、東京都美術会員。

井戸を浚《さら》う

井戸が　濁っています
と　聞けば都市の人はふと
自分の肝胆《かんたん》あたりに思いを垂らすのだろう

けれど　井戸は外にあるので
だれか人を降ろさなければならない
おとなたちが集まり　一日
底を浚《さら》い　濁りを除こうというのだ
井戸はすでに幾代かにわたり根を張る　地中の
一本の樹のごとく梢をひろげ
覗き込むわたくしを映す。

釣瓶《つるべ》から手押しポンプに　それから
電動機《モーター》で汲み上げられるようになっても
見えない井戸から　水が来た

離れた市域から遅れて上水道が導かれると
水に落胆したのだ、わたくしの連れ合いが。
帰省した夏の冷たく旨いコップの水
冬の朝の顔を包むやわらかなぬくみある水
地中の　あの樹はもう枯れたのだろうか。

沢田　敏子（さわだ　としこ）
１９４７年、愛知県生まれ。詩集『一通の配達不能郵便《デッド・レター》がわたしを呼んだ』『サ・ブ・ラ、此の岸で』。日本現代詩人会、日本詩人クラブ会員。愛知県春日井市在住。

——水がきたとき、まっさきに来るのは、牛と
　子どもです。
旱魃《かんばつ》と戦乱に挟まれたアフガンの荒土に
井戸を掘り
用水路を拓く人は　言った*
世界が錯覚で成り立っている、と。

ダラエ・ヌールの集落に
横井戸《カレーズ》の水が迸っていく。

井戸が　濁っていますか？

打ち捨てられてあるコンクリートの井戸枠が
地面から少しだけ　出ている。
空と地をつなぐために
井戸が　わたくしの外にあるので
埋められていても　地下の水面が微かに漣立《さざなみだ》ち
こころがきょうめいしたりする。

＊中村　哲。医師。二〇一九年十二月、銃撃を受け死去。
＊ダラエ・ヌール…アフガニスタン東部に村や耕作地を
　抱く渓谷地帯。

金魚

中尾　敏康（なかお　としやす）

１９４９年、京都府生まれ。詩集『橋上のチャスラフスカ』『これは林檎ではない』。日本現代詩人会・日本詩人クラブ会員。埼玉県越谷市在住。

唐草模様の祖母の巾着から
幾許かの金子《きんす》をくすね
少年は往還をゆく天秤棒《てんびんぼう》の
金魚売りを逐《お》いかけた
金魚売りは木蔭に腰を下ろし
煙管の雁首《がんくび》を手の平に打ちつけていた

少年は恐る恐る数匹の金魚を購《あがな》い
呼び集めた近所の子等に
得意になって見せていたが
それは数日を経ずに
残らず白い腹を晒して金盥《かなだらい》の底に沈んだ

泣きじゃくる少年の頭を
祖母は黙って撫でていたが
いつまでも泣きやまない少年を
裏庭の南天の木の根元に連れて行き
ちいさな穴をほった
金魚を埋めて土をかぶせると
塚は寂しく盛り上がった

あの日少年が泣いたのは
金魚の死を悼んだからではない
祖母が少年に
金魚の代金の出所を訊《き》かなかったからなのだ
それがたまらなく悲しくて泣いていたのだ

ふるさとに眠る金魚は
とうに土になっているはずだ
あのとき
祖母が金魚と一緒に埋めてくれた
少年の罪も土に還っているだろう

けれど祖母よ
今でも油照りの街で金魚を見かけると
少年の稚い両の手は
なつかしい痛みに顫《ふる》えるのです

金魚

村上　久江（むらかみ　ひさえ）
1950年、千葉県生まれ。詩集『遠くへ』『かくれんぼ』。山武市総合文芸誌「文芸さんむ」、日本詩人クラブ会員。千葉県市原市在住。

濾過装置に注ぐ絶え間ない水の流れ
コバルトブルー、白、茶色の小石が敷かれ
水草がそよと揺れる
男はそうして水槽を整え

和金、琉金、らんちゅう、出目金
朱文金、コメット、丹頂などと
彩も形もさまざまに華やぐ
店の大きな水槽のなかから
一匹、二匹と女に選ばせた
それをついと放つ

男は父の温かい手
ごつんと小突く逞しい手を知らない
父は母の腹に男を宿したまま戦死
母はあどけない幼児だった男を残し他家へ再び嫁いだ
その哀しみを男は語らない

金魚は　泳ぐ
胸びれ　背びれ　尾びれ　尻びれ

全身を揺らし
餌を求め　餌を食み

すい　すい
ひら　ひら
ひらり　ひらり
ゆらり　ゆらりと
成長し

成長した身の嵩のぶんだけ
金魚の月日は流れ
時は刻まれた
男は古稀を迎え　病を更新中

今朝　一匹の金魚がぷかり
水面にひっくり返り
死を受け入れる
弾力を無くし　光を失い
何も語らない眼

或るカメラマンの歓びと嘆き

末原　正彦（すえはら　まさひこ）
1939年、鹿児島県生まれ。詩集『鮮度良好』、朗読ドラマ集『宮澤賢治・中原中也・金子みすゞ』。詩誌「ホルス」「詩的現代」。千葉県君津市在住。

友人のカメラマンが我が家に寄ってくれた。翡翠《かわせみ》を追いかけて六日間の野営をしての帰りだ。「収穫、収穫！」。それが第一声だ。早速その収穫を見せてくれる。翡翠の様々な姿が次々に現れる。キリのように尖った長い嘴《くちばし》、瑠璃色の艶やかな背面、茶色の腹部、目の後ろの白い筋、まさに珠玉の生き物だ。夢中でシャッターを押したらしく枝、岩、流木などに止まり、表情も色々だ。おっ！川面に突っ込んだところ、小魚を咥《くわ》えたところ、確かな収穫だ。「凄い！いいショットだ」思わず褒《ほ》め言葉が出た。彼はしたり顔で先を見るよう顎で促す。画面を送ると、おや？鹿じゃないか。鹿が水を飲んでいる。ここは彼が住む東京から車で一時間半で来れるところだ。鹿の自然な姿をよく撮れたと感心すると、更に先を促す。今度は猪の親子だ。これは夜の画面だ。それでも月明りに影を引き、並んで水を飲んでいるシーンがはっきり撮れている。親一匹、子が三匹だ。続いて狸が水を飲んでいる。狸ではなくアナグマではないかという。更には実に小さな鹿だ。キョンだという。さすがプロカメラマンだ。こうしてみると、川は水中に生活する魚類だけでなく、山の生き物たちにも無くてはならないものだということが分かる。次は日中の山の木々が写されている。すると、猿だ。木のあちこちに猿の姿が写し出されている。木の陰からカメラの方を睨《にら》んでいる。かなりの数が写し出されている。「いや、その時は怖かった」「本当に襲われるかと思った」彼は思い出したのか、身震いをしたが、顔は満更でもなさそうな満足顔だ。そして、こう言った。「問題は次だ。この豊かな川を逆上ったどん詰まり、つまり源流の写真だ。俺は驚いたね。腰を抜かしたよ」そこに写し出されていたのは、擁壁《ようへき》だ。その上には人工の大きな山が築かれ、その表面をシートで覆っている。「かなりの臭いがした。産業廃棄物最終処分場をあんなところに造るなんて、世も末だな」「そうか。見たか。下から見ると今にも崩れてきそうだろう。今、裁判沙汰になっているんだ。あの辺り一帯は自然保護区と水資源涵養地に指定されているんだ。そこに最終処分場を許可したのだから、確かに世も末だ。」二十年前に許可が出たのだ。それも知事の任期が終わる三月三十日の五時前に印が捺されたという。その一期処分場は八割ゴミを埋めたところで漏洩事故を起し、搬入禁止になった。ところがそのまま、二期処分場、三期処分場と許可が出た。

二期処分場は満杯になり、三期処分場の搬入が始まった。この三期処分場のすぐ隣が現在も搬入禁止になっている第一期処分場だ。誰がどのように儲けているのだろうか。運ばれてくるゴミは、燃え殻、汚泥、硝子屑、廃プラスチック、紙屑、木屑、繊維屑、陶器屑、ゴム屑、金属屑、鉱さい、煤塵、建築廃材、石綿含有廃棄物、放射能汚染物質などだ。確かにわが国では、年間四億三千万トンのゴミが出され、その内の千四百万トンが最終処分場に埋立てされるという。トイレと同じで無くてはならない施設ではある。しかし、自然保護地域で水資源涵養地に造るべきものか。誰が考えても当たり前ではない。この川は【御腹川《おはらがわ》】といい、小櫃川《おびつがわ》に合流している。その小櫃川の水は、三十五万市民の飲み水を賄い、周辺田畑の生命線でもある。また、この産廃処分場の真下にある久留里という町は上総《かずさ》掘りによる自噴井戸で名水の里として有名だ。明治中期にこの地域で完成され昭和中期まで日本中で活躍した、人力のみで千メートル掘削できる井戸掘り技術で、国の有形、無形双方の文化財指定を受けている。その恩恵で掘られた自噴井戸は今も滔々とミネラル豊富な地下水を噴き上げている。生活用水だけでなく田畑を潤し、遠くから汲みに来る人も絶えない。この豊かな自然の喉元に、喉頭癌でもできたように、この産業廃棄物最終処分場が居座ったのだ。最先端の技術を駆使した絶対安全な設備を施しているから、心配する必要はない、と説明する。東京電力福島原子力発電所もそういって出来た筈だ。人間の技術に絶対があるだろうか。何重ものシートを敷いてあるから漏れることはない、という。ところが第一期処分場は漏れ、十年経つ未だにその原因すら分かっていない。シートを被せてそのままにして、二期処分場が認められ、それが満杯になると三期処分場が許可される。何かおかしい。周りの山は丸坊主にされ、果てしもない大きな穴が掘られ、そこに廃棄物が放り込まれ積み上げられ、そしてゴミで造った人工の山が築かれるのだ。豪雨災害も大風災害も年々激しくなっている。

地震があると心配する。豪雨になると心配する。漏れはしまいか。崩れはしまいか。三期工事の仮処分命令申立が千葉地裁で却下された。事業主が安全稼働に何の問題もないと言っている。それを覆す何の証拠もない、というのだ。事故や事件が起こらなければ、それが安心安全を担保している、というわけだ。「世も末だ」「収穫、収穫と写真の成果を喜んだが、これら動植物だけでなく人間も絶滅危惧種かもしれないね」と友人は嘆いた。

武藤　ゆかり（むとう　ゆかり）
1965年、茨城県生まれ。詩集『夢の庭』、写真詩集『吹き寄せ花』。
日本写真協会、日本現代詩人会各会員。茨城県那珂郡在住。

亀太郎

庭の小さい池を眺めていたら
亀太郎が寄ってきた
両手両足を必死に動かして
体をぐらぐら揺らしながら
私の方へ寄ってきた
首をぐうんと伸ばして
無表情な目で私を見上げる
鼻の穴をいっぱいに広げる
この間池の水を替えてやったのを
覚えているのかも
白い帽子のつばが
神様みたいに見えるのかも
うどんの残りを池に落とすと
前の手でかき寄せて
じゅるっとすすって食べる
音は聞こえないけれど
水も一緒に一気に吸い込むのだ
亀太郎は亀なのに
いや亀だからこそ可愛い
亀太郎の小さくて丸い鼻の穴も
苔の生えた地味な甲羅の色も
とてつもなく可愛い
亀太郎が私の方へ
初めてじゃぶじゃぶと泳いできた時から
私を私だと思ってくれた時から

鳥よ

お前は毎日同じ歌を歌うよ
お前の可愛い喉が
生まれつき知っている歌を歌うよ
お前のたったひとつの歌だよ
軽やかな羽根のような歌だよ
鳥よ
晴れの日も雨の日も
お前の歌を歌っておくれ
一生の間同じ歌を歌って
私を微笑ませておくれ

白山荘のタオル

室井　大和（むろい　やまと）
1939年、福島県生まれ。詩集『迎え火』『雪ほたる』。詩誌「の」「青い花」。福島県白河市在住。

東日本大震災から七年
松川浦の養殖海苔が出荷される
復興の兆が見えて来た
県漁連の検査で合格した沿岸漁業の
ヒラメ　コウナゴ　ホッキ貝　アワビ
ヤナギムシカレイ　マナタナゴと　沖合漁業のカツオ
実験操業の魚貝類の種類も多くなった
七年目のＮＨＫ調査によれば　復興を感じている人は
岩手県人は53％　宮城県人は46％　福島県人は38％と低い
同じ被災地でも意識の差は大きい
福島県人のその低さは　なぜだろう
原発事故のせいだろうか

七年半前の初冬に松川浦に旅をした
波静か　充満する磯の匂い
海面に漂う養殖筏で働く人の影
宿は白山荘　一休みして風呂に入った
空はどんよりと重く　薄墨色であった
桟橋を照らす光が海面を銀色に染める
夕食は　鮪《まぐろ》の刺身　ホッケの塩焼きは肉厚だ
ホタテの貝柱　サザエの壷焼き　ホッキ飯
アオサ海苔の味噌汁は海の香り
朝食は　鯵《あじ》の干物　ヒジキと人参の和《あ》え物
メヒカリの唐揚げ　青海苔　アサリの吸い物
豊穣な海からの御馳走　潮風は海からの贈り物
白山荘の白い旗が揺れていた

あれから三ヶ月後に松川浦にも白山荘にも
津波襲来　家も車も人も船も濁流に呑み込まれ
川を溯り　田畑　街や電柱　家を破壊した
新地駅は　鉄路が歪み　列車が大破した
しかし　乗客乗員は全員無事だった
若い警察官の機敏な誘導が命を救った
白山荘の従業員も全員無事だったと言う
骸骨だらけの白い建物が残った

お土産の白山荘のタオル
相馬市松川浦の民宿のタオルを　もの干し竿に干す
まるで　自由の旗のように翻っている
プリントされた電話番号をかけてみる
ただピーピーと鳴るばかりであった

おおしろ　房（おおしろ　ふさ）

1955年、沖縄県生まれ。句集『霊力《セジ》の微粒子』『恐竜の歩幅』。
俳句同人誌「天荒」、現代俳句協会会員。沖縄県那覇市在住。

地球船

虚無の世に尾を入れている瑠璃蜥蜴

月の嘘土の真実かぎ分ける

鳥渡る地球の動悸激しくて

花ギーマくちびる冷たく共謀罪

サガリバナ花火の如き溺死体

水仙を活け芯から冷えてゆく

たんぽぽや除染の町に根を張って

浜下《ハマウィ》りやホモ・サピエンスは戻れない

新聞に畳まれている蟻地獄

嘘が膨らんで紫陽花になったの

首根っこつかまれている島大根

さまよえる子らの魂《マブイ》の螢舞う

青空の涙吸い取るパッションフルーツ

月光にメダカ孵化する地球船

コスモスや直立不動はつまらない

シロツメクサは地の肺胞呼吸す

花梯梧プロメテウスの火をもらう

モノレールのはらわた見上げる蝸牛

星雲の微熱もらって天人花

心臓をギュッとつかまれドラゴンフルーツ

第三章　花に神をり

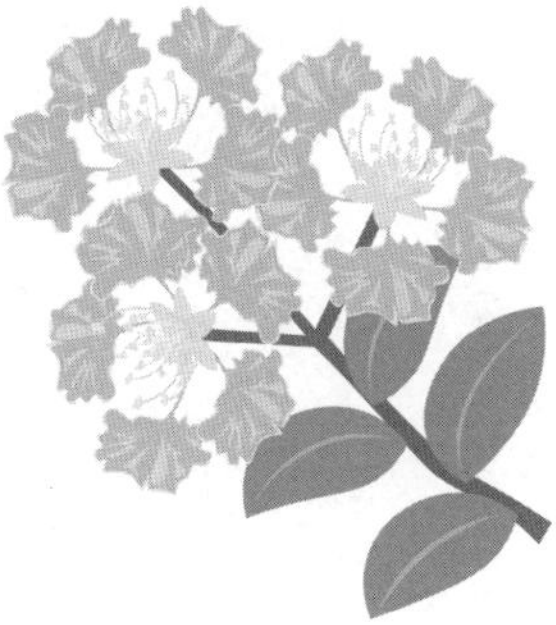

爰《ここ》をまたげと

（表題・抄出はコールサック社編集部）

木々おの〱名乗り出でたる木《こ》の芽哉《かな》

茨《ばら》の花爰《ここ》をまたげと咲《さき》にけり

馬の屁《へ》に目覚《めざめ》て見れば飛《とぶ》ほたる

雲に鳥人間海にあそぶ日ぞ

道後温泉の辺りにて

寝ころんで蝶泊《とま》らせる外湯《そとゆ》哉

小便の身ぶるひ笑へきり〲す

ばら〱と臑《すね》に飛《とび》つく螽《いなご》哉

旅人にすれし家鴨や杜若

手の皺が歩み悪《にく》いか初螢

初蝶の一夜《ひとよ》寝にけり犬の椀《わん》

小林　一茶（こばやし　いっさ）

1763～1828年。『七番日記』『おらが春』。

蝶とんで我《わが》身も塵《ちり》のたぐひ哉

どか〱と花の上なる馬ふん哉

うつくしや雲雀《ひばり》の鳴《なき》し迹《あと》の空

一ツ舟に馬も乗《のり》けり春の雨

八歳の時

我と来て遊ぶや親のない雀

鴈《かり》よ厂《かり》いくつのとしから旅をした

痩《やせ》蛙《がへる》まけるな一茶是《これ》に有《あり》

雀の子そこのけ〱御馬が通る

蟻の道雲の峰よりつゞきけり

やれ打《うつ》な蝿が手をすり足をする

『新訂　一茶俳句集』より

すべての人の心に花を

喜納　昌吉（きな　しょうきち）

1948年、沖縄県生まれ。アルバム『BLOOD LINE』、『すべての武器を楽器に』など多数。「喜納昌吉&チャンプルーズ」を率いる。沖縄県那覇市在住。

川は流れて　どこどこ行くの
人も流れて　どこどこ行くの
そんな流れが　つくころには
花として　花として　咲かせてあげたい
泣きなさい　笑いなさい
いつの日か　いつの日か　花を咲かそうよ

涙流れて　どこどこ行くの
愛も流れて　どこどこ行くの
そんな流れを　このうちに
花として　花として　むかえてあげたい
泣きなさい　笑いなさい
いつの日か　いつの日か　花を咲かそうよ

花は花として　わらいもできる
人は人として　涙もながす
それが自然の　うたなのさ
心の中に　心の中に　花を咲かそうよ
泣きなさい　笑いなさい
いついつまでも　いついつまでも　花をつかもうよ

白い声

いきはての島のはて　今は牧場《まきば》となっている
廃村のあとを訪ねる　降りしきる梅雨《つゆ》の雨
あまりにも人里と隔絶し人を見たことがない
牛が穴のあくほど私をみつめ私の移動につれ
て百八十度首をまわす　近づいていくと迷惑
そうにノロノロと道をあける　実は道などあ
りはしない　あちこちに垂れながされた黒褐
色の牛糞が崩れた円盤となって無数にちらば
り　そのかすかに波紋をのせた厚みのある牛
の糞《ふん》から白いほそい丈たかいキノコがすらり
と二本三本伸びている　尖端にはまるい白磁
の茶わんを伏せたような大きなカサだ

足許《あしもと》をいちめんのしろいキノコに迎えられそ
して送られ　いったん海辺の砂浜におりその
位置からクバの木をめあてに村跡への方向を
探す
雨はアダンの葉をたたき地に這うかずらの葉

八重　洋一郎（やえ　よういちろう）
1942年、沖縄県生まれ。詩集『血債の言葉は何度でも甦る』『日毒』。詩誌「イリプスⅡ」。沖縄県石垣市在住。

をたたきヤラブをたたきハスノハギリの葉を
たたき　わたしの傘も不規則な小さな音をた
てている

やがて村の石積みがあらわれ　石と石でふち
どられた道あとがあらわれ　屋敷囲いのあと
があらわれ　カマドとおぼしき黒く焼けた石
組みがあらわれ　そして低い石垣をめぐらし
た小さなひろばがあらわれる　それは村御嶽《ムラオン》
の跡である
明治半ばに最後の一戸がここをさりやむなく
廃村になったという　御嶽《オン》の神女と神女の一
家と係累がほそぼそと時節時節には訪れてい
たというが　鬱林に埋もれ時間に埋もれ　今
はこのそぼふる雨と雨おとにうもれ　くずれ
潰れた村跡のさびしさは言いようもない
晴れた日にはその雨おとさえなくなって光が
ただ物質としてひかり続け　かげはただ現象
となって闇をおとし　一片のいのちのけはい
さえ絶えた陰翳のしずけさがあたりをくまな

く領するであろう　むなしさの底深い恐怖が全身の毛穴を冷たく走る

人は何がゆえにこんな地のはてで死ぬこともならず生きていたのであろう　わけもわからずいのちに課された生きるという重圧に耐え　御嶽《オン》をつくりクバを植えただひたすら待っていたのか　神の集いを神の遊びを神の泉を　ひくくひくく神言《カンフツ》を呪しながら時には声高くさけびながら

私は傘を深くさし拝所にしゃがみ合掌し神の声を聴こうとするが　声はなく　さまざまな雨音がパーカッションの音楽のようにゆるくつよく耳をみたす

人が去り　人のかわりに牛が来て　牛は糞《ふん》をまきちらしその糞にまるで尖《と》がった白骨のようなすらりと丈たかいキノコがはえ　そのキノコにはかなり濃い微妙な麻薬成分が含まれているという　それをとりにこっそりここを訪れる人もいるという
キノコのかさが雨にぬれ風にゆれ音をたてずにりんりん鳴っているようだ　インドでは泥の中から咲きひらく蓮《はちす》の花に妙《たえ》なる音信が鳴るという

南の島のいきはてのはてのはて　いつかこの地に神の声がきこえるだろうか　牛糞からはえる白いキノコの麻薬の声ではない声が

花に神をり

紅く咲き百日あかく身をこがす花に神をり視野ふさぎ雨
げに真昼音なき時間いとんぼ青白光をのこしかき消ゆ
いまはどこ夏広小路蓮のはなおくめんもなき輪舞と輪舞
濁だくだく魚ぞくひと族草のぞく水面に美しき月柱《げっちゅう》ぞたつ
白きタデうす紅きタデ風に草おのおの揺らぎとぶ秋あかね
ひたひたに青き水流よせかへし鰭《ひれ》うごかしぬ孤《ひと》りと孤《ひと》りと
虫の生草木の生猫の生三日月のぼり闇ふかまりぬ
きらきらと下降してゆく恍惚をもちしやいなやあきつの群は
薄明はあをき水底樹も貝も魚類血族揺らかにあり
まもらねばならぬと思ふこの庭の朱き実　深き濃き酸をもつ

安井　佐代子（やすい　さよこ）
1950年、千葉県生まれ。詩集『半島《ばんとう》』。
短歌誌「舟」。千葉県八千代市在住。

辛夷がともる

影山　美智子（かげやま　みちこ）
1936年、香川県生まれ。歌集『夏を曳く舟』『秋月憧憬』等。
短歌誌「かりん」。千葉県松戸市在住。

田打桜　打てと促し白くさくを種蒔き禁じらるる汚染地区

避難地区ひろがりゆくも田打桜や家畜とありしを別れ強ひらる

春の田を打ちて蒔く作業あてどなく奪はる塩害・放射能禍に

種蒔鳥クワクコウクワクコウ鳴くものを塩害・汚染の春田は乾く

早苗の波あをあをわたる風生れず仙台平野・相馬野・飯舘

海より見る山脈しろく佐渡は招《を》ぐ余震にをののく地を置きくれば

春の佐渡に迎へられしよ白き色の山脈の雪・辛夷・水芭蕉

苗植ゑむ水張田の澄みふたもとの畦のさくらの白うつしをり

塩害の仙台平野・被曝の福島田植ゑのときを植ゑ得ず　いつまで

雑木々の芽吹きいまだし雪のこる金北山に辛夷がともる

季節の内側で

高橋　静恵（たかはし　しずえ）
1954年、北海道生まれ。詩集『梅の切り株』、研究書『子どもの言葉が詩になるとき』。「詩の会こおりやま」「福島県現代詩人会」会員。
福島県郡山市在住。

願いをこめて花木を植える
一年後の私が
一〇年後の君が
一〇〇年後の誰かが
一〇〇〇年後の何ものかが
花を愛でることだろう
愛しい花よ

明治の安積《あさか》開拓民によって植えられた
開成山《かいせいざん》公園の桜も
富岡町夜ノ森《よのもり》の桜も
福島花見山《はなみやま》の桜も
会津鶴ヶ城の桜も
三春町の滝桜も
すべての桜よ

老木の太い幹の表面に
滲み出るように可憐なつぼみ
新しく伸びた若い枝には
一つ一つ花弁が咲きだした

いのちが歩いている
逞しい花よ

いのちを育むものに
望みを託してことばを紡ぐ
わたしのひとりごとを
君のやさしさを
はるかの賢人からの智慧を
くらしの手あたりを語り継ぐ
明日へ
いのちが歩いて行く
新しい人よ

花やしきかなあ

おもてどおりを
おばあさんに手をひかれて　幼女が通る
「はなやしきかなあ」
とつぶやきながら
「花大根きれいだねえ」
とおばあさんも目を細める

今年はむらさき花大根が　いっぱい咲いた
道路沿いに種がこぼれて　風にゆれている
ほろほろと花びらがちる

「花大根は諸葛菜ともいうんだって」
小学生だった娘が教えてくれた

「この花の学名は
ムラサキハナナという
かわいい名前なんです」
と知り合いの人が手紙をくれた

「おかげさまで

北村　愛子（きたむら　あいこ）
1936年、東京都生まれ。詩集『見知らぬ少女』『神様高齢者をあまりいじめないで下さいまし』。詩誌「いのちの籠」「1／2」。埼玉県川越市在住。

花いっぱいのお宅の前を通るのが
楽しみです」
とにこにこしながら　散歩するおじいさん

「遠まわりしてお宅の前を通るのよ」
と買い物に出かける主婦のひと

種をくださった赤木健介先生のおくさん
天国で見ていますか

戦地から種を持ち帰った兵隊さん
天国で見ていますか

「平和の花」が風にゆれているのを
幼女が「はなやしきかなあ」
とつぶやきながら通っていくのを

＊詩集『なぜ？繰返す』に「平和を願う花」という詩を書いたが、日本兵が中国人たちを銃剣で脅し、丘の上へ追い上げ穴を掘らせて突き落として生き埋めにした。その丘の上に咲いたのがムラサキハナナであった。昭和十年陸軍衛生材料廠長だった山口城太郎氏が南京の紫金山より持ち帰ったので紫金草とも呼ばれている。

保存樹木0993号

悠木　一政（ゆうき　かずまさ）

1942年、秋田県生まれ。詩集『凍土のじいじ』『吉祥寺から』。
詩誌「日本海詩人」、日本詩人クラブ会員。東京都武蔵野市在住。

そのサクラのある　街の小さな公園
いつもの夏の夕暮れ時には
乳母車を押した若いお母さんや
涼みにきた年寄りで　すこし賑わう

二メートルもある胴回りは　もう古木の風格だ
樹齢は百年に近いだろう
戦争が終わるずうっと前に　新吉《しんきち》じいさんが
山梨から上京するとき持ってきて植えた

周辺のソメイヨシノが花吹雪となって散り
街から花見気分が消えかかるころ
赤みがかった緑の若葉を茂らせ
白い小さめの花を無数に咲かせる
……だから山桜の一種に違いない

この街にも戦争の惨禍があって
中島飛行機の工場が何度も爆撃された
3キロほども離れているのだけれど
このあたりまで逃げてきた人たちもいたらしい
のべ二二〇人が亡くなったという

まだそのサクラが若木だったころの話だ
工場のあった周辺の神社には　殉職者慰霊碑
勤労動員で犠牲になった四人の女生徒の
「散華《さんげ》乙女の碑」は武蔵野大学の構内にある

二〇一一年八月も終わるが
うつくしま福島がフクシマになったあの日から
小公園に訪れる人はめっきり減った
蟬だけが集い　夜まで鳴き続けている
サクラは緑陰を提供しながら寂しいだろう

腹巻のように取り付けられたプレートには
「22世紀には大木になってください」
という素っ頓狂なフレーズと
「保存樹木　0993号　サクラ　武蔵野市」
という戸籍が記されている
周辺のサクラには「ソメイヨシノ」とあるから
市の担当者もきっと種を特定しかねたのだ

そのサクラを「新吉桜」と名付けて
ときどき言葉を交わしに出かけている

オニアザミの夢

あゆかわ　のぼる
1938年、秋田県生まれ。詩集『荒野にて』、エッセイ集『黄昏て道険し』。
詩誌「日本海詩人」「亜土」。秋田県秋田市在住。

突然目が覚めた
ふとんの中で
六時のサイレンが鳴らないことに気付いた
この集落に住み始めて
もう四十年になる
朝六時と昼十一時半と夕方
時を告げるサイレンを聴いてきた

先程までは野原を歩いていた

生まれ育った村でも
物心ついたときから
サイレンが鳴っていた
村人は「ボーが鳴った」と言った
昼の十一時半のボーが鳴ると
田圃から上がり家に帰り
冷や飯を味噌汁でかっこんで
少し予習して汽車に乗って
夜間高校へ行った

サイレンを鳴らす係は
足の不自由な自転車屋のシューザだった
シューザの家は
「林」と呼ぶ　昔、妙見様のあった
小高い丘の西側にあって
終戦間際に丘のへらに
村人達が防空壕を掘った
深くて暗くてジメジメしていたが
人々は「ここさねげれば大丈夫」と言った
B29が轟音とともに次々と飛んで来て
やがて戦争が終わった
そして貧しくて苦しくて寂しくて切ない
「平和な日々」が来た
「ボー」が鳴ったのは
それからしばらくしてからだったと思う

けたたましい歴史が終わって
小さな歴史が始まって
七十五年後の八月の朝
今年もここに刺のある紫色の花が咲く

＊へら　斜面
＊ここさねげれば　ここに逃げ込めば

夏椿《なつつばき》

知らなかった
小さな　うすむらさきの　その花の名前を
こんなに早く　去っていくなんて
散ってしまい　なのに
小さな星が咲いている　いまも
愛とは　はかないものだと
私に　伝えに来てくれたのに

私は
忙しいふりをしていた
今とう　時の　とりこになっていた
「それは　夏椿という　花ですよ」と
教えてくれたのに
厳しい冬に耐えて咲いているのに

今年は　かっこうが来ない
昨年は　盆地いっぱいに
飛来の　知らせがあったのに

術後に

森　三紗（もり　みさ）
1943年、岩手県生まれ。詩集『カシオペアの雫』、評論集『宮沢賢治と荘巳池の絆』。宮沢賢治学会、日本現代詩人会会員。岩手県盛岡市在住。

「生き抜いたよ」と電話が来た
その後　苦しいから来てと言えずに
やさしいから　私を呼ばなかった
呼べなかった　耐えに　耐えていた
深い思いやりと　愛ゆえに

知れなかった　浅はかな私だった
こんなに　早く逝ってしまうなんて

「さようなら」と　別れを言わずに
別れを言えずに
あの世と
ちりぢりに　この世にいるなんて

初夏に　　あまりに
やさしい　青を
咲かせている

冬菫

夕暮れ
今日はまだ
空を見ていなかった
というふうに

死に近いその時に
大事なものを
見ていない
と　思うだろうか

ひっそりと咲いているという
冬菫を　まだ
というふうに

春

うれしいな
福寿草が土から顔を出す
辛夷《こぶし》の白い花が咲く

吉田　隶平（よしだ　たいへい）

1944年、広島県生まれ。詩集『赤い椿の向うへ』『この世の冬桜』。日本現代詩人会、日本詩人クラブ会員。広島県福山市在住。

菜の花が黄色い灯をともす
桜の花びらが空から流れ落ち
山が緑に萌えてくる
お寺の横道を
薮椿の花が赤く散り敷き
その向こうへ
人は逝く
春なのに

天道虫

七星天道虫が
高いビルの
窓枠から
翅《はね》を割って
深い空へ
沈んでいった

さよならは言わないで

「天上の青」

大掛　史子（おおがけ　ふみこ）
1940年、東京都生まれ。詩集『桜鬼』『滅紫』。
日本現代詩人会、日本詩人クラブ会員。千葉県山武市在住。

　あさがおさん
　おげんきにいますか

　はい
　いますよ

　　　　藤根優子（小学一年）

「鳴海英吉全詩集の刊行を祝う会」の記念講演で
宗左近氏が紹介した詩「あさがお」
あさがおの種にむかって呼びかける少女に
茶色の殻の中から種の声が土鈴のように響き応える
宗氏は語る
オクタビオ・パスは「垣間見られた生」の中で
〈世界はすべて夜／生　それが閃光〉と詩った
あさがおの種の声はまさにこの閃光だと
そして鳴海英吉も
この閃光をしたたかに見た詩人
半分だけ死んでいる自分は半分だけの閃光だと
ひたすら謙遜して下向いて言っているが　と

宗氏の話に共鳴した人からあさがおの種が送られてきた
――これは「天上の青」
　真昼まで咲いているおげんきなあさがおです
土に抱かれた「天上の青」は
ほどなく目覚めて双葉から本葉へ
着実に陽を巻きとりながら駆け登り
窓の格子にみどり濃い羅を張った

光あふれる朝
「天上の青」の初花は
巨きな瞳を一杯に見開いて
青い韻きを撒きちらした
覗きこむと
果てしれず重い海と
とほうもなく深い空を抱えていた
土鈴の種の声も這い登ってきていた
閃光のいのちを滴らせながら
　〈はい
　　いますよ〉と

キンポウゲ

岡山駅からＪＲ津山線に乗り
誕生寺《たんじょうじ》駅で下車する
三十分ほど急な山道を登ると
眼下に北庄《きたしょう》の棚田が広がる

日本画に描かれた波を思わせる
田の畦のうねりが
谷にむかってどこまでも続く
この山里を切り開いた
遠い時代からの営みが
美しい風となって　僕の胸を渡る

それぞれの棚田のはずれに
先祖墓
苔むした石の墓が
風景の一つとなって
ひっそりと佇んでいる

巡る季節に
作物の種を蒔き　育て刈り入れ

大地に流れる汗をしたたらせた者たちが
眠りにつく場所
彼等がいかにこの地を愛してきたか
棚田は　北庄の人たちの
生きた証だ

墓に供えるたむけの花は
田の畦に咲く
野の花がふさわしい
今は
群れ咲くキンポウゲが
白い蝶と遊ぶように
代々の先祖の御霊《みたま》の上で
ゆれる

中川　貴夫（なかがわ　たかお）
１９５１年、岡山県生まれ。詩集『花の記憶』『吉備野の花詞 II』。
詩誌「ネビューラ」、日本現代詩人会会員。岡山県岡山市在住。

いっぽんの欅の木が

ああ　木があるな
涼しい木陰があって　いいな
それだけで
もうそこに木が立っていることも忘れて
頬にやわらかな風をうけて
歩いてゆける

そんな欅の木がいっぽん
ぼくの歩む道すじに
そっと　立っていてくれたら　いいな
ただ　瞳をあげて
梢のさきにひかる　空を見上げてごらん
あかるい若葉から
したたりおちる木漏れ陽で
だれの顔も
あかあかと　ほころびはじめるよ

おおきな竹ぼうきをさかさにしたような
冬の裸木も　いいな
ぼくのこころのなかの
ちりあくたを
きっぱりと
はききよめてくれる

そんなけやきの木がいっぽん
ぼくの歩む道すじに
そっと　立っていてくれたら　いいな

埋田　昇二（うめた　しょうじ）
1933〜2020年、静岡県生まれ。詩集『富嶽百景』『ガリレオの独白』。詩誌「鹿」を長年主宰した。静岡県浜松市に暮らした。

藤も山査子も

清水　茂（しみず　しげる）
1932～2020年、東京都生まれ。詩集『夕暮れの虹』『暮れなずむ頃』。埼玉県新座市に暮らした。

冷たい日々が過ぎ、藤も山査子《サンザシ》も咲き終って
この夕べ　若葉が萌え立っている。
何処からやって来たのか、むこうの
樹蔭の径を　子どもが歩いてゆく。
幼くて　いかにも危うげな足取りだが
それでも　脇目も振らず、ひたすらに
何処へか赴こうとしている、たったひとりで。
子どもの連れは何処かにいるのか。

泣くでもなく、笑うでもなく、何かを、
誰かを見つけようとしているみたいだ。
いったい　何を、誰を捜しているのか。
遠方から帰ってきた一羽の鳥が
不安そうに　子どもの肩のあたりを
そっと掠めて飛翔する。行き過ぎては
舞い戻り　また掠めてゆく、子どもの
行く手を慥かめでもしているふうに。
危うげな、覚束ない足取りだが、
一足ごとに大地を踏みしめ、
夕陽に照り映える若葉の下を　幼い影が
過ぎてゆく、燕に先導されて。
そのためか　大気がすこしやすらぐ。

藤も山査子も　いまは咲き終って
ほどなく梅雨の季節になるだろう。
何処までか子どもが歩いてゆく、
たったひとりで　むこうの径を。
もうあそこまで進んでいった、いまや
繁みの翳に入ってゆこうとしている。
空がまだ崩れないうちに、遠い戦火が
まだ及んでこないうちに、大きな災害に
見舞われないうちに　迷わず往き着くがいい、
世界が夕闇に閉ざされてしまうまえに。
何かを、誰かを捜している幼い足取りよ。

野ばらの変遷

故郷の平井川の岸辺に生い立った野ばらが
武蔵小金井の地に移植された
わき芽を挟み一途に上に伸ばし
ベランダの柱に上らせてから
庇に添って横に這わせた

根付いた野ばらの緑の茂みは五月の青空に
白い花を蔓枝一杯に咲かせた
故郷の岸辺に思いを馳せ年々咲き満ちた
終の栖処としていた家に娘から再々の電話
隣地が売り出されたから此方に来ないかと――
知人友人の多い地を離れられないと応じたが
熟慮の末　夫の英断で転居を決めた

四十三年間住んだ地を去るため
庭木のあれこれと野ばらも掘り起したが
少しの根
浦和の地に根付くかと危ぶまれたが
逞《たくま》しく新芽を出し白い花の繚乱《りょうらん》が空を飾った

転居して八年後の三月五日夫の逝去
待ち焦がれた五月になっても野ばらは咲かず
野ばらは枯れ果てた
あの白い花の繚乱は何処に
以来野ばらのない十年を経た
とある日　知己の樹木医*との対談
夫の旅立ちと枯れた野ばらの話に言及
「植物も人間が感じる以上に
様々な感覚があるのです
化学物質を出しながら互いに会話するのです
貴女の代りに貴女の大切な野ばらを
もしくはご主人も気にいっておられ
向うに持っていかれたかも知れませんね」と

ようよう得心できた
夫が大切な野ばらと共にあって
冥府で幸せならと感涙に咽《むせ》ぶ
生きとし生けるものが通じ合う
そんな世界のある喜びを信じよう

＊　樹木医とは正岡明先生。正岡子規のお孫さん

比留間　美代子（ひるま　みよこ）
1932年、東京都生まれ。詩集『日だまり』『私の少女時代は戦争だった』。詩誌「台地」、日本詩人クラブ会員。埼玉県さいたま市在住。

シーボルトミミズ（古事記に因んで）

小草茂る天安河原《アマノヤスカワラ》からの帰り道
行く手を遮る青いミミズ様のものが
一直線に伸びて道を妨げる

見たこともない青くて太さが人差指位長さ40センチ位
しゃがみ込んで見詰める
神の使いかと訝りながら見守る

少しずつ動き出し叢へ消えた
ミミズが這うのと似ている不可思議なもの

帰路の飛行機内でも　あの生き物は何か
思いをめぐらすばかり

帰宅してネットで見ると青ミミズと
やはりミミズであったかと得心
日本産の大型ミミズで濃紺色
シーボルトミミズとも言うとある

江戸時代に来日し日本医学の発展に
貢献したシーボルト
日本の動植物の収集に打ち込み
多くの標本を本国ドイツに送っていた

当コレクションに青ミミズがあり
後の人がその標本を学会で発表した際
シーボルトに因んでシーボルトミミズと命名されたと

九州出身の知人に尋ねると　こともなげに
「ミミズは普通青色ですね」と語った

かの大きな青ミミズは私の胸中で
ずるずると動き出し気色悪く
神の使いと見放すがよいと胸をおさめる

砂漠の花

上野　都（うえの　みやこ）
１９４７年、東京都生まれ。詩集『地を巡るもの』、翻訳詩集　尹東柱『空と風と星と詩』。日本現代詩人会会員。大阪府枚方市在住。

それでも咲いていようか
砂をかぶり　爆風にあおられながら
マリーゴールド

戦車が轢きつぶし　置いていった屍は
男であれ　女であれ　子どもであれ
黒い布袋に包み
四隅《よすみ》を四人で　ぐわりと引っ担いで墓場まで
それも運良く弾の飛んでこないうちに

土埃に見え隠れする黄金色の花
墓穴と墓穴のあいだを測り
同じ村の仲間は隣同士に　兄妹なら　むろん一緒に
だが　埋めて見えなくしたはずが
夜ごと土を蹴って立ち上がり　歩き回って
廃屋のドアを叩くとか

もはや鎮魂の祈りなど
荒天に届くこともあるまいと
戦車の前にしゃがむ母の足元に
誰が植えたのか　うすい日の光を集める花の群

真夏になれば
五十度の砂嵐で日の光さえ届かない
ならば　たった一日でいい
冷えた頬を削ぎ　枯れ尽くしたはずの涙を
侵略者の胸ぐらに撃ちこむための一日

マリーゴールド
銃の先に一輪の花
その日を照らし出し
積み重なる死者を覆い尽くせ

放射能が染みた置き去りの戦車の
焼けはじけた鉄の腹に
子の名をなぞる母
その文字が消えないうちに
死しても　なお
白い業火に焼かれる墓場を覆い尽くせ
マリーゴールド。

ジャスミン

ジャスミンの葉をちぎり
ハンモックの上で
香りの漂うままに体を揺らしていると

木陰にそっと佇《たたず》んで
こちらの様子をうかがう気配がする

それは
果実をかじりながら
夢をみるような目つきをしている
一匹の動物だった

ちぎったジャスミンの葉を片手に
近寄ると
その動物は恥ずかしそうにきびすを返し
森の中へと去っていった

方　良里（ぱん　やんり）
1964年、東京都生まれ。詩集『光の花束―花々の舞―』『残り香とともに』。日本随筆家協会、日本ペンクラブ会員。東京都世田谷区在住。

ダリア

暖かく咲きほこる
ダリアたちにかこまれて

伏しめがちな一人の少女が
静かに祈りを唱えはじめる

死ととなりあわせた
生をまのあたりにし

ダリアたちと少女は
絶望から希望をうみだそうと
渾心《こんしん》の思いをもって
神に祈りをささげる

こぼれ種

谷光　順晏（たにみつ　じゅんあん）
1949年、富山県生まれ。歌集『空とかうもり』、詩集『ひかることば』。歌林の会。千葉県松戸市在住。

けふの空吹つ切れし青のいよよ濃き山ざくらはしきり花びら散らす
雨近し　節榑木は湿りおびまひまひつぶらを幹に這はせる
手にとれば崩るるやうな危ふさにかをるくちなし梅雨のもなかを
来し方の夏は甘き香真桑瓜てらてらひかりよこたはる蛇
涼やかに真水を飲みて糞をするインコのやうな六腑の欲しき
夕映えを容れて空蟬透きとほるつやめき増せる椿の冬葉
大葉子は踏んばつてをり逃げ腰でその場しのぎに踏みゆく道に
山ざくら切ればどうつと倒れこみああ桜があびてゐた光
うす紙にくるみ仕舞ひしこぼれ種もちてあたたむ蟻とわたくし
世界中のピンにさされし蝶たちはいつかとびたて　朽ちぬ羽持つ

『あぢさゐは海』より

かうもり

夕やみにくらぐらと舞ふかうもりのちひさい乳首　しづかな雨に
子を生して乳をやるとふかうもりの糸月に浮く濃きシルエット
短夜におり初むる露芽のやうなかうもりの乳房とがりてをらむ
ひそひそと影に身をよせ咲きつげるくちなしの香をかうもり嗅ぐか
夜半すぎて雷の遠のく空の冷え　かうもりの眼研ぎ澄まさるる

谷津干潟

水の辺に吸ひ寄せらるるごと尋ねこし谷津の干潟の鳥見むとして
風に乗り渡りくるとふ野の鳥にわが冬ごろもゆるびてゆくも
からうじて残されしなりこの干潟かたへ見おろすビルの窓・窓
餌を取る一瞬見のがすまじと白鷺の呼吸にそへばどうと疲れぬ
半日を鳥のしぐさを見尽くしてすこしやさしきこころにかへる

『空とかうもり』より

クジャクサボテン

柳生　じゅん子（やぎゅう　じゅんこ）
１９４２年、東京都生まれ。１９４６年、旧満州撫順より引き揚げ。詩集『天の路地』『ざくろと葡萄』。詩誌「タルタ」同人、日本文芸家協会会員。東京都文京区在住。

早朝のベランダから
華やかな笑い声が聞こえてきた
昨夜遅く　いくつもの花が
ゆるやかな呼吸をし始めていたのを思い出し
急いで飛び出した
まあ　きれいだね　と声をかけると
はつらつとした満面の笑顔を返してくれた

赤い爪のような蕾から　人差し指まで主張を告げ
二ヶ月かけて　さらに伸び辿り着いた
五月のこの日　丹念に水を注ぎ
雨風や寒さを避けて　鉢を動かし
小虫に纏い付かれればふり払い　見守ってきた
いつ咲いてくれるのかしら　と声をかけてきた
明るい陽ざしは　互いに
どんなに励まされてきたことだろう

見事な息遣いの胸の奥は
耐えてきた日々や苦悩の跡は淡く消され
薄桃色の花心の真中に
一本の強い意志を白く咲かせていた
共に生きてきた仲間達とも　出会えたうれしさなのか
さまざまな方向に　心を飛ばしていながら
戯れ合うような歌声があふれていた
会いに行くたびに　目先のあやふやな暗い陰をはねのけ
か細くなった道のりを開いては
わたしを何度も洗いなおしてくれた

けれど夕方から　時の矢に打たれたのか
見るまに縮みはじめた
一日限りのはかなさに　オロオロすると
花たちは　悔いはないと言う
願ってきた望みが適った
夢の別世界を　味わうことが出来たと
生きることを　純粋に肯定する姿に
切なくも　背を押され
わたしは　ふっと　立ち上がっている

甘藷《いも》の花

大城　静子（おおしろ　しずこ）
1936年、沖縄県生まれ。歌集『摩文仁の浜』『記憶の音』。千葉県松戸市在住。

害虫を除かんとして益虫も殺いでしまったか蝶の来ぬ春

遺伝子の組替え食品気になる日庭の甘藷葉《かんだ》で雑炊を食む

除きたる夏草の小花と目が合って庭の除草しばし取り止む

ほほえみのこぼれるような甘藷《いも》の花やさしい気持で実家へ急ぐ

雨上がりブーゲンビリア涼やかに母のひとみが今日は水色

捨てられた犬　猿　猫　亀　猛毒ヘビ　脛を狙って巷《ちまた》をさまよう

『摩文仁の浜』より

造成で森を追わるる猛毒ハブ甘蔗の畑《ハル》にとぐろ巻くらし

破れやれの羽をたたむか渡り鳥首夏の入江のマングローブの上

ちろちろと小鳥のふんから萌え出づる臓なき草木のいのち明るし

バランスよく伸ばしゆく千枝見惚れつつ森の空気を抱き締めていたり

『記憶の音』より

種子ふりこぼす

福井　孝（ふくい　たか）
1933年、福島県生まれ。短歌誌「玲瓏」「舟」。千葉県四街道市在住。

まみどりの藻にみせられて椀を吸う毀《こわれ》たるる家《や》に生れしものらと

藪なせる放耕地の黙ひと群のパンパースの穂なびくしろがね

野放図な粗草《あらくさ》充つる休耕田の小径わが行く時の浅瀬に

ぼけの実のどれも歪に黄を深む郵便バイクが素通りをする

雛どりの嘴《くちばし》天に開けて鳴く頰のあたりの透けるうすべに

参道に照りあう朱《あけ》の山いちご七歳の吾《あ》にこの手たくさむ

青桐の被爆二世を仰ぎみよ種子《たね》ふりこぼす市庁舎横に

ジャンクションみたいなキッチンこの夜更け緑さびたるアボカド転ぶ

電柱を登りつめたる朝顔の葉ごもりの種進化に一歩

天水に魔力などあってはならぬ地に立つ命の綺麗をこそ見よ

それぞれの藍

池田　祥子（いけだ　さちこ）
1943年、福岡県生まれ。歌集『三匹の羊』『続三匹の羊』。短歌誌「まろにゑ」。東京都中野区在住。

潮風に揺られ遊べるひなげしの薄き花びら千代紙のごと

くるりくるり小さな巻き毛のほどけつつ春にひつそり白花まんさく

春立つ日浅蜊もふつくら太りゆき二つとてない殻模様映ゆ

ピラカンサス花火を模《かたど》る花房に熊ン蜂一匹一途に蜜吸ふ

手のひらのブルーベリーとのご挨拶　ひと粒ひと粒それぞれの藍

筒状の紅き肌色かがよひて人喰らひさうな凌霄花《のうぜんかづら》

種なしの葡萄に一つ種ありき稀有なるいのちふふみたるまま

カマキリが逆《さか》向きに産みし卵嚢《らんのう》の黄ばみて揺るる台風の前

すずめ蛾の幼虫三匹表戸のつる草を食むシャコシャコシャコと

胃の中は柿ばかりとぞ射殺されし仔熊の直前幸せな刻《とき》

サボテンの花

西巻　真実（にしまき　まみ）
1987年、神奈川県生まれ。神奈川県横浜市在住。

あじさいのまっしろいところ大好きだ咲くんだ咲くんだ夕暮れがきてる
もぐら生活30年お日様に当たるのは気持ちいいなうれしいな
はじめからひとりぼっちの子供だから大きな花を庭で育てる
昼下がり愛を分け合うふたりには夏の蟬《せみ》さえ早く死なない
秋風にあなたの髪が揺れている窓辺にそっとサボテンの花
女の子はっぱを頭にのせながらひょいひょいって片足でひょい
もえている命の炎もえているあの地平線赤く染めてる
冬の声きこえているのわたしにもまた会いましょういつでもきてね
悠々と三羽の鳥が飛んでいてわたしも母になるような気がして
日本語を覚えていない子供らの目の輝きを忘れられない

マンジュシャゲ

鈴木　文子（すずき　ふみこ）
1942年、千葉県生まれ。詩集『海は忘れていない』『電車道』。日本現代詩人会、詩人会議会員。千葉県我孫子市在住。

昔　ここに谷中村という暮しがあった
三三〇〇ヘクタールの湿地帯
ラムサール条約に指定された
渡良瀬遊水地
目の前に果てしなく広がる葦原は
秋　深呼吸の季節

舗装の駐車場が切れ　砂利道を行くと
「谷中村遺跡入口」とある
村の目抜き通りだったという道は
田中正造がシラミだらけの着物で　一本歯の下駄で
目玉粥*飲み　水っ腹の村人たちと踏んだ土
道の両端に繁る葦　二メートル以上あるだろう
群落の底を歩いた

〈歴史を紐解けば〉
襲いかかる足尾の鉱毒　強制執行
最後まで闘ったのは一九戸だった
爪に食いこむ土　鍬だこ　鎌の切り傷
曲がって伸びない両手の指
村人は仮小屋で先祖の位牌を抱き
正造は仁王立ちで「余は下野《しもつけ》の百姓なり」
マンジュシャゲ
共同墓地に点在する墓石を囲み
僧侶の石塔の間に咲く花は
谷中の土に生きた人手形
朱の花
マンジュシャゲ　ヒガンバナ　シビトバナ
ソウシキバナ　シレイバナ　ユウレイバナ
オコリバナ　ドクバナ　オヤコロシバナ
テクサレバナ　ヘビバナ　ミミクサリ
カブレバナ　ハッカケバナ　シタマガリ

花を踏むな　毒などと嫌ったりするな
結実しない花は　百姓の化身　一〇四年前
ここに　谷中村と呼ばれる集落があった

ハミズ　ハナミズ　マンジュシャゲ

＊米粒がなく水のような粥で飲む人の目が映る

冬のタンポポ

小谷　博泰（こたに　ひろやす）
1944年、兵庫県生まれ。歌集『カシオペア便り』『時をとぶ町』。短歌誌「白珠」「鱧と水仙」。兵庫県神戸市在住。

枯れかけた朝顔に白い一輪の花咲く高くひえびえとして
カップルの多い植物園のすみ妖怪ならぬマムシ草《ぐさ》立つ
草むらのナンバンギセルは口もとも茶色くしぼんでやつれた姿
道ばたで売っていたひよこを思い出す道ばたでいまパンジーが咲き
風の吹く日の八つ手には蠅も来ず若き尼僧のような白い花
十年後、百年後にも咲いている冬のタンポポ　雉鳩のなく
水鳥がやたら増えたよ、そのうちに歯を持つ鳥が現れるとか
鳩たちのなかには黒き鳩もいて菜の花畑の風に吹かれる
春日野の馬酔木《あしび》アメンボウ鹿の角フンコロガシが飛ぶころの藤
ハダカデバネズミの写真を二度見するコロナの春はかくて暮れつつ

『時をとぶ町』より

冬牡丹苑

朝倉　宏哉（あさくら　こうや）
1938年、岩手県生まれ。詩集『叫び』『朝倉宏哉詩選集一四〇篇』。詩誌「幻竜」、日本現代詩人会会員。千葉県千葉市在住。

大雪の後の牡丹苑では
ひとは花の精気に酔い
そぞろ歩き　立ちどまり
凛々と咲き競う花たちと
密やかに言葉を交わす

白い牡丹の根元は雪に埋まり
被《き》せ菰《こも》はたわみ
なまめかしく透き通る羽衣の花びらの
寒風に顫えてなお薫る気品に
耐えて秘するものの勁《つよ》さをみる

赤い牡丹は焰《ほむら》のようだ
花びらも萼《うてな》も蕊《しべ》もゆらめく焰だ
花の赤と雪の白と空の青が
世界を三つの色に分けて
ひたぶるないのちの赤が際立っている

黄色い牡丹は冬の蝶だ
はろばろとジュラ紀の森から飛来して
牡丹の花に擬態して憩《やす》んでいる
密集した蝶の翅の蠢《うごめ》きとみえるのは
花が覚醒して呼吸している証しだ

雪積もる牡丹苑を
ひとはさまよい　とまり　しゃがむ
目線を同じくして
花たちの嫋《たお》やかな言葉を聴く
そして未生の言葉でなにごとかささやく

冬牡丹苑では
永遠と一瞬が調和している
言葉と詩が影踏みしたり隠れんぼしている

うすゆきそう

糸田　ともよ（いとだ　ともよ）
1960年、北海道生まれ。詩集『雪意』、歌集『しろいゆりいす』。
北海道札幌市在住。

たしなめられても
こっそり触れてしまうでしょう
うすゆきそうの白い柔毛《にこげ》
撫でたくて
風も来る
ふれると指も
乳児のみずみずしさになり
よみがえる忘我

初冬の告白
白い息
あどけない起きぬけの
はだあい
せつなさと
あわい未練にゆらめきながら
しりぞいて
風にゆずる

第四章　昆虫の叙事詩

虫が考へてゐる

（表題・抄出はコールサック社編集部）

この旅、果もない旅のつくつくぼうし

吠えつゝ犬が村はづれまで送つてくれた

酔うてこほろぎと寝てゐたよ

寝てゐる猫の年とつてゐるかな

火が燃えてゐる生き物があつまつてくる

あたゝかい子犬の心がようわかる

あるけばきんぽうげすわればきんぽうげ

ばたり落ちてきて虫が考へてゐる

暗さ匂へば蛍

釣られて目玉まで食べられちやつた

種田　山頭火（たねだ　さんとうか）

1882〜1940年。句集『草木塔』『鉢の子』。

あをむけば蜘蛛のいとなみ

こほろぎがわたしのたべるものをたべた

秋の蚊のないてきてはたゝかれる

山のまろさは蜩《ひぐらし》がなき

かぼちやとあさがほとこんがらかつて屋根のうへ

ふくらうはふくらうでわたしはわたしでねむれない

てふてふとまるなそこは肥壺

赤蛙さびしくとんで

をさない瞳がぢつと見てゐる虫のうごかない

あるけばかつこういそげばかつこう

『山頭火俳句集』より

蛍追ふ子

（表題・抄出はコールサック社編集部）

穴を出る蛇を見て居《お》る鴉《からす》かな
鎌とげば藜《あかざ》悲しむけしきかな
相慕ふ村の灯《ひ》二つ虫の声
主客閑話ででむし竹を上るなり
すたれ行く町や蝙蝠《こうもり》人に飛ぶ
桐《きり》一葉《ひとは》日当りながら落ちにけり
ぢぢと鳴く蟬《せみ》草にある夕立《ゆだち》かな
金亀子《こがねむし》擲《なげう》つ闇《やみ》の深さかな
螽《いなご》とぶ音杼に似て低きかな
蛍《ほたる》追ふ子ありて人家近きかな

高浜　虚子（たかはま　きょし）

1874年～1959年、愛媛県生まれ。『定本 虚子全句』『俳句への道』。俳誌「ホトトギス」。神奈川県などに暮らした。

寝《ね》し家《いえ》を喜びとべる蛍かな
木曾川の今こそ光れ渡り鳥
蛇逃げて我を見し眼の草に残る
草《くさ》摘《つみ》に出し万葉の男かな
草を摘む子の野を渡る巨人かな
白牡丹《はくぼたん》といふといへども紅《こう》ほのか
うなり落つ蜂や大地を怒《いか》り這ふ
ふみはづす蝗《いなご》の顔の見ゆるかな
蜘蛛打つて暫《しばらく》心静まらず
凍《いて》蝶《ちょう》の己《おの》が魂追うて飛ぶ

『五百句』より

命終の綿虫

（表題・抄出はコールサック社編集部）

綿虫や踏まれ踏まれし荒蓆《あらむしろ》

綿虫に瞠《みひら》くひとみ蒼むまで

綿虫をいくつ抜けしが行き怯《ひる》む

綿虫の慕ふかうすきわが顱頂《ろちょう》

綿虫を齢の中にみつつあり

『咀嚼音』より

綿虫を吸ひたる宙の紺青よ

綿虫や母の肩布の白にまぎれ

『合掌部落』より

唇緘ぢて綿虫のもうどこにもなし

綿虫や傾斜ゆるやかに晩年へ

野に少しの水あれば立つ綿虫か

能村　登四郎（のむら　としろう）

1911～2001年、東京都生まれ。句集『枯野の沖』『羽化』。
俳誌「沖」創刊主宰。千葉県市川市に暮らした。

綿虫を身の老が受け若さが吹く

綿虫をうらぶれに似て掌に受くる

石の上に綿虫を見し遠野道

ねむりたき綿虫の来て髪にとまる

綿虫の群れてゐるゆゑ日筋さす

命終の綿虫にしてたかく群る

『枯野の沖』より

綿虫の消ゆる刻来て青を帯ぶ

疲れては綿虫つけて家に入る

石田波郷急逝

綿虫を今も見てゐむ細目して

溝の上を知らず綿虫群れてをり

『民話』より

虫の闇

（表題・抄出はコールサック社編集部）

雲来れば雲に乗りたるあめんぼう
つんつんと人語に応ふ目高かな
かたつむり愛の言葉は聞き洩らす
見得切つてゐる円熟の石榴《ざくろ》かな
昼ちちろ鳴かせて蔵の喫茶店
背後には鬼もゐるべし虫の闇
いつよりか遠見癖あり雁渡し
夕映えに鵙の舌打ち何かある
海鼠《なまこ》にも底意地のあり黙尽くす
狼のゐるを信じて山拝む

森岡　正作（もりおか　しょうさく）
1949年、秋田県生まれ。句集『風騒』『出航』。
俳誌「出航」主宰、「沖」副主宰。神奈川県茅ヶ崎市在住。

冬木立時空斜めに一羽翔つ
山羊の糞ぽろぽろ転び草青む
片隅に地鶏固まる春疾風
椿挿す硝子の瓶に火の記憶
木道を行くかたかごの花揺らし
産卵の魚の瀬につく猫柳
産卵に水脈の逆立つ花うぐひ
只中にゐて沈丁を誰も言はず
廃屋になりゆく家に猫の妻
大瑠璃の声みづうみを磨きをり

「沖」二〇二〇年八月～二〇二一年七月号より

蛭《ひる》の国

（表題・抄出はコールサック社編集部）

老舗から猫の声する春彼岸
地にふれぬための蹴爪や夏の風
西隅の澱みとなりぬ蚊の姥は
磐座《いわくら》の高みにつるむ蜻蛉かな
雁の声『続日本紀』を開くたび
凍鶴《いてづる》は光を傷に受けほてる
皺々の生きものばかり小六月
国よりも先に生まれし田螺《たにし》かな
億千の声を殺して読葛這う
ずっしりと熊の肝《きも》から息を抜く

渡辺　誠一郎（わたなべ　せいいちろう）

1950年、宮城県生まれ。句集『赫赫』、紀行集『俳句旅枕　みちの奥へ』。
俳誌「小熊座」。宮城県塩竈市在住。

太古から闇は狭まり冬の虫
炎より熱き鼓動の毛虫なり
吾いつか蟻に曳かれる夕山河
島猫の頭上に熟れる通草かな
生きものの端《はした》にわれら初句会
神の手のあとが残りし海鼠《なまこ》かな
ねばねばの闇より生まれ蟾蜍《ひきがえる》
歌枕一つだになき蛭《ひる》の国
ひきがえる恋するものはうらがえる
猪の飢え地の飢え天の飢え

『赫赫』より

昆虫の叙事詩

プチプチと海底の独り言海ぶどう
ギョロギョロと監視社会のゴンズイの実
病室のペットボトルの根が光る
昆虫の叙事詩を詰めた琥珀玉
ふらふらと太極拳を舞うクラゲ
若水やセシウム漬けの地球《ほし》洗う
地球の割れ目チロリ舌出すヒカゲヘゴ
アスファルト炎の鱗のカンナ咲く
ツユヒヨドリ飼い殺しの監視社会
コロナ禍のデジタル画面蠅生まる

大城　さやか（おおしろ　さやか）
1987年、沖縄県生まれ。
俳句同人誌「天荒」。沖縄県那覇市在住。

アダンの実たわわに騒ぐ不発弾
疑心暗鬼マスク越しのお花見です
地球の自己免疫かウイルス蔓延
シーベルト薄く積もった白詰草
苜蓿《うまごやし》摘む子らもなく避難区域
フェンス越え無国籍のウイルスです
夜の帰路私はここよと梔子《くちなし》の香
空蟬や監視社会を逃亡中
花びらもテイクアウトの自粛部屋
沈黙の聖火リレーや被爆地の桜

蟬の肉

はじまりの穢《けが》れあり白曼殊沙華
曼殊沙華赤を極めて仄白く
産道をぬるりと抜けて寒椿
何もなき日を目に映し網戸猫
ヒトといふ緊急事態梅雨の月
瞬刻に翳の先立つ夏の蝶
夏草のふいの殺気を恐れけり
織りたての白布のやうに山法師
蜘蛛の囲や繋がらないといふ自由
停車場の突端の夜に蜘蛛を飼ふ

鈴木 光影（すずき　みつかげ）
1986年、秋田県生まれ。
俳誌「沖」「花林花」。東京都台東区在住。

蟬《せみ》時雨《しぐれ》交じりし車時雨かな
自動ドア開いて蟬の仰向ける
生と死の一塊りに蟬の肉
破《やれ》蓮《はちす》汚れしまなこ撫ぜにけり
べつとりとコンクリートに金木犀
ラガーマン綿虫と掌《て》をひろげたり
被曝牛の眼の中にゐて氷りをり
マフラーして猫の会議に出席す
啄みて転がすいのち春の鳥
鳩わたる横断歩道はるのくれ

いのち

米粒や蕎麦《そば》や山葵《わさび》や
キャベツや鶏卵《たまご》や烏賊やらのいのちが
僕の血肉となり　いのちを形成している不思議

かつての　そのまたかつてまで遡《さかのぼ》れば
たぶん　僕は　肉眼では見えない
植物とも動物とも見分けのつかない
単細胞生物だったろうに

たまにはメロンを頬張り
めったに口に入らない松茸《まつたけ》を味わい
年に一度ありやなしやの鰻《うなぎ》に舌鼓を打ち
稀には切り刻まれた牛の肉片を
煮たり焼いたりして嚥下する

すべてのいのちは
他のいのちを糧に巡っているけれど
四百万年にわたる進化の果て
僕ら人類のみ
今や　飽食と飢餓に傾いて

小山　修一（こやま　しゅういち）
1951年、静岡県生まれ。詩集『人間のいる風景』。
岩漿文学会、「風越」各会員。静岡県伊東市在住。

虫のいろいろ

古来、いわゆるムシは蟲《むし》と書き
毒蛇《へび》のことを虫と呼んでいたという
本草学では人類・獣類・鳥類・魚類以外の小動物の総称
　をいい
蝿《はえ》　蚤《のみ》　虱《しらみ》　蚊《か》　蛆虫《うじむし》
蟬　蜻蛉《とんぼ》　蜂《はち》　蝶々《ちょうちょ》
蜉蝣《かげろう》　蜘蛛《くも》
蛙《かえる》　蜥蜴《とかげ》　蚯蚓《みみず》
蝸牛《かたつむり》　蛞蝓《なめくじ》
蛸《たこ》　蛤《はまぐり》　蜆《しじみ》　蟹《かに》
蛇に似ているということで虹も虫編の仲間になったらし
い

虫の知らせ　虫の息　腹の虫
浮気の虫　癇《かん》の虫
虫唾《むしず》がはしる
弱虫　泣き虫　点取り虫
なんともはや
現世には蠢く仲間の多いこと

ハブが出た

ローゼル　川田（ろーぜる　かわた）
沖縄県那覇市首里生まれ。団塊世代。詩集『廃墟の風』、随筆と水彩画『よみがえる沖縄風景詩』。「あすら」同人。沖縄県那覇市在住。

月夜の晩にハブが出た
家の門から数歩
ハブとバッタリはちあわせ
とぐろを巻いて鎌首を立てて見つめている
腰が抜けそうになった
ハブは長い胴体を持ち上げ
闘牛みたいに見せつけるように
草の音をたててブロック塀の暗闇に消えた
ハブとはちあわせした動悸が続いてつづいて　また続いて

少し落ちついて　家に入った
家の中にもハブがいるかも知れない
自分の家をこれほど注意深く見たことはなかった
電話をしたら、おまわりさんが来た
那覇の街中でもハブが出る
おまわりさんは平然と庭中を巡回したあと

「ハブの捕獲機を置いてもらいなさい」

翌日、環境衛生課の職員が「ハブの捕獲機」を設置して帰った

「ハブのエサのネズミも付けていますので
次からは一週間毎にネズミに餌と水をやって下さいね」
あの日から、毎日
「ハブの捕獲機」を開けている
ハブは来ない
期待しても来ない
「ハブよ来い　ハブよ来い　早く来い」などと
替え歌まで　口ずさんでいる
あの日から、毎日
ハブとのはちあわせのシーンが現われる
あの日から毎日
ハブの捕獲機を開けている
エサだけ食べ続けている死ぬ運命のネズミ
ネズミに愛着が芽生えそうになる
このままネズミが大きくなったらどうしよう
ハブの捕獲機も太ったネズミも返却しなければ

ヤモリ

西表島《いりおもてじま》で

肉弾のヤモリを語るに足る
生命の肉質のひだを
どのように湛え来たったかを
西表の九月のヤモリは
はしこき動きの中に
私をためす
見つめ得るということは
肉質と肉質とのあらわな決闘なのだ
おまえをゆたかに見つめ得るという手前の境で
ヤモリは私をせせら笑い
あしらっている

夕闇の窓辺を高みへと伝いゆく
一瞬の炎の乱舞のような
ヤモリの狩よ
そのまま窓枠の一隅となり
窓辺を染める小さな蛾の点滅の舞いに
横様に突進して獲物を飲み込む

それを一瞬の宝石のように
とりこむことの輝度を
ふたたび
私は自らの肉質のひだのふかみの中に
ためされる
ヤモリは回遊の魚のように
やがて夕闇を
自らの肉弾の肉質の中に飲み込み
その暗みへとあかるむ闇の彼方へと去った

藤田　博（ふじた　ひろむ）
1950年、山梨県生まれ。詩集『冬の動物園』『アンリ ルソーよ』。詩誌「焔」「日本未来派」。山梨県甲府市在住。

琉球の玉虫

吉川　宏志（よしかわ　ひろし）
1969年、宮崎県生まれ。歌集『石蓮花』『鳥の見しもの』等。
短歌誌「塔」主宰。京都府京都市在住。

高江

赤土にパイナップルの葉は垂れて逆光、逆光、ただに逆光

森のなかに木がありそして木のなかに小さな森があり、日照り雨

マングース殺さむための罠という樹を伝われる雨に濡れおり

海ぶどう

埋めらるる海を小さき我は見つすべての青が重なれる海

金網は海辺に立てり少しだけ基地の中へと指を入れたり

いくたびも怒りいくたびも虚しさに耐えしを聞けり海ぶどう食ぶ

見上げれば覆いかぶさる　戦争に焼けず残りしアカギの大樹

琉球の玉虫ならむ掌《て》に置けり斜めに見ると浮き上がる赤

声を挙げられぬ者を責めてはならずこの島に古き赤榕《あこう》は立てり

石に石積まれてしずか沖縄の井戸をのぞけば黄めだかが棲む

『石蓮花』より

漏れどき

坂本　麦彦（さかもと　むぎひこ）
1960年、千葉県生まれ。詩集『漏れどき』。
文芸誌「コールサック（石炭袋）」会員。千葉県木更津市在住。

いまどき月待ちする霊屋《たまや》で
カゲロウおぶったナナフシ走らせ
露路の仲秋《あき》へとつんのめる人がいたなんて…
はかなさ消えたら いらしてください
いっしょに呑みましょう
それから石段おりて右手にツゲ櫛
左に煎餅つまむ辻占《つじうら》おんなの
ご託宣もらいに折れてゆく人も
凶でなかったら いらしてください
いっしょに呑みましょう

＊

いまでもくねる周縁《ぐるり》を
油揚げ被せたウシガエル引きずり
稲荷の祠へ詣でる人がいるなんて…
さらりと鳴いたら いらしてください
いっしょに呑みましょう
それから鳥居くぐると くすぶる狐火
祠で生きる傴僂《せむし》おんなの手燭《てしょく》ひきよせ
はさみ将棋に付きあう人も
二回勝ったら いらしてください
いっしょに呑みましょう

＊

にわか雨とおれば たちまちの闇
逢魔《おうま》がどきを行き交う まれびとは
誘いあわせて いらしてください
もののけたちの泥舟が
袖振草《そでふりぐさ》ゆれる波際はなれるとき
西向きの沈黙《しじま》に
うっとりするような望楼が浮かぶから
いらしてください
問わず語りで呑みましょう

蛍

後藤　光治（ごとう　こうじ）
1952年、宮崎県生まれ。詩集『松山ん窪』『吹毛井』。
詩誌「龍舌蘭」、日本現代詩人会会員。宮崎県宮崎市在住。

村外れに
御手洗川《みたらいがわ》という小川があった
ひとところ　両岸から生えた叢竹が
ドームのように被さっていた
清流はここで
深い澱みとなっていた

新緑の頃の夜
このドームの中は
乱舞する蛍で一杯になった
竹に群がる蛍は
一斉に規則正しく明滅し
それが川面に映って
さながら
魂の鼓動のようであった

少年の頃　一人で
この蛍を見ていたことがある
村の死者はここに集まるのだと
祖父は常々言っていた

やがて　一匹の蛍が近づいてきた
僕は咄嗟《とっさ》にそれが
僅か四才で死んだ姉だと思った

両手で捉えると
蛍は掌の中を蛍光色に染めた
その淡い光に　幼い姉の
切ない眼差しを見た
やがて蛍は叢竹を抜けて
山の方へ飛び去った

山の中腹には村の墓地があった
蛍が消えたあたりで
死者達が哭《おら》ぶように
樹々が一斉にざわめいていた

蝉しぐれ

風に音がする硝子窓を開け広げる
仏間にまで百日紅の花びらを運ぶ
カビが生えそうな押入に
陽が伸びる

生家を守っていた犬が亡くなった
飼い主の弟が亡くなって
八年目の八月の早朝
一匹で暮らしていた
最後の犬もいなくなった
母と弟が元気だったころ
百日紅《さるすべり》が散り積もった庭の
木陰で安心して寝そべっていた

人間と一緒にしないほうがいいと
骨壺を渡してくれたが
母と弟の遺影の傍らに置いた
末期《まつご》の水を飲んだほ乳瓶を供えて

うちには住まなかった犬を
朝夕散歩と餌に通った
頑固として同居しなかった

四十九日の十月は
生家中に金木犀の香りが広がり咲き散る
この大樹が今からは見守ってくれる
この樹からも響き渡る
蝉がまさに今だと鳴く
惜しみなく大声で鳴く

犬のように　未明
もう間もなくと思ったその時
一人大声で泣くエネルギーを
持ちたい

福本　明美（ふくもと　あけみ）
1949年、高知県生まれ。詩集『日没』。
詩誌「ONL」、日本現代詩人会会員。高知県四万十市在住。

ツブヤキ姫

橋本　由紀子（はしもと　ゆきこ）
岡山県生まれ。詩集『少女の球根』『青の植物園』。
詩誌「鹿」、日本現代詩人会、日本詩人クラブ会員。静岡県島田市在住。

雑木林は夏　低い梢に棲むという
ツユ虫の仲間　草色で
四・五センチもあるというから
つんと立った夏ススキや　葉の欠けたカヤを
そっと分けて小道に入れば　出会うかしら

でも声を聞いた人は　ほんのわずか

一年中枕元に飼育箱を置いても
聞き取れない　愛虫家が「ツブヤキ姫」
と名付けた　クダマキモドキ

愛の讃歌をやかましいまでに　歌い続ける
同じツユムシ科の　アオマツムシも
恋歌を歌うのは皆、雄で　雌は鳴かない

クダマキモドキの雌は珍しく
返事をする声羽も　もらっているが
黙ったまま　答えない
意志表示のなさ　逃げ腰が

どこか好もしい気がして
出会ってみたい

虫の恋は来年も　再来年もないから
惑い　彷徨う時間もない　季節のはざま
一度きりの純愛なのだ
間違いのない　選択なんていらないのだ

ホテルの窓のみで　つぶやかれる
恋言葉もあれば　季節の巡りに心を重ね寄せる
裸身を見せぬ恋の文の梢もある
欲張りを重ねるのは　人だからかしら

雑木林の中で鳴かずに暮らすツブヤキ姫
それとも　一瞬つぶやいただろうか
恋の成就のサインを　雑木林に
残すために　チッチッ　チッチ　と
さりげない　ミント味の　朝の歯みがきのように

蛙

立春を過ぎたばかりの頃
まだ冷たい大気の中
庭の枯れた草を引き抜くと
そこに冬眠中の蛙が一匹
ぶるっと震えて
憮然《ぶぜん》とした顔で
ちょっとだけ片目を開けては
地上の様子を覗《のぞ》き見した

こんな所で
一匹だけで冬を越す蛙がいる
春だけを信じて冬眠する
蛙も実は
孤独に耐えているのだろうか

春にはもう少しの時間がある
申し訳なく
あわてて土をかぶせて
もと通りにする

今
あちこちの田んぼで田植えが始まり
冬眠から覚めた蛙たちが
大合唱を始めている
こんなにたくさんの
孤独から解放された蛙たち

豊福　みどり（とよふく　みどり）
1948年、福岡県生まれ。詩集『立浪草』『ただいま』。
詩誌「衣」、日本詩人クラブ会員。埼玉県久喜市在住。

あなたと出逢う

髙橋　淑子（たかはし　よしこ）
一九六〇年、大分県生まれ。
歌集『うゐ』『緑塵』。神奈川県横浜市在住。

この世界の生命《いのち》は無限にひびきあう美《は》しき音色の満ち満ちてあり

葉先からつたわりてくるぬくみあり群れいる羊歯の森を歩きぬ

小さくてやわらかきもの肩へ落つそうっと見ればメジロの子なり

木はそこに木であることさえしらぬごとただ立ちている鳥やってくる

通いあう何かがありてうっとりとくちなしの香に浸るゆうぐれ

カワセミが食べてというから食べてしまえりぼくは猫ああいちめんの青

偶然に生まれ出でたる存在は必然のようあなたと出逢う

「このなかに別の世界があるみたい」あじさいの花よくよく見る子

おのずから死期を悟れば忽ちにすがた消し去る鳥けものたち

ひらがなは自然の形象書くたびにそこへと風がふいてくるなり

蟻の塔

ねこのこが詩集とねむる木のつくえ
欲望の残骸に白い鳩群れる夜
薔薇が咲くトリケラトプスはまだ眠る
なめくじや遠いむかしにすてた家
話したいことあったみたいだ蟬の殻
だまりこむ八月のふうりん犬あえぐ
シャンパンの泡を知らない秋の蝶
ゴミの日や鳩が弄《もてあそ》ぶ不発弾
冬蜂や朽ちる陽だまりの乳母車
ふりむけば鴉のためいき終電車

福山　重博（ふくやま　しげひろ）
1955年、千葉県生まれ。詩集『きのうの影、あしたの闇』。文芸誌「コールサック」、俳句「銅の会」会員。千葉県柏市在住。

地の果てで過去を啄《ついば》む白い鳩
紫陽花や猫は家出のまねをする
銃声に渇く夜明けのカブトムシ
むかしすてたしっぽをさがす夏やすみ
永遠という名の国の蟻の塔
脱皮する蛇まっ赤に錆びてゆく戦車
陽は病んで渇く魚の晩夏かな
蟷螂の斧ちいさくて海しずか
秋の蚊がくぐり抜けてゆく凱旋門
猫がいて犬いて指に赤とんぼ

蝶の地平

戦闘機の見える堤に
蝶の静かさ

地雷原の荒れ地に
蝶の軽さと戸惑い

廃車群の上に
閉じ込められている空間への
扉のような蝶

像《かたち》を知らないものたちが蠢く
はかない光と影

死者たちの魂のように
山に群れ集い
いっせいに海を渡る蝶

鴉に咥《くわ》えられ
雀に突かれた
羽の残骸

像をもたないものたちの
風に消えては浮かぶ叫び

一匹の蝶が風に抗って
孤独を深め　飛び去る

藤谷　恵一郎（ふじたに　けいいちろう）
1947年、愛媛県生まれ。詩集『明日への小鳥』『風を孕まず　風となり』。詩誌「PO」「軸」。大阪府豊能郡在住。

虫になったわたし

蝶々になって蜜を吸い
トンボになって目玉くりくり
青い空　夕焼けの空
精一杯飛んでみた

シジミ蝶　糸トンボ見つけられない位小さくて
可愛いね　大好きだよ
この前庭に来た蝶
あんまりきれいだったから
カメラを持って構えたら
あっという間に飛んで行ってしまった

田舎で昔雨上がりに
こうやトンボを眺めてた
真っ黒みたいで青く光って
羽根を閉じたり開いたり

思い出が帰ってくるよ
あっ突然
てんとうむしになったわたし
わたしの指先を登って
昔々に飛んでゆけ
市川　つた（いちかわ　つた）
1933年、静岡県生まれ。詩集『市川つた詩選集一五八篇』『虫になったわたし』。詩誌「回游」、日本現代詩人会会員。茨城県牛久市在住。

蝶の時間

あした　世界が滅びても
今日君はリンゴの木を植えるか？
と　訊《たず》ねられたので

青いセージや真っ赤なヒガンバナの上を
ひらひらと飛び交っているアゲハチョウや
カタバミの上をすれすれに飛ぶシジミチョウの
時間のことを想ってみる

そして昨秋　八十三歳で亡くなった伯母の
十二歳の娘を失ってからの半世紀のこと

あるいは　あまりにも深く広く
なんども地下水に出会っては
世界中に届いてしまったかもしれない
フクシマの哀しみについて

むかし　観た映画の中で
生まれ変わったら蝶になりたい
どうか人間にだけはなりませんように　と言った
タンザニアの少年の瞳が
吸い込まれそうに暗かったことを

いま　か細い翅《はね》を割れんばかりに羽ばたいて
生きる喜びをつたえてくる蝶たちは
いのちのみじかさを惜しむこともなく
空の高さを知ることもないとしても
あした羽化するさなぎたちの夢につながって
あかるい花畑の上を
舞いつづけられたらいい

そしてわたしたちには
リンゴの苗を植えるたびに
白い花が満開の並木道や
赤い果実をたわわに実らせる果樹園を
想えるちからが
備わっているといい
相野　優子（あいの　ゆうこ）
1953年、兵庫県生まれ。詩集『ぴかぴかにかたづいた台所になど』『夢の禁漁区』。詩誌「アリゼ」、日本現代詩人会会員。兵庫県神戸市在住。

虫の棲みか

伊藤　朝海（いとう　あさみ）
岐阜県生まれ。著書『楓の木の下で』『幸せの種』。
日本ペンクラブ会員。千葉県市川市在住。

初夏の満月の夜のサンゴ礁

共生を断たれて白きサンゴ礁

かたつむり跡を残しつ歩むなり

草刈りの虫の棲みかを残しつつ

絶滅の魂浄土にわたれ天の橋

デザートは林檎畑で食べて来よ

ストローが壊す海洋生態系

ゴキブリは生きた化石よ　いのちなる

ふるさとの森荒れ果てて月白し

天の意の地球のかたむき夏きざす

生きる

秋野　沙夜子（あきの　さよこ）
1942年、東京都生まれ。エッセイ集『熟年夫婦のあじわい』『勘ちがい知らぬ間の罪つくり』。短歌誌「かりん」。栃木県小山市在住。

早春にミミズ工場始動してコロコロ黒い肥沃土つくる

女性には嫌われ者のミミズでも解熱・解毒の薬効そなう

声出さず手足かくしてまるまれば身を守れると知るダンゴ虫

花を食み花壇をあらすダンゴ虫子らは手にのせ友と馴染める

効のあるミミズをうとみ害のあるダンゴ虫好む人の気まぐれ

雪の森エゾシカ親子吾を見つむニセコの森は穏やかにして

ヒグマ住む岬に人を寄せぬとう人がヒグマの害になるから

脇袋に木の実つめこみ枝を飛ぶ阿寒のリスは冬支度　葉月

石狩の鮭の産卵すさまじきその卵食ぶ我もすさまじ

生きるもの生きぬく知恵を身につけて生きるを阻むは人のごう慢

虫売り

虫売りの行灯暗し川の町
おひとりでそれがどうした檸檬切る
花茣蓙に助六寿司の残りけり
水仙花夕日明かりの岸沿いに
金魚玉買いに古町坂越えて
面売りと風船売りの立ち話
春愁もかれ果て油屋店たたむ
荒梅雨の縄で括りし屋台かな
遠足へあちちあちちと握り飯
料理屋の蹲割れて寒椿

中原　かな（なかはら　かな）
1950年、東京都生まれ。詩集『ブリキの包』、『愛のかたち』。
俳人クラブ、歌人クラブ所属。東京都足立区在住。

蜩や露西亜仕込みのシェフ貝に
ご本家の守銭奴あるじ春埃
柚子《ゆず》釜《がま》や私失敗だらけです
沢に散る人もありけり峰の月
凩《こがらし》の居場所を探す母の里
冬薔薇嘘も真もほどほどに
前栽に雪降り積むや夜半の家
天秤の均衡崩す春の月
文月の昔語りを飛行機雲
銀漢や時計職人眼を凝らす

蝉

玄関の戸を開けようとすると足元で
腹をみせて
翅をばたつかせている
蝉

灼熱の日の籠る
青葉の茂みは
どんなにか暑かったことだろう

夏の終わりのそよ風に
身を揺らせながら
孤独で
湯灌《ゆかん》をしているようだ

翌朝、再び戸を開けるとき
この蝉は
人知れず
土に還っているのであろう

生殖するだけの使命をもって
この世に生まれ
みずからの子の顔を
一度たりとも
見ることができず

雌蝉はただ
仰向けとなって
声もなく
夕焼けを見つめている

市川　恵子（いちかわ　けいこ）
1976年、神奈川県生まれ。詩集『今宵、マタドールを』
詩誌「とんぼ」。神奈川県横浜市在住。

緑色の繭

馬場　晴世（ばば　はるよ）
1936年、神奈川県生まれ。詩集『いなくなったライオン』『草族』。
詩誌「馬車」、横浜詩人会会員。神奈川県横浜市在住。

六月は繭の収穫のとき
安曇野《あずみの》に緑色の繭があるという
蚕も緑色で
織られたうす緑の着物は
初夏の風を思わせた

緑色の蚕は新緑の葉を食べて
やがて吐き出す糸が
絹糸になることも知らず繭を作る
もし蛾が出たらそれも緑色にちがいない

藍を染めるとき
藍瓶から絹糸を取り出すと
一瞬緑色になってから藍色になる

染織家の志村ふくみさんは言う
――藍は夜で　光に出会うと緑色になるの
　みどりごと言うでしょう
　　みどりは生命の色なのよ
この緑は留まることなくすぐに消えてしまう

緑色の蚕は吐き出す糸に光も混ぜて
いつまでも消えない緑色を作る

葉の香りも秘め
絹の光沢と柔らかさをもった
うす緑の着物を着たひとは
精霊の宿る優しい木のようであった

根本　昌幸（ねもと　まさゆき）
1946年、福島県生まれ。詩集『昆虫の家』『荒野に立ちて』。
日本ペンクラブ、日本詩人クラブ会員。福島県浪江町より相馬市に避難。

変な虫

おい　どうしたんだよ
その体は。

放射能とかいうものに
やられてしまったのだよ。

なにやら草むらの中に
変なものが降ってきて
おいらはその犠牲になったのだ。
歩くのはひどいし
好きなあいつにも
こんな体は見せられないし
困ったものよ。

そう言えば
人間や動物も困っているらしい。
棲む場所が無くなってしまって。

とんでもないものが降ってきた。
雨と共に

一体どうしたんだ。

おいらも知らないよ
初めてだから。
こんなことで死んで行くなんて
悲しいな。
悔しいな。
誰を恨めばいいんだ。

恨んだあとは
呪ってやる。

かなぶん

青山　晴江（あおやま　はるえ）
1952年、東京都生まれ。詩集『夏仕舞い』『ろうそくの方程式』。
詩誌「いのちの籠」「P」。東京都葛飾区在住。

夜の電車の
かたすみに
ひっくり返って
つぶれている
一匹のかなぶん

どうしてあげられるだろう
やわらかな土も
透明な水もなくて

昼間　陽を浴びて
樹液で喉を潤しただろうか
走る電車の
LEDの妖しい青い光に
飛び込んでしまって

同じ行き先
どこにたどり着くのか
うすうす感じているのに
だれも口にしない

わたしたちの未来

かなぶんに小さな土饅頭《どまんじゅう》を
作ってあげたいのだが
見わたしても
コンクリートが広がるばかり

風景はすでに
いのちの埋葬すらも
拒絶している

微小なプラスチックが混じる水と
――地球にはもう　この水しかなくて
霧のように降り注いだ放射能
――曝されるほかなかった　草の花と

手向けられるのは
それしかないが
許しておくれ
かなぶんよ

フンコロガシ

苗村　和正（なむら　かずまさ）
1933年、滋賀県生まれ。詩集『ブルーペールの空』『歳月という兎』。
詩誌「RAVINE」、日本現代詩人会会員。京都府京都市在住。

フンコロガシは
天の川を道しるべにして
玉状にした食べ物を確実に巣穴まで運び込むそうです

公園の松林の
あおい苔の道を
天の川や月のひかりをナビにして
わずか二、三十秒で一日の糧を巣穴に運び込むという
そんな奇蹟のようなことを
ぼくはほとんど信じることができなかったのですが
では運わるく
天の川も月もみえない暗い夜などはどうなるのだろう

あかるい秋の日が照りわたっている飛火野《とびひの》の
くさの丘に坐って
星や月の力を借りながら生きている小さな貧《まず》しい虫たち
　のことを考えていると
なにかがやっと解《わか》ってしまった気持ちになります
まことに神様は
細部にこそ宿っているのだということも――

真夜中に幼児が
両手をついて
部屋のなかをみわたしている
ほんの一瞬のできごとであったが

いのちが初めて
陸へ
あがってきた時の恰好を思わせる

散歩をしていたら
アマガエルが田んぼのそばで
幼児のように
四つん這いになっているではないか

おれが近づくと
田んぼに水の輪がひろがっていく

とび込んだカエルは
賑やかになく
まだ夜の入り口である
北畑　光男（きたばたけ　みつお）

1946年、岩手県生まれ。詩集『北の蜻蛉』、評論集『村上昭夫の宇宙哀歌』。詩誌「歴程」「撃竹」。埼玉県児玉郡在住。

水の輪

こぬか雨の朝
車に轢かれたカエル
筋肉の繊維が水に白く浮いている
田んぼにとび込まなかったか
とび込めなかったカエルか

蟬がお経を唱えている
えのころぐさの小さい花の穂は雨滴を
抱いてにぶくひかり
おれの少年時代に垂れている

つゆくさの花は青い星雲のようにひらき
陸へあがったものは再び
水の輪ができる所へ
引返すことはできないのか

ミツバチが来なくなった庭で

榊原　敬子（さかきはら　けいこ）
1940年、福岡県生まれ。詩集『真夜中のブランコ』。
「コールサック（石炭袋）」、福岡県詩人会会員。福岡県北九州市在住。

四月のよく晴れた日だった
夕方　花に水をやろうと思い庭に出た
えっ　何これっ
庭いちめんを埋め尽くす物体は
ミツバチの死骸だった
住んではいない隣家の持主が現れ
一階に大量のミツバチが発生したので駆除に来たと二人
の業者を伴っていたのは
その日のお昼頃だった

隣家の一階は我が家より一階分下になっている
境界に建つ我が家の石垣は薬剤でビッショリ濡れ
庭の土も雨の後のようだ
隣家の一階の窓は開け放たれており
そこから我が家の庭に向かって
大量のミツバチを吹き上げたと気づいた
庭と門前の道路に散乱するミツバチは
バケツいっぱいにもなったが隣家の庭には
そんな様子は見られなかった
庭に立っていると舌がピリピリし

それは一週間程も続いた

事は　それだけでは終らなかった
五月に入ると喉が痛み始め
激しい咳と濃い茶色の痰が大量に出始めた
身体がだるい
体温が平熱ではなく33度から35度を推移している
一晩に出る痰の量は　ティッシュ一箱を使ってしまう程
多い
咳と痰に悩まされ眠れない夜が続く
およそ病院とは縁のなかった私も
さすがに放ってはおけずに受診した

初めは「気管支炎」と診断した医師は
そのうち首を傾げ　呼吸器内科の受診を勧め
紹介状を書いてくれた
そこで気管支ぜんそくと診断された

ミツバチの駆除にはネオニコチノイド系農薬が使われ
それは経口　吸入　皮膚を通して人の身体に入りこみ

脳や神経をはじめ呼吸器などに障害を与える――漠然
と知ってはいたが改めて調べる中で
かつて群馬県で松林にヘリコプターで撒かれたこの農薬
によって周辺住民が百人程病院を受診したという記事に
出会った
全身がだるい　体温の変化（低体温）　呼吸器の障害等
　それらは正に今の私の状況そのものだ

咳と痰がひどくて眠れない夜が続く
全身がだるくて　横になっている事が多い毎日
農薬散布後三ヵ月を過ぎているというのに

毎年　庭にはミツバチや熊ん蜂　足長蜂も来ていたが最
近は全く姿を見せない
今　世界の国々でネオニコチネイド系農薬の使用により
ミツバチが激減し農産物の生育が困難となった事から使
用を規制する動きがあるが　日本では逆に使用拡大の方
向だという

庭の柚子の木は毎年沢山実をつけるが
農薬散布後　花は咲いたが実を結ばなかった
来年　梅は実をつけるだろうか
自生しているつわや三つ葉は成長しても
果たして食べて安全なのだろうか

ミツバチが来なくなった庭で考える
ネオニコチノイドは数ヵ月から数年にわたって残留する
というのだが

散布されたのは七種類ある化合物の中のどれか？
知りたくて　やっと連絡がついた隣家の持主に問い合わ
せたが知らないと言う
業者に問い合わせて下さいとお願いしたが
一週間を過ぎた今も　まだ返事は来ていない

ブンキ　テン

梶谷　和恵（かじたに　かずえ）
1971年、島根県生まれ。詩集『朝やけ』。
島根県出雲市在住。

ゴキブリ
ヲ
コロシタ
ワタシ

ネコ
ヲ
ダイタ
ワタシ

カミナリ
ニ
ミミヲフサイダ
ワタシ

スズムシ
ニ
ミミヲスマシタ
ワタシ

ワタシ
ノ
ナカノ
ナニガ
モノゴト
ヲ
ワケテイル
ノダロウ
？

第五章　悲しい鳥

かなしき鵜舟《うぶね》

（表題・抄出はコールサック社編集部）

よるべをいつ一葉《ひとは》に虫の旅ねして

夜ル窃《ヒソカ》ニ虫は月下の栗を穿《うが》ッ

餅花やかざしにさせる娌《よめ》が君

道のべの木槿《むくげ》は馬にくはれけり

明《あけ》ぼのやしら魚《うを》しろきこと一寸

菜畑に花見貌《がほ》なる雀哉《かな》

山《やま》路《ち》来て何やらゆかしすみれ草

物皆自得

花にあそぶ虻《あぶ》なくらひそ友《とも》雀《すずめ》

永き日も囀《さへづり》たらぬひばり哉

蓑《みの》虫《むし》の音《ね》を聞《きき》に来《コ》よ艸の庵《いほ》

松尾　芭蕉（まつお　ばしょう）

1644〜1694年。紀行集『おくのほそ道』、発句・連句集『猿蓑』。

星崎の闇を見よとや啼《なく》千鳥

鷹一つ見《み》付《つけ》てうれしいらご崎

おもしろうてやがてかなしき鵜舟《うぶね》哉

草いろ〳〵おの〳〵花の手《て》柄《がら》かな

ほとゝぎす今は俳諧師なき世哉

行《ゆく》はるや鳥《とり》啼《なき》うをの目は泪《なみだ》

木啄《きつつき》も庵《いほ》はやぶらず夏木立

蚤《のみ》虱《しらみ》馬の尿《しと》する枕もと

初しぐれ猿も小《こ》蓑《みの》をほしげ也《なり》

猪《ゐのしし》もともに吹《ふか》るゝ野《の》分《わき》哉

『芭蕉全発句』より

鶴の声

（表題・抄出はコールサック社編集部）

十二支みな闇に逃げこむ走馬燈
秋の蝶ちひさし真間の継橋も
はにわ乾くすみれに触れてきし風に
葱一本買ひ野良犬に慕はるる

釧路鶴居村四句
丹頂が来る日輪の彼方より
双鶴を生きて仰ぐや木葉髪
雪嶺へ身を反らすとき鶴の声
鶴の塒川にありけり雪の嶺
かよひ路のわが橋いくつ都鳥
肉炙るなどかなしけれ昼の虫

黒田　杏子（くろだ　ももこ）

1938年、東京都生まれ。句集『木の椅子　増補新装版』『銀河山河』。
俳誌「藍生」主宰。

羽の国や蚊帳に放ちし青螢
鴨百羽川の片側遡る
鳥の名をききわけてゐる諸葛菜
ふるさとの水はうましや夏燕

佐渡行四句
磨《ま》崖佛《がいぶつ》おほむらさきを放ちけり
日に透けて流人の墓のかたつむり
青《あお》葉《ば》木菟《づく》なきやめばまた濤の音
牛蛙野にゆるされてひとり旅
簗《やな》に置く生《いけ》簀《す》の魚のただ暗し
ちちははの在りて千本しめぢかな

『木の椅子』より

神鵜翔つ

（表題・抄出はコールサック社編集部）

岬端に踏まれて強き車前草

淋代海岸

海霧《じり》ごめに来る波音は寧からむ

猪《しし》独活《うど》の峠照り降り繰り返す

桐咲いて水綿密な棚田かな

まくなぎに力と違ふ闘志かな

船上に点呼のひびく夏つばめ

十薬を抜くに躊躇ひごころかな

三日なほ雨に矜恃の古代蓮

眼に力入れて見てゐる稲の花

走り根に日の斑が揺らぐ愛鳥日

能村　研三（のむら　けんぞう）

1949年、千葉県生まれ。句集『神鵜』、随筆集『飛鷹抄』。俳誌「沖」主宰、俳人協会理事長。千葉県市川市在住。

回想の起点としたり赤とんぼ

渾身に咲く夾竹桃を怖れをり

蟻地獄噴火の煙ありさうな

一島の全きを視て鷹渡る

能登氣多大社　鵜祭　四句

猛り鵜を神と崇めて雪しぐれ

暁闇の冷えを纏ひて神鵜翔つ

鵜に勧進眉丈の夜気の冴ゆるかな

雪しぐれ眉丈平伏す鵜様径

眠れねば眠らぬでよし虫すだく

思慕といふ浮力のありし雪蛍

『神鵜』より

鳥だった頃は

いくらかは血の色も見せ桜紅葉
捕鯨船解体前の神事かな
見習僧只管《しかん》打坐《たざ》とて蚊に食わる
木枯しの鳴らす穴猫通る穴
沈丁の香に半跏《はんか》して思惟《しゆい》かな
自在とは苦行にも似て熊ん蜂
鳥だった頃はついばみ真桑瓜
吾亦紅序列なき世を見せまほし
手の平に載るだけでよしむかご採り
畑土の黒うるはしく去年今年

金井　銀井（かない　ぎんせい）

1951年、群馬県生まれ。花林花句会同人。埼玉県新座市在住。

菫野は少し傾《なだ》れて夕日影
亡骸に白布そして山桜
水音は闇のその先蛍池
ふきのとう三つ四つ摘めばすむ暮らし
炎天下日時計のあり森のあり
土下座とは匂菫《においすみれ》に屈むこと
疫病蔓延すりこ木で草餅を搗く
鬼灯《ほおずき》と仁王は赤く怒ってる
風神の居て万緑の枝揺らす
朴落葉踏めば太古の炸裂音

ともに生きよう！

天瀬　裕康（あませ　ひろやす）
1931年、広島県生まれ。詩集『ロボットたち』、長編詩『幻影陸奥共和国』。漢詩「楓雅之朋」会員、「短詩型SFの会」代表。広島県大竹市在住。

遠くを見上げると
飛行機雲が鰯雲を串刺しにし
トンビのかわりに
ドローンが頭上を舞っている

庭に来る小鳥が少なくなった
その反面
クマやイノシシが住宅街をうろつき
深海魚が浜辺に出たというニュース
世の中が奇妙に変わってゆく

森の宝石と呼ばれ
春の終りに訪れる瑠璃色の青い鳥
昼はゲェッ・ゲェッと濁った声を出すが
夜になると「ブッポウソウ」と鳴く
「仏様・仏の法・僧侶」は　三宝と呼ばれる
それゆえ仏法僧と鳴く鳥は
平安時代以来ずっと神聖視されたが　そのうちに
彼らは詳しく観察され　昭和になって大発見
この青い鳥は　繁殖のため渡来する夏鳥

「ブッポウソウ」と鳴くのは　青い鳥ではなく
森に住むコノハズクという　淡黄褐色をした
二〇センチほどの　小型フクロウだったのだ
やはり夏鳥で　夜行性のため
その存在に　気付かなかったのだろう
彼らは声の仏法僧《ぶっぽうそう》として　誤りは直されたものの
困ったことに　青い鳥は数が減ってきた
安芸《あき》や吉備《きび》の国では　保護に乗り出ず

もともと私には
少数者への共鳴かあるのかもしれない
ずっと以前　学生の頃
特別天然記念物のニホンライチョウが見たくて
飛騨山脈を巡ったことがある
残念ながらライチョウには逢えなかったけれど
脳裡ではいつも生きていた
そうとも　いつまでも生きていたのだ

幾年も過ぎて熟年になったとき
「スーパー雷鳥《らいちょう》」という特急列車があって

大阪から京都を経て加賀・能登へと走っていた
二十世紀末には愛称名が「サンダーバード」になり
飛行中の雷鳥を模式化した絵が車体に見られたが
あれは走っている姿だったのかもしれない
ああ　そうだった　君たちは飛ぶのが苦手なのだ
氷河時代を生き抜き　高山地帯に住む君たちを
日本列島に辿り着いたばかりのヒトは
貴重な仲間と考え「神の使者」とも呼んだが
いまは温暖化の波により　棲みにくくなった
だが逃げてゆく場所がない

ところで　外来種による絶滅という問題
北海道大雪山のセイヨウオオマルハナバチは
これまで数％だったのに　六年間で約四〇％
人工開発地ではほぼ蔓延　根絶は無理らしい
ならば国立公園内への侵入防止へ　目標変換
在来種の全滅は避けたいが　外来種も生物だ
棲み分け理論を応用し　ハチの多様性を守る
というのは如何だろうか

適者生存は　進化の底流にあるのだけれど
生態系を壊したのは　ヒト科ヒト属のヒトだ
チンパンジー属　ゴリラ属　オランウータン属は
悪いことなどしていないのに数が減っている

大きな事故を起こした原子力発電所が
後処理を熱心にやらないため
天も地も海も放射能だらけ

原発災を受けた南相馬市に　最近サギ科の
サンカノゴイが飛来した　山家五位と書くらしい
ユーラシア大陸中部や　アフリカで繁殖し
東南アジアで越冬する　と言われてきた
日本では琵琶湖や霞ヶ浦　印旛沼《いんばぬま》などで繁殖
湿原を好む七〇センチほどの野鳥で　夜行性
おまけに保護色をしているから　見付けにくい
若松市での記録はあるが　浜通りでは初めて
珍しいだけでなく　これまた絶滅危惧種

自業自得　かもしれないけれど
想えばヒトも　絶滅危惧種らしい
が　絶滅なんて厭だ　いやだ
獣も虫も魚介類も　鳥も人工の鳥も
絶滅なんて　しないでおくれ
絶滅忌避種《きひしゅ》になって　生き続けよう

ともに死ぬのは　止そう！
ともに生きよう！

鶏

（上野都 訳）

一間《いっけん》ほどの鶏舎　その向こうに蒼空が広がり
自由の郷土を忘れた鶏たちが
干からびた暮らしに文句を言い
産みの苦しみを叫びたてた。

陰惨な鶏舎からどっと出てきた
外来種のレグホン
学園から新しい群れが押し出される
三月の晴れた午後もある。

鶏たちは溶け出る堆肥を掻き出そうと
か細い二本の脚は忙《せわ》しなく
飢えた嘴《くちばし》が突きまわる
両の目が赤く染まるほど——

1936・春

尹　東柱（ユン　ドンジュ）

1917〜1945年、旧満州の間島省龍県明東村生まれ。
詩集『空と風と星と詩』。福岡刑務所にて獄死。

蒼空

あの夏の日
熱情のポプラは
近寄ろうとする蒼空の青い胸を
撫でようと
腕を伸ばし揺れつづけた
煮えたぎる太陽の影　その細長い地点で

天幕のような空のもと
轟いた夕立ち
そして稲妻を
舞い踊っていた雲が引連れ
南へ去り
高々と晴れた空は大きく
枝のうえに広がり
丸い月と雁《カリ》をいざなった。

未熟な心が理想に燃え

その憧憬の日　秋に
凋落の涙をあざ笑う。

1935・10・20　ピョンヤンにて

コオロギと僕と

コオロギと僕と
芝草でおしゃべりしたよ。

ルルルル
リリリリ

だれにも教えてやらない
僕らだけが知ってるよ　約束だ。

ルルルル
リリリリ

コオロギと僕と
月の明るい夜におしゃべりしたよ。

悲しい鳥

谷口　典子（たにぐち　のりこ）
1943年、東京都生まれ。詩集『悼心の供え花』『刀利』。詩誌「青い花」「いのちの籠」。東京都杉並区在住。

世界中で
一番恐ろしいのは
人間

それを知らない
鳥たちは
みな
絶滅していった

トキ

赤い顔と赤い足
トキ色の美しい羽
日本産のトキは
佐渡のキンを最後に
絶滅した

コウノトリ

農作業の田圃で
人と一緒に餌を啄ばみ
あぜ道で
子どもたちの通学を
見送っていた
人間のまく農薬で
死んでった

アホウドリ

恐れをしらない
この鳥は
人間をみると
よってきた
そして
羽毛を集めに来た人間に
撲殺され　死滅した
だからその名も「アホウドリ」
みんなやさしい鳥だった
人を恐れぬ鳥だった

鳥の音

――メシアン「世の終わりのための四重奏曲・第三楽章」

石川　逸子（いしかわ　いつこ）
1933年、東京都生まれ。詩集『千鳥ヶ淵へ行きましたか』、小説『道昭―三蔵法師から禅を直伝された僧の生涯』。詩誌「兆」。東京都葛飾区在住。

囚われの身で　はばたいた　心
たった一つの楽器　クラリネットに託した　願い
出だしは　かすかに　胸のうちからこぼれ出た
吐息のよう　そら耳だったか　と疑うほどに

やがて　吐息は　次第に大きく　力強く
憂いをおびつつ　さまざまな鳥となって
てんでに鳴き　はばたき
枝々から飛び立ち

零下二十度　指も顔も凍りかけ
雪のなか　演奏を聴く　囚われびとたちは
軍服の所員も
ふと大気を飛びまわる
鳥になって　いっとき　微笑み　わらった

わたしは　ツグミ
わたしは　コジュケイ
わたしは　ナイチンゲール
どこまでも　飛んで行くんだ

かじかむ指　こわばる唇を　だまし　だまし
ユダヤ人奏者は　強く　ひたすら強く
吹きつづけ　吹きつづける
壊れよ！　捕虜収容所！
あとかたもなく壊れよ！

あ　高い塀はとっぱらわれ
かしこに見えるぞ
うすむらさきいろの空　に　かかった
はでやかな　虹

やがて　再び　音はしずまり
飢えた　囚われびとたちの肩に　つもる雪
クラリネットから　かすかに　こぼれる
消えない　望み
やせこけた　囚われびと　作曲家の　肩にも
つもる雪

――2013・7・27「コントラスト」演奏を聴いて

白鳥の歌

清水　マサ（しみず　まさ）

1937年、新潟県生まれ。詩集『遍歴のうた』『鬼火』。
日本現代詩人会、新潟県現代詩人会。新潟県新潟市在住。

又もや
人の死の時を恐れて
その場から遠ざかっていた自分を知る
死は　その枕辺から私を離し
慟哭の淵に私を追いやり罰を課した
記憶の揺曳をもて余す私を
苦しみの底に落として通り過ぎて行った

日常の精神に立ち戻ることができずに
無人のあなたの庭を訪れた
数年とも伝わる
あなたの病との闘いを知らず
あなたの孤独の遠くで暮らしていた
風と木立と人間のざわめきの気配の中で
生の終わりを聴きながら
あなたは　ひとりで死し
降り積もった落葉や枯れ枝で
住み処をおおい　自身をおおった

立ち尽くす私の足元を
わずかに這う紫蔓草《むらさきつるくさ》
若い日に
あなたの庭から譲り受けたその紫は
今年も私の庭で鮮やかに咲き
あなたが居ない寂寥を
私に告げにくるだろう

訪《おとな》う人を拒み
生まれた場所で死ぬために
ひとりで病を生きたあなたの強靭
心身からあふれ出るあなたとの思い出を
解ききれずにあなたの庭を想い
夜毎　彷徨いながら私は眠り
やがて
そう遠くない私の庭の終わりを思った

新しい春三月　春分の朝
燦燦と降りしきる雪の中から
死者の白鳥の歌*が聴こえる

＊　シューベルトが死の年に書いたセレナード

鳥の巣集落

近藤　八重子（こんどう　やえこ）
1946年、愛媛県生まれ。詩集『海馬の栞』『仁淀ブルーに生かされて』。関西詩人協会、青空会議会員。高知県高岡郡在住。

ここは鳥の巣集落
鳥たちが多く巣を作り棲む所
鳥は
安全な場所に
巣を作る習性があるという
それを証明するように
南海大地震の時も
五〇年前の大洪水の時も
町の家々は一階上まで川の水に浸ったが
鳥の巣集落は
一軒も被害はなかった
十年前の集中豪雨の時も
近くの山々は崩れ
高速道路の橋は押し流され
国道・県道も寸断されたが
鳥の巣集落は
何事もなく無事だった

春には春の渡り鳥がやって来る
冬には冬の渡り鳥がやって来る

渡り鳥は
弱い鳥を真ん中にして飛ぶという
途中　嵐に遭遇すると
出島の岩肌は
渡り鳥の死骸で真っ黒になるという
そのような恐ろしい体験を生きぬいた
鳥の集団も来るだろう
それでも何事もなかったかのように
元気に飛んで来る
畑仕事をしている私の側まで寄って来て
土から出てくる虫をねだったりする鳥もいる

地で生きる人間・動物・植物
空で生きる鳥との共存
そこには
生きる力強さが漲《みなぎ》る

鷗が飛んだ

緑の原を横切り
平得村《ひらえ》と大浜村を結んで
一筋の道が白く細く延びていた
先人達が　前の海から白砂を運んで
敷きつめた白い道
少しの風にも　ゆらゆらと
砂煙をあげていた

北には聳える於茂登《オモト》岳
南を向けば紺碧の海が広がる
遥か水平線は何処までも延びて
島を囲んでいる
そのことが不思議に思えていた
あの頃
時には浜辺の白砂に座りこみ
沖を見つめたりして——
水平線の彼方にはニライカナイ《楽園》がある
祖母の言葉を耳裏に貼り付けていた

岩場の鷗は沖を向いてじっとしている

海鳴りがざわざわと呼んでいる
漣は　おいでおいでと手招く
何処へ誘うというのか

鷗は知っているのだ
一瞬の風を捕えると素早く飛んだ
天鵞絨《びろうど》の綾羽を大きく広げ
太陽《てぃだ》ば冠《か》め　　　（太陽を頭上にして）
東《あがる》かい舞《ま》いつけ　　　（東方へと舞って行った）

飽浦　敏（あくうら　とし）
1933年、沖縄県生まれ。詩集『星昼間《ぶしぃぴろーま》』『トゥバラーマを歌う』。
詩誌「アリゼ」、日本現代詩人会会員。兵庫県芦屋市在住。

月ぬ美《か》いしゃ

故もなく歩きたくなるのだった
歩け歩けとばかりに　迫る気持ちが
足裏からほのぼのと立ちあがる
首を傾け　目線を泳がせながら
歩き進む

歩みはナカドゥ道を通り抜け
登野城村へと運ばれ
村内ではクヌブンギー《九年母》の古木が
深い影をつくって静かに立っていた
そっと木陰に入り襟元を開く
すると　葉擦れがさやさや鳴り出し
風は東に西に駆け遊ぶ

子守りのお姉さん達は知っている
唯　呼ぶともなく　子を背負って寄り
歌い出すのだった
　東《あーる》から上《あが》りおーる大月《うふつき》ぬ夜《ゆ》
　（東の空から上っておいでのお月様）
　我家《ばんちゃ》ぬ屋根《ちぢ》まで照《てぃ》らしょぅり
　（我家の屋根までも照らして賜れ）

匂やかな小花を降らせるクヌブンギー《九年母》
お姉達の髪に肩につもる白い花
年の頃は十か十二か

温かい背中でこくりと眠る子の
無心な寝顔の美《か》いしゃ
冴え渡る十三夜の月を思わせ
私は立ち止まる

遠くを想って

今年生まれたカモが沼地に取り残されている
時折　月の光を映していたそここの水溜りは
未だ夏の暑気を残してはいるが
山肌をゆっくりと雲が下り
乳色の霧となって地を覆い
やがてあたりに雨音が充ちる頃には
冷たい大気が羽毛の中のか細い首を締め上げる
頬のうえの白い産毛を震わせ
カモは目を細めて一心に遠い山影を想う
未だ生えそろわぬ翼を伸ばし折りたたみ
腰を上げ身を揺すっては座り直し
夜の雨の中にいる
何千年前からずっと　そして
これから先何千年も　きっと
過去だ　未来だ　現在だ　などと
時を勝手に区切ることなど止めたらいい
カモはいつも　こうしている
はるかに遠く未だ見たこともない桃源郷に
咲き乱れる花々を思い描いているわけでもなく
ただ飛び発って行くべき時を見つめて
闇の沼地に茶色い頭を埋めている

志田　道子（しだ　みちこ）

１９４７年、山形県生まれ（一歳より東京在住）。詩集『わたしは軽くなった』『エラワン哀歌』。詩誌「阿由多」、日本現代詩人会所属。東京都杉並区在住。

ひよこ

安部　一美（あべ　かずみ）
1937年、福島県生まれ。詩集『父の記憶』『夕暮れ時になると』。詩誌「熱気球」（詩の会こおりやま）、福島県現代詩人会会員。福島県郡山市在住。

―ごめん　ごめん
いまエサをあげるからね―
孫が左の手のひらに収めた
たまごっち*を操作しながら
語りかけている

かつて私も子どもの頃
祭などの縁日や小学校の校門近くで
四、五羽のひよこを買い求め
木製のミカン箱に板ガラスを覆い
藁をしきつめ　器に水を　小糠やはこべ
夜は湯たんぽを入れて育てたものだ
だが時が経つにつれ
一羽二羽と死んでいった
小さな羽が生えるようになった
ひよこの死は痛ましかった
どうやら売物のひよこは雄ばかり
所詮こうして生を終える定めなのか
幾度か飼ったなかで一羽だけ
立派な鶏冠をもっ成鳥になった
木箱の中は窮屈だろうと
田舎の親戚に貰ってもらうことに
そこに行けば放し飼いの広々とした庭で
他の鶏たちと悠々の日々が送れるはず
ところが何日かして様子を見に行くと
送った際の木箱の中にいるのだ
聞けば前からいた鶏たちの仲間に入れず
喧嘩ばかりして木箱に戻されたらしい
その後の消息は聞かずじまいだった

―どれ　どれ　床が汚れているって
　いま綺麗にしてあげるからね―
どうして子どもはひよこが好きなのか
思い出すと今でも
木箱の鶏糞の臭いが鼻につくのだ

＊某玩具メーカーのゲーム機

カラスへの手紙

佐藤　春子（さとう　はるこ）

1938年、岩手県生まれ。詩集『ケヤキと並んで』、詩文集『大河の岸の大木』。日本詩人クラブ、岩手県詩人クラブ会員。岩手県北上市在住。

拝啓　カラス様
雪の降る寒い元日の朝
赤いポストのある公園の入口で
あなたはじっと待っていましたね
私の体操が終わるまで

春になると詩歌の森公園で
一番高いアメリカサイカチの木に止まって
私の体操を見ていましたね
私が手を振ったのに気がついたのです
毎日毎日同じ木の上から見ていました

やがて森全体は緑一色
あなたは場所を替え
赤いポストのすぐ上の電線に止まって
わたしを待っていました
私が白つつじの葉で草笛を吹くと
励ますように何度も羽ばたいてくれました
体操に行くのかあなたに会いに行くのか

そんなある夏の日のことでした
わたしが膝関節炎で
歩行困難になってしまったのです
公園に行けなくなりました
治療のため三ヶ月も休んでしまったのです

三ヶ月振りに公園に行くと
あなたはいませんでした
いつもの場所に――
探しましたが
もう　どこにも姿は見えないのです
あなたもわたしを待ったのでしょう
ごめんなさい
再会を楽しみに
今でも公園に通っています

敬具

待つ

山には野鳥の死骸がごろごろ転がっているという風評。五月には、いつものように燕が来てくれて、いつものように巣作りをし、卵を産んだ。雛は孵化するとすぐに死んだ。我が家の燕も隣家の燕も、四軒もの家の燕の雛が死んだと語る女の人。野鳥の会は、野鳥の種類も数も減ってしまっていると紙上に発表する。

野鳥のほとんどが姿を消したという
二〇一一年三月の
この映像はどこにも送られなかった

ただ、逃げろ　という短い言葉に
促された人々は
数時間の避難と思い
この地を離れた
揺れが収まり、短い言葉を
聞きもらした老夫婦は
ここに残った

あれから　何日が過ぎたのだろうか
残った樹々は青葉となって
いつものところにあるが

長嶺　キミ（ながみね　きみ）
1939年、福島県生まれ。詩集『静かな春』。
詩誌「詩脈」、文芸誌「高田文学」。福島県会津美里町在住。

働く者のいない田畑は広いばかり
茫漠《ぼうばく》とした荒野に川は流れ、風が吹いている
見えるのは防護服とマスクの自衛隊員が
重装備の車両と共にやってきたが
それを追うメディアの姿はない
ほかの被災地にいるボランティアの姿も
ここにはなかった

いつからか
飛ぶ鳥のいない黙した空を
眼の奥に宿して
庭に面した明るい部屋の
床《とこ》の間を背にして
ふたりが
座すようになったのは

昨夕
主を捜《さが》して彷徨ったであろう
首輪の大きい犬が
差し出した一椀の水を飲んで
息を引きとったという

渡りの春

佐々木　久春（ささき　ひさはる）

１９３４年、宮城県生まれ。詩集『土になり水になり』『無窮動』。詩誌「北五星―Kassiopeia」主宰、秋田県現代詩人協会会員。秋田県秋田市在住。

　くぉー　くぉー　くぉー
渡りの鳥たちが行って
ネコヤナギの花穂は仁別《にべつ》の川縁に

光ゆれて風は山へ登って行った
すべての思いは
谷間を上流へ向かう

だが　街ではゆうべも
結果の無い朝を迎えた

　人は羽根がないから
急ぎ足に今日へ散らばっていく
鳴くことはできないか

季節は美しい初夏へ向かう
陶酔のさかい目から
やはり今を言葉にしよう

定住の我らも進もう

　ゆるやかな幸せから
　葛藤のるつぼへ

　くぉー　くぉー　くぉー
渡りの鳥たちは羽ばたいて
スミレは今年も寒風山に

風ゆれて光は海へ広がり覆《おお》った
すべての憧れは
雲のなか天空へ向かう

だが　街では今夜も
あてもない夜を迎える

ああ　かれら八万羽は
八郎潟　小友沼《おともぬま》　からウトナイへ
さらにカムチャツカへ　三千五〇〇キロ
花を捨て　さらに花を求めて　行く
　くぉー　くぉー　くぉー

第六章　森の吠えごえ

戸をたゝく狸《たぬき》

（表題・抄出はコールサック社編集部）

与謝　蕪村（よさ　ぶそん）

1716～1784年。『蕪村句集』、俳文集『新花摘』。

鶯や茨《いばら》くゞりて高う飛ぶ

静《しずけ》さに堪《た》え《(へ)》て水澄《すむ》たにしかな

大津絵に糞《ふん》落《おと》しゆく燕《つばめ》かな

日《ひ》は日くれよ夜は夜明《あ》ケよと啼《なく》蛙

菜の花や月は東に日は西に

なのはなや笋《たけのこ》見ゆる小風呂敷《こぶろしき》

菜の花や鯨《くぢら》もよらず海暮《くれ》ぬ

閑居鳥さくらの枝も踏《ふん》で居る

みじか夜《よ》や毛むしの上に露の玉

蚊屋の内にほたる放してアゝ楽《らく》や

蟒《うはばみ》の鼾《いびき》も合《ね》歓《む》の葉陰哉

しのゝめや鵜をのがれたる魚《うを》浅し

小狐《こぎつね》の何にむせけむ小萩《こはぎ》はら

鹿寒し角《つの》も身に添ふ枯木哉

山雀《やまがら》や榧《かや》の老木《おいき》に寝にもどる

子鼠《こねずみ》のちゝよと啼《なく》や夜半《よは》の秋

鴛《をしどり》に美を尽《つく》してや冬木立

戸をたゝく狸《たぬき》と秋をお《(を)》しみけり

鱸《すずき》釣《つり》て後《うしろ》めたさよ波の月

冬ごもり燈光《とうくわう》虱《しらみ》の眼《まなこ》を射る

『蕪村俳句集』より

木のはなし

ヒト誕生以前の長し大夕焼
恐竜は花に追はれて辛夷咲く
穀象や出アフリカの人類史
新緑やもつたいなくて帽子とる
新緑の中のみどりの毛虫かな
夏木立幹を叩いて木のはなし
百歳の橅《ぶな》は壮年滴れり
涼しさの橅を奏づる樹幹流
団栗《どんぐり》を拾ひ温暖化のはなし
倒木はここで朽ちゆく野紺菊

太田　土男（おおた　つちお）

1937年、神奈川県生まれ。句集『花綵』『草泊り』。俳誌「草笛」代表、「百鳥」同人。神奈川県川崎市在住。

稲びかりヒトの進化の系統樹
草の絮《わた》地球の上を飛びにけり
花野より花野へ湖を渡りけり
秋雲や森を育てて一家言
幾たびも草は刈られて草の花
外来の草の多くて草の花
草原に食べ残されて野菊咲く
狼のゐると信ずる方につく
この山があり川があり白鳥来
林相に樺《かば》を交へて山眠る

風切り羽

奥山　恵（おくやま　めぐみ）
1963年、千葉県生まれ。歌集『窓辺のふくろう』『「ラ」をかさねれば』。
短歌誌「かりん」。千葉県柏市在住。

アフリカオオコノハズク（White-faced Owl）と暮らし始める
「木葉木菟《このはずく》」「White face」と名を持てる小さきちいさき来訪者なり

喉の羽ふるわせて鳴くほーと鳴く遠きたましい呼んでいるらし

マウス一匹ひたひたと食うふくろうのひゅうと鳴くゆえ泣きたくなりぬ

ふくろうの風切り羽が十数本換わる時間を一年と為す

ミシシッピーは鳥の渡りの大経路人知よりはるかな路きっとある

ヒトは行きクマは来るゆえ森ゆらぎ「遭う」とはときにさびしき言葉

福島に増える野良牛東京に滂沱《ぼうだ》の牛となりて走り来よ

放射能降りたる森にどれだけのふくろう遺伝子傷ついている

蜂も鳥もまろやかに一群れの数たもち一億年のその清澄さ

鳥や風が落してやがてここに育つ思いがけないものこそが　夢

Madagascar 2012

光森　裕樹（みつもり　ゆうき）
1979年、兵庫県生まれ。歌集『鈴を産むひばり』『山椒魚が飛んだ日』。沖縄県石垣市在住。

森閑と見よ啼きかはすインドリに黒きくちびる赤き口腔
今此処を去らむと決めて辿りつく今此処なるをレムールの森
宝石は持ち帰れぬと断れば此は椰子と云ふ　陽に透ける椰子
マダガスカルに上陸したる日本兵も稲穂を見しか照門の先
ボンネットに膝かけながら捥ぎとりしライチは保つまるき体温
牛飼ひが連れて歩くは購ひし牛、売りにゆく牛、売れざりし牛
バナナフランベ胃に溶かしつつゆく森に吾の瞳を見るキツネザル
カメレオンに見せてみじかき吾が舌は風にすこしく乾きゐたるも
天に突きあたりしごとくバオバブは平らに拡ぐ枝のみどりを
ベローシファカが横飛びにゆく高く高くと背負ふ仔猿にせがまれながら

『山椒魚が飛んだ日』より

植物図鑑（2020.9）

実生《みしょう》

もしも発芽した一本の実生であれば
私はその震える葉に想いを馳せる
風や日照りの軽さに驚きながら

もしもあなた自身が実生そのものならば
私はその震える想いが驚かせる
時に耐える一本の実生が重すぎるから

そのように
在るものがきびしく灯り
無いものがさんざめき
私の明日を黎明に差し示す
実生が立ち尽くす

あれは確かに震える命である
坂井　一則（さかい　かずのり）

1956年、静岡県生まれ。詩集『ウロボロスの夢』『世界で一番不味いスープ』。日本現代詩人会、中日詩人会。静岡県浜松市在住。

ウツボカズラ（食虫植物）

それは吊り下げられた袋に液体を入れ
ただじっと待つだけの存在でありながら
静かな毒を秘めている

袋の構造は魅惑な蜜と誘惑な潤滑剤で
それ以外の意志も行為も持たず
後は時の魔性に凭れていればいい

だが人よ
もう賢《さか》しらにウツボカズラを言うな
待つと言うことが存在であるならば
必死の袋そのものが　ただ
あるがままにいるだけなのだ

私にはあの液体の袋で満たされていたい

初めて地上に降り立ったもののように

初めて地上に降り立ったもののように
私は歩いた
いつもの道を
咲き乱れる
レンギョウやユキヤナギを
いとおしいと思った
藪には一面に
イバラの花が咲いていて
ウグイスのひと声に
不意を突かれた

ああこのために
病は私にやってきたのだと思った
やみくもに突進するばかりになっていた
私を立ち止まらせるために

急流から小川のせせらぎへ
多少の傷は
いたしかたない
矢城　道子（やしろ　みちこ）
1963年、大分県生まれ。エッセイ集『春に生まれたような』、詩集『春の雨音』。日本現代詩人会会員。福岡県北九州市在住。

初めて地上に降り立ったもののように
私は歩いた
いつもの道を
押し黙った木々の枝から吹き出す新芽の
そのざわめきの中で
大きく深呼吸した

荷物が増え
抱えきれなくなったら
それを手放せばよいのだ
花や葉が散るように
そこからまた
新たな芽が生じてくるに違いない

はじめて地上に降り立ったもののように
私は歩いた
いつもの道を
胸の奥がいっぱいになって
ひとひらの詩が生まれた

森の吠えごえ
戦争マラリアの記憶

小田切　敬子（おだぎり　けいこ）
1939年、神奈川県生まれ。詩集『流木』『私と世界』。
詩人会議、ポエム・マチネ会員。東京都町田市在住。

波照間島《はてるまじま》の　プルマ山の森の
ガジュマル・福木《ふくぎ》・久葉《くば》の木の　葉たち
暗く光るのは
吸ったから　血
動物たちの　濃くて熱い　血

波照間島の　プルマ山の森に
流れて浸みた　動物たちの血は
生産をたすけて　働きつづけた　家畜たちの　血糊

波照間島の　プルマ山の森で
家畜を殺し　食ったのは兵隊
日本の兵隊
攻めてはこない　アメリカ軍を騙《かた》って

波照間島のプルマ山の森で
家畜たちは殺され　食べ物は奪われ
しまびとたちは　里から追われ　島から追われ
追い出したのは兵隊
日本の兵隊

波照間島の　プルマ山の森から
追われた島人
ハマダラ蚊の巣へと
たちまち病んだ　むごいマラリア
三六四七人が死んだ
しまびとは呼んだ　戦争マラリアと
三六四七人が死んだ

波照間島の　プルマ山の森で
一九四五年から
沸き起こる　ざわめき
風の吠え声
家畜たちの吠え声
戦争マラリアで
死んでいった吠え声

椎の森

古代ローマのコロッセオを模したのか
有明コロシアムという壮大な建物
中央で女子二人が球を打ち合い
何千人かの人が見おろしている
テニスの森という野外では
外国人の女子がラケットを振っている
一粒の米を育てなくても
糸を紡がなくても
無駄こそ文化だと
仕事の手を休めて黄色の球の行方を追う

森の樹木は実を落していた
見物人は踏みしだいて通る
細長いドングタだ
拾って齧《かじ》る
マテバシイだ
米も芋もなくなったとき
山の子熊たちに知られることない
わが救荒食《きゅうこうしょく》

伊藤　眞理子（いとう　まりこ）
１９３８年、福岡県生まれ。『伊藤眞理子詩集』共著詩画集『心のひろしま　あしたきらきらⅠ・Ⅱ』。東京都墨田区在住。

テニスの試合に誘ってくれた人が言った
この太い柱のコロシアムも
間もなく瓦礫に変り森は壊され
もっと巨大な建物になる
オリンピックの競技場になると
束の間のわが備荒食庫

ドングリの森へのけもの道は
高速道路に断ち切られ
里の柿や田畑を荒らすというが
熊の親子の冬眠は
踏みしだかれる椎の実を知らず
痩せた夢を見ながら眠るだろう

木が立っている

江口　節（えぐち　せつ）
1950年、広島県生まれ。詩集『篝火の森へ』『オルガン』。
詩誌「多島海」「鶺鴒」。兵庫県神戸市在住。

人を憎むと
人は木になる

若い頃
こんな詩を書いた
木のまっすぐな剛直さ
容易に刃の入らない幹の堅さに

六条御息所《ろくじょうのみやすんどころ》
あなたの理知と位が
憎しみを恥ずべき情念として封印した時
あなたの奥底で
一本の木が育ち始めていた

経験を積み
いささか思考を巡らすようになっても
理知や階層によっても
思い通りにならぬものがあり

人は
木となり
無数の木となり
地上に深い森の闇をつくる

かなしみは煮凝《にこご》り
くやしさは棒杖になり
打てば打つほど　痛む己が手
恨めば恨むほど　あばらがしめつけ

はりめぐらしたにくしみの枝から枝へ
小さなけものが渡っていく
梢を掠《かす》る風は寒い
森の縁はどこだろう
杳《くら》い空の底を穿《うが》ち　骨のように
木が立っている

斧を入れてくれと　立っている

——能「葵の上」

木の遍歴

人知れず　一本の木に会いに行く
口にする前の言葉をみんな聞き取り
木は　木の言葉でしきりにうなずく
上空を吹く風に　無数の葉と葉をこすりあわせて囁いて

幼いころから　一人でも不思議に寂しくはなかった
守護神となったその木に育てられたのか　それとも

寄り添うことでその木を育てていたのだろうか
日ごろから上《うわ》の空で遠い目ばかりしていたから
大人たちは異な眼差しで　わたしに問うた
〈いったいどこへ行ってたの？〉

〈裏山の　この村を出外れるところ……〉
とは　答えなかったが
やがて一人で村を後にするだろう　と予言したのは
山の無人の境内に立つ　遊び相手の樫の木だ

木は木霊《こだま》で　他の樹々に通じているという
そのせいだ　木が枝分かれしてその領分を広げるように
わたしの木の遍歴がはじまったのは

風の行方を指して傾いだ秩父・三峯神社の杉の歳月
〈さよなら〉と手を振れなくて訪ねたハンカチの木
老いて八方から支えられ　気骨ならぬ木骨を示す神代桜

丈高く自力ですっくと立つ木にわたしはいつなれるのか？

ところで近ごろ　何かがほころびはじめた
夢みる力が失せたぶん
そこに異形の姿が重なり　ときに異界の影がのぞくのだ
根方に車座になりおばけ連が会議するジャンビィ《ジャンビィ》・ツリー[*1]
一千年の寺院の眠りに根を張るタ・プローム[*2]のガジュマル

都心の水辺　アイアイの住む森[*3]で　今宵
八百年を生きてオブジェと化したバオバブの木に出会った
空洞化した幹の虚《うろ》にしずしずと入っていくと
折り重なって仮眠していたワオキツネザルの光る好奇の
　瞳が
いっせいにわたしを見上げる

＊1　カリブ諸島、トリニダード・トバゴの民話から
＊2　ガジュマルによる浸食が激しいアンコールワット
　の遺跡群の一つ
＊3　上野動物園西園、不忍池畔

谷口　ちかえ（たにぐち　ちかえ）
旧満州奉天生まれ。詩集『地図のかなたへ』『木の遍歴』。
日本詩人クラブ、日本現代詩人会各会員。山梨県甲府市在住。

玉木　一兵（たまき　いっぺい）

1944年、沖縄県生まれ。小説集『私の来歴』、エッセイ集『人には人の物語』。詩誌「あすら」。沖縄県宜野湾市在住。

魂の宿り樹

たとえば
樹を人に擬《なぞら》えてみるとする

樹は自分の宿命で定められた狭い土地に立ち
喜怒哀楽の幾条もの時の流れに実をゆだね
たとえば川の淵に立ちつくし
自分の花を咲かせ実をつける

樹はそんな風に
山中に海浜に砂漠に岩場に谷間に
おもいおもいの姿勢で立っている
垂直でなくてもいい
歪んでひずんで屈んでいても
地を這いつくばっていてもいい

自分の梢や天辺が空に向かってまっすぐに
視線を放っていればいい
そして空の果てにあるらしい
何か確かなものめいた群青の世界を
野放図に射っていればいい

樹は季節が巡ってくると
自分にも宿っているらしい樹の精霊を
湧き立たせ無数の葉の先端の小さな目をくりだして
放射状にいっせいに空を見つめている

樹の臓器は枝から幹へ幹から根へ伸びる
根が気の欲望をみたすために
自分を囲いこんでいる狭い貧土から
何を吸いあげようと我関せずと
樹は高い空をみあげる
そして

千変万化の雲たちに
興味津々の視線をからませて
四季の風に身をまかせて遊んでいる

だけど樹だって欲望を体内に
隠しもっているのではないだろうか
その緑葉から粘液を分泌し

昆虫や仔虫を捕獲する食虫植物も
あるらしいから
樹の精が本気になれば人に襲いかかるかもしれない
ではないか

でも樹は人の手で伐採され材木になり
床になり壁になり家になり橋になっても
自分の定めを甘受し
その時までその同じ場所で
動かずに立っている

そしてやがて樹にその時がくると
樹は自分の根元の吸引力の衰えに
従容として迫らず
空に放っていた無数の視線をゆっくりおろして
命の炎を消し枯れていくのだ

これが魂の宿り樹からの
永い時間の列に並んで
あくせく動いて生きている人々への
ひとつの伝言

志比谷《しいだに》[*1]の春

光が葉を透かせる
つつじが燃え立つ
蕗《ふき》の葉がつんと背伸びをする
うす紅色の
シャクナゲが咲く

ウツギの花が可愛らしく
道に向かってしなだれる
山は一段と緑を増し
藤の花の紫が
あちこちに模様をつける

草の山道
半分食いちぎられた竹の子
いのしし狩の罠
猫柳の白い綿毛が虫のように
風に乗ってながれる

しっとりとした空気が
都会で疲れた肺をうるおす

赤木　比佐江（あかぎ　ひさえ）

1943年、埼玉県生まれ。詩集『手を洗う』『一枚の葉』。日本詩人クラブ、詩人会議会員。福井県吉田郡在住。

夕暮れの谷は
若葉の命が放つ
甘い香りにみちている

長寿の人が
多いという
ふしぎな谷だ
モリアオガエル[*2]がやわらかく
愛の歌を歌っている

＊1　このあたりの人はそう言っている、永平寺のある谷の名。
＊2　森林に住み赤ん坊の頭ほどの泡状の卵を木の上に産む。

野道にて

高橋　英司（たかはし　えいじ）
1951年、山形県生まれ。詩集『野道にて』『一日の終わり』。
詩誌「新・山形詩人」、日本現代詩人会会員。山形県西村山郡在住。

屈託を感じたら
野に出てみることだ
特別なことは何もないけれど
号令に従うように
雨上がりの草がぴんと背筋を伸ばし
どやしつけるように風が吹きつけ
水たまりには山が映っている

退屈な一日だったら
空を見ることだ
首をぐるりとめぐらして
大パノラマをわがものにすることだ
特別なことは何も起きないけれど
海のような青には底がなくて
はるか彼方に無限の宇宙があるだけだ

勤め人だったころ
車窓から書き割りのような景色を眺め
流れにゆだねて時を過ごして来た
特別な幸福も不幸もなかったけれど
規則に従い自然の掟のままに
草が繁り　枯れ　土に還るように
そのつど息を吹き返して来た

野道をぐんぐん歩いて行って
林の中に入ろう
ぶんぶん虻が飛んで来て
梢では百舌《もず》がぎゃあぎゃあ啼いていて
特別なことは何もないけれど
湿った地面からは土の匂いがする
木漏れ日がわずかに射して下草が光っている

宮本　勝夫（みやもと　かつお）

1943年、茨城県生まれ。詩集『損札』『「縄文」の風』。
詩誌「1／2」、詩人会議会員。千葉県松戸市在住。

「縄文」の森

病に伏していた明けがた
鬱蒼とした森林のなかの巨樹に触り
巨岩の隙間から湧きでる泉をみながら
森林を歩いている夢をみた

親爺の産まれ育った父祖地の
「福島」の森林は
いま雑草に喰い荒らされ腐り溶けて
いや　枯れ木になって
倒れているのだろうか

放射能は山から川へ
川から海へ海から人里へ
そしてあらゆる生きものへ
多種多様の樹木が繁る古里の
森や山河も奪った

思えば森に住む古代の人たちは
動物も植物も山も川も命はひとつ
人間に等しく霊魂を持ち

森の精霊に生命を感じながら
里地里山・鎮守の森を作り
聖なるものと崇め敬い
信仰して共に力強く生きていた

森の落葉は腐植土を作り
時を経て陶土となった土を煉り
窯の炎の試練に神秘を感じ
焼くことから煮ることの
命の糧を守る土器を作り
森の精を注ぎ
呪術の土偶を創った縄文の人たち

手から体　体から心奥深く
死と再生の永遠の循環を祈りながら
生き続けることのできる世界を
次の世代に残し
あらゆる命を守り続けてきた
「縄文」の森

早春の森に行ってきました

望月　逸子（もちづき　いつこ）
1950年、大阪府生まれ。詩集『分かれ道』。
関西詩人協会、兵庫県現代詩協会会員。兵庫県西宮市在住。

野面《のづら》に光を受ける馬酔木《あしび》　三椏《みつまた》
早春の花々は
雪に耐えて待ち続けたものの
静かに甘い香りがする

蕗《ふき》の薹《とう》の花芽は　ほの苦く
山葵《わさび》の葉を噛むと
後から辛さが追いかけてくる

森の冬を越えてきたものたちの
静寂な甘さ
仄かな苦さ
あとで気づく辛さが
わたしたちの細胞を
ひとつひとつ揺らし　目覚めさせていく

わたしたちは細胞から気づいていった
遡れば〈森と暮らす人〉であったことを
地球の表面積のたった三割の陸《おか》に住む
命の種のひとつでしかないことを

何度も繰り返された
「まだ間に合うのか」という問いかけに
わたしたちは応えるだろう

間に合わせるしかない！

不夜城に点滅する大量の光の渦の下敷きとなり
滅びるわけにはいかない！と

月山の風

小林　功（こばやし　いさお）
1937年、山形県生まれ。詩集『月山の風』。「庄内五行歌会」会長、「山形県詩人会」会員。山形県鶴岡市在住。

朝日が昇りかけるころ
月山はその輪郭を鮮明にし
澄明なブルーで一色になる
なんとさわやかで神秘的なことか

次第に明るくなると
山裾もぐんと拡がって見えてくる

月山連峰の稜線が
はっきり繋がり始めると
月山の上に朝日が……

流れてくる水の音
春の朝日はぐんぐん昇り
平野は一面本然の姿を見せる

何もかもが生き生きと動き始め
川に水が溢れ　田植えが始まる

やがて稲田は緑でいっぱいとなり
夏を迎える

豊穣の大地に稲穂が揺れ
秋の収穫
天恵と人々の努力で

今年もまた生命の糧に恵まれる

見つめてきた月山も
春　夏　秋と過ぎ
白一色となった

ふたたび月山は輝き始め
大地を潤す水を蓄え
雪を被り　嵐に耐えながら
じっと春を待つ

涸れることのない愛を教えるように
月山は永遠の美しさを投影して
陰ることがない

母のごとく永遠なれ
月山

子育てする森

室井　忠雄（むろい　ただお）
1952年、栃木県生まれ。歌集『天使の分けまえ』『柏の里通信』。短歌誌「短歌人」。栃木県那須塩原市在住。

山吹がかおれば餌を食い初めるイワナ一匹釣り上げにけり

葉がでれば葉を食う虫が虫でれば虫食う鳥が子育てする森

わが母の口癖なりき「花を見て腹立てる人はどこにもいない」

たちあおいの花に尻ごとつっこんでくまんばちありつゆの晴れ間に

電柱の支柱をすでにのぼりつめ歓喜の声をあげんとする蔦

蟻の巣を根方につくられ百年のいのちをおとす庭のもみじは

ゆずの木にふとき棘あり茄子の木にほそき棘ありわが指をさす

土下座の代わりに歯を見せ笑う　ヒトがサルだったころのなごりに

大きな津波襲ってきたらどこへ行く高いところへ行けハナミズキ

じゃがいもの新芽をぬらす雨の音聞こえておればやがて眠らん

花背峠

山の呼吸を　峠で聴いた
谷をへだてた向いの斜面
辛夷《こぶし》の花は点在し
雑木林は　胸いっぱいの新緑を歌う

川の雫を　峠で知った
水はちろちろと杉林の地に　表れ
傾斜をひたして　峠を下り
再び地下へもぐった
そして峠下　山の断層からとうとうと流れ出した
冷たく澄んだ湧き水　絶えることなく美味しく
冬の大雪に耐える山地
アイスブルーの水は　知る人のみ知る超人気

風の変化を峠で聞いた
風が運ぶ四季の明暗
日毎の言葉は微妙に揺れ
「アメダス」が置かれた謂《いわ》れを
風雨の宵に　吹き飛ばされそうになって識った
雷雨の中を　ハンドルを握った峠越えで知った

都会の望みを　峠で諮《はか》った
大気の汚染を　かなたの昼の街に見た
古代からの山と水
生きる命の生涯を
水と地表の労わりあいを
峠はすべて懐におさめ
超然として見守っている

安森　ソノ子（やすもり　そのこ）
１９４０年、京都府生まれ。日英詩集『紫式部の肩に触れ』、詩集『香格里拉で舞う』。詩誌「呼吸」、日本現代詩人会会員。京都府京都市在住。

新しいノート

瀬野　とし（せの　とし）
1943年、中国東北部生まれ。詩集『なみだみち』『菜の花畑』。詩人会議、日本現代詩人会会員。大阪府堺市在住。

ピンクの表紙　赤い背表紙
さあ、詩を書こう
ノートを広げて
綴じ目を押さえる
真っ白い紙に
薄い線が引かれて
新しい品のここちよさ

そのとき　浮かんだ

日本のフォト・ジャーナリストが
遠い国へ行って
学校の取材をした
生徒が　彼の手のノートを見て
言ったという
「そのきれいなノート
　この国から持って行った木で
　作ったんだろ？」
生徒たちのノートは
灰色のみすぼらしい紙……

言葉を失った　彼

わたしは
目の前のノートの旅を
逆に辿る
ノート工場
製紙工場
港
外国の港
森の奥まで伸びた広い林道を
突き進むトラック
つぎつぎ切り倒される木
小さくなる森……

わたしは
詩を書きたいのだが

手が　止まる

くすりの森

ヒヨドリ　オナガ　ムクドリ　鳥たちが飛びかう空
キンラン　ギンランが木漏《こも》れ日のなかに咲く
ケヤキなどの高い木に囲まれ人びとの憩《いこ》う
うっそうと茂った森がこの街にはありました

くすりの森―この街の人たちはそう呼んでいました
一九七〇年代高度経済成長と呼ばれていたとき
大きな団地が造られ始め一気に人口が増えました
コンクリートジャングルのような街のなかで
森は街をうるおし緑は心をも癒《いや》してくれました
まるでいのちのくすりのような森だということで
いつかしら
くすりの森と呼ばれるようになっていきました

二〇〇〇年代に入り道路がつくられ
森は三分の一ほど削られました
森に面した空き地には大型電気店が店を構え
広いガソリンスタンドができました
残された森を地元の自然保護団体は
自然公園として残すようにと何度も要請しましたが

日高　のぼる（ひだか　のぼる）

1950年、北海道生まれ。詩集『どめひこ』『光のなかへ』。
詩誌「二人詩誌風（ふう）」「いのちの籠」。埼玉県上尾市在住。

スーパーマーケットの用地として売られ
とうとう森は消されてしまいました
くやしい思いの前に切り倒された木が
大震災に襲われた町のがれきのように
うず高く積まれていました

鳥や虫や草や木はいのちの置き場を失い
人間は夏の暑さをしのぐ場を失い
樹木から発する新鮮な空気を失いました
貴重な草木を少しでも残そうと
土を運び移植を繰り返した人たちがいました
わずかでもこの森のいのちを残したいその一心でした

この街のいのちの森が消えました
子どもたちの歓声が　走り回る姿が消え
寒々とした空間では建設の準備が進められました
表土は剥《は》がされ廃墟となった森
その跡に残された木が
墓標のように立っていました

樹の声

いとう　柚子（いとう　ゆうこ）
1941年、山形県生まれ。詩集『樹の声』『冬青草をふんで』。
山形県詩人会、山形市芸文協会各会員。山形県山形市在住。

去年の秋の終わりに　おまえは
石垣沿いの坂道に落ちていたのだった
翼は黒々と　黄色の尾は鮮やかに
朝陽に光っていたが
動かない一個の物だった

拾いあげると
不思議な重さと冷たさが
掌から手首へ　そして
背の芯へと走った
あれは
空を呼吸していた日々の記憶の重さだったか

石垣の上の
いそがしく葉を降らせている桜と
松の古木の間に
おまえを埋めて
あれからあの道を通ることはなかったが
低い短調の空の下でくりかえされる暮らしの
不意の一瞬に
おまえの重さと冷たさはあらわれ
あの日の方へわたしを振りむかせる

落ち葉にくるまって
土へと朽ちてゆく黒い羽毛と黄色い尾に
時の手は
どのように添えられるのか
巡りくる何度目の桜の花びらに
おまえは甦るのか
一本の常緑の木のどこに
その命が託されるのか

時の中を通過するすべてのものの記憶の影を
地の底からすくい上げて立つ
樹の無言を
きょう　聴きに行く

五年後

二階堂　晃子（にかいどう　てるこ）
1943年、福島県生まれ。詩集『見えない百の物語』『悲しみの向こうに―故郷・双葉町を奪われて』。詩誌「山毛欅」、日本現代詩人会会員。福島県福島市在住。

こもれび仰ぎ
野鳥を追った
静まり返った森
足元の土の柔らかさ
コケ濡らす清水にのど潤し
森に遊び　森に包まれた日々

とてつもなく恐ろしかったマムシ避け
ミミズ捜しに上むくれた猪の鼻の跡　跨《また》ぎ
姿はついに見せられたことはない
まっすぐに天を突くリズミカルな杉林を抜け
出荷の恵みをくれた檜の切り株のそばの新芽
憩い　癒され　冒さず
静寂の中で遊んだ遠き日

今　黒く放射能を可視化されたマムシ*は
己の実態を自覚しているのか
犬猫のように人のそばで暮らす子孫を
猪の祖先は想像したか
カリウムと見まごい
葉に取り込んだ栄養がセシウム*と
木々は知っているのか
人里を知らなかったアライグマ
人家の遊技場は楽しいのか

屋根瓦をほんの少しだけ残し
蔦は人家を覆い尽くし
ふるさとは森に飲み込まれた
ふるさとと人の人生をおとしめた人災
たった五年で翻された森との共存

森が好きだ　好きだった
こんなにも好きだったなんて
ふるさとの森が侵されて

＊　ＮＨＫの報道から。

妖怪図鑑「王子の狐」

熊谷　直樹（くまがい　なおき）
1964年、東京都生まれ。詩集『キッチン』、『妖怪図鑑』（共著）。文芸誌「コールサック（石炭袋）」。埼玉県朝霞市在住。

その年は雪の降る日が多かった
その日も朝から雪が降り続く寒い日だった
そんな夕暮れ方　表の戸を叩く小さな音がした
はいはい　どなた　と戸を開けると
一人の子どもが立っていた　そして
すいません　手袋を下さい　とっても寒いんです　と言う
見ると可愛いらしい小さな手に小銭が握られている
手袋の代金としては足りなかったが
子どもの手が真っ赤で　あまりに冷たそうだったので
小銭を受け取ると　手袋を渡してやった
そしてその子どもに
お代はこれで充分だからね　いいかい　決して
栗だの松茸だの　届けに来たりするんじゃあないよ　と
よく言い聞かせるようにして帰してやった

それから子どもは　王子にある家に帰ると
おっかさん　ただいま　手袋　買って来たよ　と言った
母親は子どもの顔をじいっと見た
まあ　おまえ　その姿で手袋を買って来たのかい？
気をつけなくちゃいけないよ　人間はおっかないんだから ね

おっかさんなんかは昔　人間の男にだまされて
ひどい目に合わされたことがあるんだからね　と言った
子どもは無邪気に　大丈夫だよ　だってホラ
どっから見ても　ちゃんと人間の手になっているだろ
母親はその日は　子どもをしっかりと抱きしめて眠った

あくる日　母親は子どもに　おまえ　もう一度
昨日　手袋を買いに行った時の姿になってごらん　と
言った
子どもは少し不思議に思ったが
言われた通りに　昨日の姿になった
すると母親は子どもを鏡の前に立たせてこう言った
ほうらね　だからくれぐれも気をつけないといけないんだよ
鏡には　手首から先は完璧に人間の手だが
首から上は可愛い子狐のままの姿が映っていた
どうだ　面白い話だろう　と我が家の化け猫に話すと
猫はしばらく考えて
人間にもいい人って　いるんですね　と言った

オレンジ色の空と泥水の奔流

カリフォルニアの詩人たちとズーム詩会を始めた
もう五回目くらいだが　気の付いたことがある
文章が長くなった　散文的になった
ずらずらと言いたいことを　書きたいだけ書くわけだ
そして　最初で最後の印象は　アメリカは　今暗い
ものすごく暗い　かわいそうなほど　暗いです

おりしもコロナ時　カリフォルニアも感染者多いはず
だが　暗さはそれだけではないようだ　気がついていく
ある時　彼らはオレンジ色の空について議論していた
オレンジ色？茜色？朱色か？夕焼けか？など　私は
始めはなんとはなしに　とんちんかんな想像
すると友人の詩人J女史が「このひと　アメリカに住ん
でいないのよ」とみなに説明　とたんに理解した
山火事だ！オレンジ色は焔《ほのお》の色だ　空が炎の色を反映
あるいは　空まで焔は届いているのだ　そう言えば
カリフォルニアに住む　私の友人がメールして来た
野火が　ひょいと数マイル先の家や森に　飛び火する
彼女の家は焦げちゃったと「知っているわよ」と私

水崎　野里子（みずさき　のりこ）

1949年、東京都生まれ。詩集『アジアの風』、詩論集『多元文化の実践詩考』。詩誌「PO」「コールサック（石炭袋）」。千葉県船橋市に暮らす。

今はともだちになった　ダニエルの詩の暗黒の描写に
私は瞠目した　古い納屋　牛の頭蓋骨　燃える森
焼け出された馬　食糧不足で死んだ
「僕のともだちだった」とズームで彼は私に言った
そこで詩は感情かと議論が始まった　よかったかな？
「感情ではなく　ロジックで書くといい」との私の言
異常気象　気候変動　昨年の日本の台風集中被害でも
千葉県では小さな水路まで溢れ増水　泥の奔流の中で
ひとり暮らしの老人が溺死《できし》　そう言ったら　ピーター
そういう詩を即興でいつか朗読した　気が付いた
台風はアメリカにもある　ハリケーン　サイクロン
とてつもなく暗い　暗さへの旅　探求　暗黒の旅路
いくらでも書けるのは　今　死と　詩

象に乗る

タイのバンコク郊外の　動物公園
木の階段を上り　友人と
上の乗り台から象に乗る
象は二人分の乗せ椅子を背負う

一歩　一歩　歩き出す　公園はジャングル
バナナの葉が鬱蒼と広がる　象は草を食み
ゆっくり歩む　一歩　一歩　私たちは揺れる
鬱蒼《うっそう》と重なる　密林の中の　くねる細道
象の歩みと一緒に　私たちも揺れる

象に乗って
女王さまは今　山の彼方のお城へ行きます
花嫁さんは今　花嫁衣裳で象に乗ります
仏陀は今　象に乗り　スジャータを飲みに
印度の平原をゆかれます　竹林まで

私はライ王　それ！兵士たち！
象に乗れ　出撃だ！私はテラスから
大声で叫ぶ　それ！進め！

象たちよ！兵士たちよ！　全力で出撃！
象部隊　出撃！全速力で走れ！

象は　籠一杯のマンゴーを運びました
小さな緑の　バナナや果実を　市場まで
でも　今　トラックや戦車に替えられ
観光用　あるいは　動物園で暮らします
象を殺して　象牙を取ってはいけません

終点に来た　象から降りる
象模様のTシャツをおみやげに買う
公園の出口へ　歩きながら
アジア　アフリカの平原で　野生の象が
疾走する夢　象は　印度では　神だった

時空を超えて

肌勢　とみ子（はだせ　とみこ）
1952年、宮崎県生まれ。詩集『そぞろ心』『浄玻璃の鏡』。日本ペンクラブ会員。東京都八王子市在住。

隣に老夫婦が住む大きな柿の木がある家があった
毎年秋になるとおじいさんが甘い柿をもって来てくれた
やがておじいさんが死んで
おばあさんは柿の木を伐ってしまった
それからほどなくしておばあさんも亡くなった
誰もいなくなった家は何年も残されたままだった

ある年　我が家の敷地に柿の芽が出てきた
隣のあの柿の零《こぼ》れ種から芽が出たに違いない
柿の木はどんどん伸びて数年で実をつけるようになった
けれどもその実はあの甘い柿ではなく大きな渋柿だった

去年　古い家が壊されて新築の家が建った
夏のある日　隣に引っ越してきた人が挨拶にきた
ドアをあけるなり　開口一番
――塀から枝がはみ出した木を伐ってくれませんか
帰ってゆく人の背中をおいかけるように
のこぎりを持って柿の木の元に走った
ぎっしり生った青い実をみないようにして
腕ほどの太さの柔らかい幹にノコギリの歯を当てた

ごめんね　ごめんね
カリカリ　ジョリジョリ　白い粉を飛ばしながら泣いた
あと少しというところで枝の重みに耐えかねた柿の木は
ドッと倒れて枝についたままの実が土に埋まった
白い切り口を撫でながら暗くなるまで泣いていた

しばらく経つと切り株からひこばえが生えて葉をつけた
翡翠色《ひすいいろ》の柔らかい葉を残らず摘んで柿の葉酒を造った
秋になって遠くに住む兄から贈り物が届いた
大きくて渋いあの柿の実だった

――ねぇ　空を飛んでうちに還ってきたの？
思いがけないことは　思いがけない時に起こる
それも思いがけない場所で

そういえば　この頃空を飛ぶ夢をみなくなった

第七章　「動物哀歌」が響きわたる

豚

悲鳴をあげて殺されて行け
乾いた日ざしの屠殺場の道を
黒い鉄槌に頭を打たせて
重くぶざまに殺されて行け

皮を剝がれてむき出しになって行け
軽いあい色のトラックに乗って
甘い散歩道を転がって行け
生あたたかい血を匂わして行け
臓腑は鴉にくれて行け
そのために屠殺場が近いのだと
思わせるように鴉を群れさして行け

人は涙など流さぬだろう
人は愛など語らぬだろう
人は舌鼓をうってやむだろう
その時お前は
曳光弾のように燃えて行け

村上　昭夫（むらかみ　あきお）
1927〜1968年、岩手県生まれ。詩集『動物哀歌』。
岩手県に暮らした。

宇宙を隠す野良犬

野良犬はなぜ生まれてきたのか
それが分る時
宇宙の秘密が解けてくる

それはなぜ好かれないのか
その肌はなぜ悪臭に汚れていて
なぜみなに追われるのか

それはなぜ痩せているのか
消えそうにも痩せていながら
なぜなおも撲殺されようと
つけねらわれているのか

それはなぜ尻尾をたれるのか
人の姿を見さえすると
なぜおびえた痛ましい目を向けて
逃げ去ってゆくのか

そして野良犬は
これからも生まれるのだろうか
生まれて誰にも好かれはしないのに
何時も固い棒で追われるばかりで
かど立った石で打たれるばかりで
何時も暗くて際のない死に
おびえていなければならないのに
野良犬は
なんべんも生まれるのだろうか

それが分ってくる時
宇宙の秘密は解けるのだ
宇宙の端が一体なになのか
その先がどうなっているのか
一匹の地に飢えた野良犬が
雨に濡れながら逃亡を続ける野良犬が
それをしっかりと
隠しているのだ

捨て猫

あれがひろわれることがないなら
世界はまだぶよぶよのかたまりだろう
およそあれがひろわれなかったことを
見たことがない

あれが誰にもひろわれなかったなら
世界は雨と風と吹雪のなかに
塩をかけられたなめくじのように溶けているはずだ

あれは捨てられたその時から
親も兄弟も
あれに加わる味方は誰ひとりいないのだ
親はあれのひろい主をかんじょうに入れて
また捨て子を生むのだ

夜中じゅう鳴きあかした
あれの鳴声が絶えたとき
もう何処をさがしても
あれの死がいさえ見つからない

畜魂祭

杉谷　昭人（すぎたに　あきと）

1935年、朝鮮鎮南浦府生まれ。詩集『宮崎の地名』『十年ののちに』。宮崎県詩の会会員。宮崎県宮崎市在住。

畜魂祭《ちくこんさい》の会場まえで蝦蟇口《がまぐち》を拾った
この手で殺した牛たちを埋めた牧草地の跡だ
とび色の牛皮にはまだタンニンの手ざわり
口金には四月の風がうすく光っている
この古めかしい道具にはまだ新品の匂いが残っている

会場の入口には議員さんの姿がそろっている
どうやら統一地方選挙が近いせいだろう
そろっていると言ってもこの町では
町会議員の議席はたった八つだけなのだが
わたしたち牛を飼っていた仲間の姿はまだひとりも見え
ない

この町が口蹄疫《こうていえき》に襲われたのは四年まえのことだった
三十万頭からの牛と豚がガスで殺処分されて
農場に掘った大きな穴につぎつぎと埋却されて
その上に菜種やコスモスの種子が撒かれた
〈畜魂碑〉と刻まれた一本の石碑も建った

生活のない土地が生まれて
記憶を作り出しようもない毎日がやってきて
わたしたちは慣れない仕事についた
道路工事　小荷物の配送　コンビニの店員
きょうはみんなが帰ってくるはずの日なのだ

畜魂祭のざわめきとともに拾った蝦蟇口を手にしたまま
わたしは　いやわたしたちは何かをじっと待ちつづける
一年ぶりにあの髭面に会えるかもしれぬ
牛小屋の干し草の匂いが嗅げるかもしれぬ
足下の小石の蔭から一本の牧草が芽生えてくるかもしれ
ぬ

牛の哀しみ　――偲ぶもの――

あの牛たちが今夜も私を眠らせない
夜中に目を覚ますと天井の闇が
牛の黒々と潤んだ瞳と重なり
私が再び眠りに吸い込まれるのを妨げるのだ
あの大地震の翌日、隣町の原発事故で
私達は我れ先にと逃げねばならなかった
置き去りにして来た牛たちが
時折私の記憶の襞の中から覗き見して
この世の不条理な仕打ちを訴えているのだ
町の中から人間が消えようとしていた日
自由に生き延びてくれよと
牛は牛舎の閂《かんぬき》の掛かった扉を開け放たれ
おそらく戸惑いながらも本能の赴くまま
すぐ近くの小川の水を求めただろう
あの隣家の牛たちは種牛だったから
種付けされて何頭もの仔牛を産んだ
産まれたての仔牛は
母牛の羊水の湯気の中に覚束《おぼつかな》無く立ち
映画で観たバンビのように愛らしかった
仔牛は六ヶ月ほどでセリにかけられ
新しい飼い主に育てられ
やがて人間さまの胃袋を満たした牛の一生
いまこそ牛は自由になったのだ
原発事故のせいで野に放たれ
牝牛は牡牛と出逢い　人の手からの受精ではなく
本来の愛の溢れた仔牛を産んだ
人間を知らない仔牛は
野生牛となって自由を闊歩しただろうか
一時帰宅をする人間の時折り通る車の音に
なつかしそうに雑草の中から
親牛たちは姿を現すのだが
白い防護服姿の人間に怯え後ずさりした
あの牛たちはやがて捕らえられ
処分されたのだと知った
故郷を追われた人間達が
愛して止まないあの土地の
肥沃だった土の中に埋められた牛たちよ
未だセシウムの雨の降りそそぐ
セシウムのしみ込んだ土の中に
沢山の牛の哀しみが
やがて花や草や樹木の種を育て
この地球を覆いつくすにちがいない

みうら　ひろこ
1942年、中国山西省生まれ。詩集『ふらここの涙―九年目のふくしま浜通り』『渚の午後―ふくしま浜通りから』。文芸誌「コールサック（石炭袋）」、福島県現代詩人会会員。福島県相馬市在住。

棄牛

（表題・抄出はコールサック社編集部）

白鳥の声を枕に去年今年
白鳥の真裸の声雪の底
偸生《とうせい》の禿頭《とくとう》を越え大白鳥
白鳥の声原子炉の夜に響む
狼声の途絶えしのちの星の数
狼の護符より冬日無尽蔵
狼の飢渇を忘れてはならぬ
霜の声いや狼の声である
津軽乙女被曝の猪の糞を嗅ぐ
とく見よと霜をも被り被曝牛

高野　ムツオ（たかの　むつお）

1947年、宮城県生まれ。句集『片翅』、評論集『鑑賞 季語の時空』。俳誌「小熊座」主宰。宮城県多賀城市在住。

被曝牛被曝の泥に踏張れる
ぬるぬるでつやつや被曝牛の糞
あきらかにあれは白息被曝牛
全地球よりも棄牛の全体重
霜柱牛にもとより墓場なし
被曝して切株雪を吸つてゐる
氷る夜を疾駆す相馬焼の馬
罅割れしマリアか氷りたる捨田
汚染され剝がされる田やその痛み
初日待つ永久に災禍の蘆として

「小熊座」二〇二一年一～七月号より

砂漠の舟

（表題・抄出はコールサック社編集部）

コスタリカ　四句

食べ盡す一樹の枯れに樹懶《ナマケモノ》

鈴の音と紛ふ蛙を旅寝かな

鳥柱虹を支へとする奢り

擬態盡すことをいつより蛾の眠り

モロッコ　十句

大搖れに駱駝をたたむ春の星

かぎろひの中に反芻倦みもせで

にんげんは驢馬のお荷物日の盛り

鳥影も灼くるを慮《おもんぱか》る時間帯《ころ》

春光や夕餉どの鶏縊らるる

かたつむり沃野の裾を曳きにけり

中原　道夫（なかはら　みちお）

1951年、新潟県生まれ。句集『彷徨《UROTSUKU》』『一夜劇』。俳誌「銀化」主宰、日本文藝家協会会員。千葉県千葉市在住。

フェズ二句　スーク（市場）

春はあけぼの屠殺直後を運び來る

はるのみづ獣血低きへと誘ふ

春曉や砂漠の舟を連ねゆく

砂漠の舟＝駱駝のこと

家族なる山羊屠る日やかぎろへる

インド　六句

こぶ牛に寒夜嚙《にれか》むもののなく

終生は乞食とのみ冬の蠅

アネハヅルはモンゴルから

鳥渡るヒンドゥー・クシの峨塀越え

避寒地に舞ひ降りすぐに啄める

コブラ使ひ

穴惑ひさせて貰へぬ笛の音に

草木國土悉皆成佛も印度では

馬草成佛牛糞焚く寒さ

『彷徨《UROTSUKU》』より

心臓の音

岡田　美幸（おかだ　みゆき）
1991年、埼玉県生まれ。歌集『現代鳥獣戯画』。
「現代短歌舟の会」「かばん」会員。埼玉県志木市在住。

生きていくことはたとえば続く雨　もぐらは溺れないのだろうか
子うさぎの心臓の音に合わせて囁くように降る春の雪
天空は空《から》の水槽　鳥たちは空を泳いだ命の一種
けぶり立つ真白き蝶はめいめいにカンテラを持ち季節を渡る
マンボウに白目があって目が合った水族館は屋上だった
ぷにぷにの羽がかじかむクリオネは閉館を告ぐカノンが好きだ
「エサくれる人」でいいから理科室でわたしを待っていて、プラナリア　『現代鳥獣戯画』より
まりもって朝と夜とで毛羽立ちの具合が違いやはり生き物　「舟」第35号より
昼休み池の周りで旋回をする鳩の群れお疲れ様です　「舟」第36号より
虫食いの跡はあるけど虫はなし古本の家引っ越した虫　「舟」第37号より

鹿の眼

座馬　寛彦（ざんま　ひろひこ）
1981年、愛知県生まれ。短歌誌「舟」「まろにゑ」。
千葉県我孫子市在住。

陸橋の層をつらぬき陽は照らす桜のような羽虫の舞いを

追う気などない人間に追いこまれ飛び立つ雀のみじかい悲鳴

あかつきに鴨は一声嗚呼と啼く目下の街の迷路を見たか

草はらに白鳥が二羽霧雨にからだの色を濃くふかくする

鹿の眼のどこまでも黒い二点から線を延ばせば交点に「心」

「浅ましい」ハイエナたちが乳飲み子を連れあだし野を往く蜃気楼

舗道を打つ雨の弾幕向こうではかわずがやんや笑うわ笑う

縮こまる貝のからだを頬ばると舌に寄せ来る海のさびしさ

見え過ぎる無間《むけん》を見たかヌタウナギ進化の果ての楽園は闇

海雪を待つ底生生物《ベントス》の閉じた眼は光の中をたゆたっている

水牛　㈡

伊藤　眞司（いとう　しんじ）
1940年、中国北京市生まれ。詩集『骨の上を歩く』『切断荷重』。
詩誌「三重詩人」、日本現代詩人会会員。三重県松阪市在住。

帰りの水牛車は十四人乗り
ひとりで湾曲した角を地面に近付け
引き手をひっかけて
自分の肩へ　そおーっとのせる
牛の名はあずき　雌《めす》
大五郎の半分くらいの体だけれど力があるんだなあ
　子牛がいて乳を飲ませている
　乳離れしたら
　あずきも体が大きくなるだろう　と、馭者《ぎょしゃ》

馭者は壮年でふだんは牛の調教師
今日はお客さんいっぱいだから駆り出された
　俺は牛の尻は叩かないでしつける
　ことばでわかるように
牛には牛の強情があって
涙をいっぱい流すが
わがままを許さない
俺の言うとおりにさせる
絶対に尻を叩かない

やおら馭者は
三線《さんしん》をとり
　「なだそうそう」を渋い声で唄う
そのまに間近な由布島《ゆぶじま》にお客さんいっぱい黒山に見える

あずきは　客のいないあたりへ脚を向ける
　こら　あずさ　どこへいく　こっちだ　と、荒い声

あずきも夜は夢を見るのか
　原始の荒野を地響きたてて走る野生の群れの中
だが　夢の中でさえすぐ覚め
馭者の奴　憎いなあ
夢の中でも俺はやっぱり水牛か

キリンのなみだ

松沢　桃（まつさわ　もも）
1948年、三重県生まれ。詩集『ウシュアイア』『夢階 ゆめのきざはし』。日本現代詩人会会員。愛知県名古屋市在住。

はるのあめが　まっていた
テーブルマウンテン
ふもとのてんき　は　あてにならない
げかいのけしきは　のぞめず
ひたすら　あるきまわる
なまえをしらない　はなに　であった

ちいさなばいてんで　だんを　とる
ちいさなキリンのおきものを　もとめた
パンフによれば
キリンは　くびをねじり　じさつこういにおよぶことが
　ある
ほんとうだろうか
しんじつは　かぶんにしてしらない

ケーブルカーは　あめのにおいをまとう　ガラスばこ
じょうきゃくのためいきが　うつる

キリンのなみだあめに　あったのだろうか
ポケットのきりんを　ギュッとにぎる

乳しぼり・虹

原子　修（はらこ　おさむ）
1932年、北海道生まれ。叙事詩『原郷創造』、詩論書『〈現代詩〉の条件』。詩誌「極光」。北海道小樽市在住。

絶望のふかい眠りから
まあたらしいおのれを産みおえたばかりの牝牛が
力のこもった四肢で　荘厳な夜明けをすっくと吊りあげ
幼いぼくの目のなかに
あかるい空をひらく

それは言われていたことなのだ
光は　底なしの闇がつくりだすものなのだ…と
けっして目にすることのできないものの手が　するする
　と伸びてきて
うす薔薇いろに恥じらう乳首をつよく握り
乳にむかって成熟をとげた牝牛の内部をしぼりだす

それは　まさしく今なのだ
ぼくという幼い器《うつわ》いっぱいに　液体化された愛をうけい
　れるのは

しゅっしゅっという乳しぼりの舞曲にのって
牛舎の壁のすきまというすきまから　光の賛美歌が吹き
　こぼれ

死の恐怖に待ち伏せされた幼いぼくをつつむ乳しぶきの
　中心で
一瞬の虹がかいま見る秘蹟こそは
永遠と呼ぶにふさわしいものなのだ

漂泊の　豹

浄らかな物をもとめて
旅に出た豹《ひょう》だが
いま　海辺に
葬られているという

伝聞《つたえ》は
むしろ　安らぎに近く
真実《ほんとう》は　まだ
さすらっているのかも知れない

初めから　無い物をもとめた
のではなく
確実に　有るという予断のもとに
或る晩

その俊足を　天《そら》へ向けて
一躍　旅立った　のだったが
見渡す限り　平地には　何もなく
汚濁すらなく

いつしか　海辺まで出て　終に
墜落したという
墓銘には　四文字
《漂泊の豹》

神原　良（かんばら　りょう）

1950年、愛媛県生まれ。詩集『星の駅—星のテーブルに着いたら君の思い出を語ろう…』『オタモイ海岸』。日本現代詩人会、日本詩人クラブ会員。埼玉県朝霞市在住。

こうもり

永田　浩子（ながた　ひろこ）
1941年、熊本県生まれ。合同詩集『心をみつめて』。
声で伝える鈴木文子の朗読の会所属。千葉県我孫子市在住。

夜中にふと目を覚ますと
白い天井を黒いものが旋回している
静寂の中
羽ばたきもせず大きな翼を広げたまま音もなく

こうもり？　そうだこうもりだ
箒で必死に捕まえようとして叶わなかった
それが飛んでいる
一体いつ何処から侵入したのだろう
起き出して
留まったところを虫取り網で捕まえた
朝になったらよく観察しよう
大きな袋に空気穴を作って入れた
朝、何処をさがしても、姿がない
やっと階下の台所の隅に隠れているところを捕らえた
やさしく逃がしてやろうと玄関に出ると
歯をむき威嚇《いかく》する悪蝙蝠の形相《ぎょうそう》
幼い頃のこうもりへの憧れは
たちまち消えた

たまの帰宅

ゆうべ　夢のなかへ
ふらりと帰ってきた
猫のたま
このごろは母も訪ねてはくれないのに
喉を鳴らしながら
わたしのふとんのなかへ入ってきた
左腕を伸べてやると　枕にして
わたしの胸に手をかけるのも
昔のままだ
五十年あまりも　何処へ行ってたの？

器量よしのたまは
我が家にいた九年のあいだに
四十五匹も子猫を産んだ
子猫が少し大きくなると
一匹ずつ咥えて近くの会社の倉庫のあたりへ運んでいた
雪の降る夜　おなかの大きいたまが嫌がるのを
無理にぎゅーっと抱きしめて眠ったら
夜中にふとんのなかでお産が始まったこともあった

年とって　ある日　忽然といなくなったが
猫は人目につかないところで死ぬんだよ　と
父は言っていた
でも　生きていたのだね
温かいすべすべしたからだ
冷たい鼻　安心して眠るお前

気にかかるYの未来を
心配しなくてもいいのだ
たまでさえ帰ってくるんだから
いつか　あちらへ逝っても
訪ねてゆくよ
夢のなかへ

池田　瑛子（いけだ　えいこ）
1938年、富山県生まれ。詩集『岸辺に』『星表の地図』。日本現代詩人会、富山県詩人協会各会員。富山県射水市在住。

子鹿

さみしいときは
私を呼んでほしい
湿った草が寝床になり
長い脚を畳んだり
伸ばしたりしていた

春はまだおぼろ
子鹿を目で追う人がいた
子鹿を見逃す人がいた
子鹿を、撃つ人もいた

さみしいときは
わたしを呼んで
その日は暮れてゆく
群青と残照の朱のならぶ空
モダーンな刻になる

抱きしめたい
わたしは佇んでいる
地上のひとところに
明日を確かめるすべなく
佇んでいる

小谷松　かや（こやまつ　かや）

千葉県生まれ。詩誌「妃」同人。東京都府中市在住。

濃いしみのついた土を見ている
血液が流れて染みたのか
あるいははじめから
そのような土の色なのか紅葉の頃まで
子鹿は雄々しく成長したのか
または、春のはじめのうちに
撃たれて土に戻ったのか
確かめるすべはないのだ

春の山

春まだ浅いころ　木こりたちは山に集結する
芽吹かない樹に登るもの
下枝をはらうもの
重機をあつかうもの
なだりの小花の群れ
アズマイチゲの花は一斉に　振り向いた
朱い月がのぼる

月は地球の手鏡なのか
木こりたちは一日の仕事を終えて山をおりた

アヌビス神とラクダ

草倉　哲夫（くさくら　てつお）
1948年、福岡県生まれ。詩集『夕日がぼくの手をにぎる』、評伝『幻の詩集　西原正春の青春と詩』。詩人会議、日本現代詩人会会員。福岡県朝倉市在住。

クフ王のピラミッド前の砂漠で
観光用ラクダの一群れと土産物店が客を待っていた。
多くのラクダは、ヌビアからの数千キロの道を
苦労して半年かかって歩いてきて
カイロの町で食肉にされる。
「殺される時にラクダは始めて声を出すそうだが
ここのラクダのきみたちは、気楽なもんだよ」と
ピラミッドの日陰でアヌビス神がしゃべっていた。
ながい鼻先にとがった耳を立てたアヌビス神は
いがいにやさしい声をしていた。
「もう四千年もこの地の番をしているのだが……
いよいよピラミッドもおわりかなと思うよ……」
「なぜだい？」
ラクダは、大きなクローバーの束を
あごを8の字にまわしてかみながら聞いた。
「盗掘もあった。葺《ふ》き石をはがされたこともあった。
しかし、今ほどひどいことはない。
ピラミッドの石を、よーく見てみな。
とけだしているから。」
犬のアヌビス神は、石をピシヤリとたたいた。
茶灰色の石の表面がどこかヌルリとしていた。
「雨も降らないのに　いつも空はどんよりとして
われらのラー＊は顔を出さない。」
アヌビス神は空を見上げ、ラクダもつられて空を見た。

土産物屋の犬とラクダが、そんな話をしているのが
わたしの小耳に入ってきた。
二・五トンの大石の表面をつぶさに眺めると
やはり溶けているように見える。
通訳のラーファト氏に
「この空は、スモッグですか？」
と聞いても、スモッグではないとがんと否定する。
カイロとギザの町を一日中どんよりと包んだ
刺激の強いもやが
近いはずのピラミッドを霞ませていた。

＊「ラー」はエジプト神話の太陽神。

殺処分

くにさだ　きみ

1932年、岡山県生まれ。詩集『死の雲、水の国籍』『くにさだきみ詩選集一三〇篇』。詩誌「腹の虫」「ミモザ」。岡山県総社市在住。

『犬に名前をつける日』
愛犬の死をきっかけに　山田あかねさんが作った映画だ。
年間一二万八〇〇〇匹の　犬と猫とが殺処分されたとい
う
二〇一三年——
その犬や猫を一匹でも多く救おうと
飼い主を捜す　ボランティアの姿を描いている。

その頃「東京電力福島第一原発」で事故が起きていて
ひとの住めない　放射能汚染地域にとり残された
名もなく　悲しいものを　何匹も見たからだろう。

（名前をつけることが　命に責任を持つことだ。）
と　あかねさんはいう。
ホントダ。
名前をもらったその日から　犬も猫も（器物）ではなく
愛に抱かれた　温かい（命）だ。

＊

早ければ　明後日《あさって》。
マイナンバー記載の「通知カード」を届けます。
「個人番号カード交付申請書」に
必要事項を　ご記入ください。
——十二桁のこの番号は　あんただけの番号ですから
大切にせな　あきまへん——
（番号をつけることは　国家が責任持つことだ）
そういう顔をして『人に番号をつける日』がくる。

この先　わたしが殺処分になるのは
アウシュビッツでも　七三一部隊の「丸太」でもなく
ひと晩中　犬の吠き声だけを響かせた
あの保健所では　ないだろうか　？

年があけたら
すべての省庁に保管されたものが、
〈命〉を〈器物〉に　かえられたものが）
『一億総活躍』　するだろう。
犬ダッテ叫ブ。
「申請書」ナンカ　書カナイ。

ラクリモーサ
（ちいさきいのちのために）

向井　千代子（むかい　ちよこ）
1943年、栃木県生まれ。詩集『白い虹』『ワイルド・クレマチス』。新英米文学会、日本現代詩人会会員。埼玉県南埼玉郡在住。

バイオリンの
啜り泣きが流れ
弦の調べに乗って
小さな魂たちが
部屋の空間に立ち現われる

白黒斑のポインター、タロウ
黒に白のちょっと混じった雑種犬、ミロン
ルリコシボタンインコのオットー
ふさふさとした茶色い毛並みの犬、マル
腰が立たず悲しげな眼をしたユリ猫
猫に襲われて食べられてしまったカナリア
幼な児に投げられて死んだ黒いチビ猫
これまで見送ってきたたくさんのペットたち

涙の中に浮かぶ
ちいさないのちたちよ
小さくても
大きくても
いのちはいのち

ひととき燃えてやがて消えゆく

ちいさないのちたちに
案内されて
粛々と歩いてゆく
時の回廊
彼らを愛していたと思っていたが
実は彼らに愛されていたのだった
闇を背景に
吹き上がるいのちの噴水
つぎつぎと吹き上がっては
沈んでゆくいのちのうつくしさ

＊ラクリモーサ（ちいさきいのちのために）　助川敏弥作曲。

日本の猫

豪雪の冬
二メートルの雪の底で
野良猫二匹棲みつく
行き場のない難民

キャットフードと猫まんま
干物の頭、だし雑魚
料理の残り物
なんでも食べた

きじとらの黒は
貫禄があって美形
育ちのいい貴公子の様だが
根性は悪い

仲間の野良を威嚇し
噛みつき、傷を負わせる
餌をくれる僕らにまで
唸り声をあげて威嚇する

恋坂　通夫（こいさか　みちお）
1933〜2019年、福井県生まれ。詩集『欠席届』『花は咲くことのみ思い』。詩誌「水脈」、福井詩人会議会員。福井県に暮らした。

茶色の赤は貧弱で
尻尾は半分切れていて
いつもどこかに傷がある
お前は不幸な星を背負っている

半年たつというのに
黒も茶色も僕らに懐かない
黒は威嚇し、茶色は逃げる
人を信用していない

こんなことは初めてだ
骨の髄まで人間不信
愛も誠も理想もない
人の世の姿を映しているのか

国民的珍味

ある朝早く、それもまだ暗いうち、同僚とある人の家を訪ねる。どうやら国会議員のようだ。それも某大臣。

二人ではいつくばって、網戸の向うにいる大臣に庭のような所からご機嫌を伺い陳情を繰り返す。内心馬鹿らしいと思うが続ける。

すると網戸が開き、テレビでよく見る顔立ちの男が現れる。

「皆さんが大変熱心に応援して下さっていることは存じ上げております」と笑いながら細い眼を開け、まだ眠そうにしている。

「日本国動物憲法擁護運動を批判したあなたの論文も読みましたよ。なかなかいいですね」と私に声を掛ける。

『あれは居眠りしながら書いたんだけど……』と思ったが黙っていた。

夜が明けたので、その大臣と散歩に出かける。少し歩くともうすでに陽は高くなっている。周りは雪が残っている。そう言えば、ここは上州の山の中。軽装の大臣はピョンピョンと前を歩き、「珍しいものをご馳走しましょう」と言って、雪に挟まれた道を曲がり、古い旅館に辿り着く。

女将が出てきて、みんなを案内する。気がつくとたくさんの女たちが後に続いている。とりまきなのかキョンキョンとにぎやかだ。

奥まった狭い部屋に座ると鍋がグツグツと煮えている。大臣は女たちの顔を見て、

「有機的生物多様性混合料理ですよ」と言う。大臣自ら小鉢に中身を盛って薦める。黒っぽい肉のようなものが、骨と一緒に入っている。臭いが鼻をつく。一口含んでみる。焦げたしゃけのような味。

「これはどこの国の料理ですか」と同僚が聞くと、大臣は「これぞ日本人料理です」と胸を張った。

秋葉　信雄（あきば　のぶお）

1950年、東京都生まれ。詩集『シンメトリック・スメル』、短説集『デッド・ディセンバー』。千葉県詩人クラブ、短説の会会員。千葉県千葉市在住。

愛情

佐藤　怡當（さとう　いあつ）
1937年、岩手県生まれ。歌集『「あ」の声』、詩文集『大河の岸の大木』。
岩手県歌人クラブ、短歌「手」の会会員。岩手県北上市在住。

他家で農耕をしていた
母馬の乳が張った
母は
思うように歩けない
子馬を思った
会いたい
子馬に会いたい

母馬は駆けた
4キロ向こう　子のいる家に
途中　馬の鞍が列車の突起物に引っかかり
線路づたいに引きずられ
ほうり出されるや　また走り続けた
4キロ向こう　子のいる家に
馬飼い老人がおさえると
どっと倒れて
起きあがることさえできない

呼びよせられた子馬を見て立ち上がった
ほおをすり寄せた

子馬と一緒に3キロ歩き
飼主の家に着くや
息を引きとった
という
昭和十八年七月、戦争のさ中
のことである

第八章　それぞれの命の香

それぞれの命の香

高橋　公子（たかはし　きみこ）
1944年、静岡県生まれ。歌集『萌黄の風』。
「水甕」同人、日本歌人クラブ会員。千葉県柏市在住。

水無月の矢羽根薄の清清しこだはり捨ててキリリと生きむ

朴ノ木の大きな九弁の花びらは空にむかひて何を待ちゐる

末枯れゆくビオラをよそに蕺草《どくだみ》は十字の苞をつぎつぎ開く

薔薇の香も蕺草の香もそれぞれの命の香ぞと思へば愛し

見事なる終焉みせて白百合はふはりはらりと衣を脱ぎつ

あの夏の友と歩みし八島湿原にハクサンフウロは幽けくゆれる

知らぬ間に蔓は地を這ひ瑠璃紫を低きに放つ琉球朝顔

樹の洞もどんぐりも無き街川を鴛鴦《をしどり》の二羽ふつくらと浮く

ファーブルも埃及人《えじぷとじん》も馬飼ひも魅せられて来しスカラベ・サクレ

指細きニンフの作る蠟花やあえかに透ける日向水木の黄

『萌黄の風』より

それぞれの　時間帯

琴　天音（こと　あまね）
1954年、東京都生まれ。詩集『去っていった人　残された者たち』、『体内時計には逆らえない―「ねむる」も「学ぶ」も「働く」も体内時計に従えば世界は変わる―』。日本詩人クラブ会員。東京都府中市在住。

地球上の生物は　生きのびていくために
生体リズムを　獲得した

地球の自転に合わせた　約24時間の体内時計は
太陽の光によって　調整される

ところが　人類は傲慢にも
闇に光をふりまき　体内時計を乱した

夜型人間も朝型人間も　睡眠時間帯を乱され
多々の病が　創りだされている

野生の哺乳類も　人工光に惑わされ
夜行性が進み　生態系に影響が及んでいる

しかし　観よ

アサガオは　朝顔の
ヒルガオは　昼顔の
ユウガオは　夕顔の
ヨルガオは　夜顔の

それぞれの　在り方で
それぞれの　時間帯で
豊かに　彩っている
地球上を

小さな島の国のはなし

山口　修（やまぐち　おさむ）
1965年、東京都生まれ。詩集『地平線の星を見た少年』（共著）、『他愛のない孤独に』。文芸誌「コールサック」会員。東京都国立市在住。

イエスタデイやハムレットを生んだ
グレートブリテン島
待望の未来の王子が生まれたその島に
生物固有種は一つもいないという
一方かつての黄金の国　日出ずるこの国は
大陸から剝がされ追われたおかげか
現存する固有種百三十種に及ぶ

海岸線　塩の道　温泉鉱泉　干物乾物
方言　なまり　海の、山の仕事　手の仕事
浮世絵師たちは世紀を超えて構図を結び
縄文人は宇宙と握手した手を未来へ伸ばす

四十六億年の太陽系に
傾けた地軸をそっと預けて
（時も時代も巻き戻す訳にもいかず）
陽の光を浴び　風を受け
（巻き戻したとて同じこと）
動く大地と　巡る水と　生きてきた
賢さを愚かさの中で弄ぶ時間は
昨日でもうなくなった

朝　トイレに起き
窓の外に　遠ざかる口笛を聴いた一瞬
恐竜が死に絶えた後
六千五百万年を耐えに耐え
寒さ暑さを掻い潜り　守った命の多種多様を
数秒、数分の出来事で失ってしまうには
命のもつ美しい儚さが　あまりに虚しい

世界地図を逆さに置く
見慣れぬ島たちが海と大陸に挟まれて
居心地良いのか　悪いのか
一三七億年の宇宙の果てが見えた途端
見えないダークマターに囲まれて
基準も中心もあったものか　ないものか

今は　ビッグバンの直後なのだろうか
もう終わりに近いのか　それとも
始まったばかりかもしれない

窓辺の光

大海の　大陸の　いたる所に
まだ　あるのだ

窓越しに注ぐ光が
そこに相応しい場所

厚い雲をぬけて届く光が
程よく窓際を照らす場所

射し込む陽が
テーブルや花瓶　木の床や　鍋や皿に
意味を与える世界が

例えば
二つの小さな手と　それに添えられた
二つの老いた手

岩の孤島に伝わる手編みのセーターを
代々継いでいくにちょうどよい明るさ

窓辺に置かれた長イスに並んで座り
教える祖母も　教わる孫娘も　言葉少なに

熱心に動くのは　四つの手と
握られた編み棒のクロスだけ

すべての時が　一瞬先の
すべての時によって待たれている

二人の瞳の見つめる先
窓辺の淡い明るみで

ひとつひとつのいのち

伊藤　朝海（いとう　あさみ）
岐阜県生まれ。著書『楓の木の下で』『幸せの種』。
日本ペンクラブ会員。千葉県市川市在住。

比べられない
ほかのだれとも
コピーではない
ひとつひとつのいのち

おたまじやくしは
池の中
お母さん姿がちがうね

笑ってる
泣いている
呻いてる

そよそよと
ひゅるひゅると
風のオノマトペ

虚空に
笛の音

地平線が膨らむ
地平線が染まる
日が昇る
昇ったはあとはただの色

誰かが鳴らしている
音程の狂ったぴあの
誰かが鳴らしている
半鐘の音
地球崩壊の

日が出る
日が沈む
生まるること死ぬること
蝶と芋虫のメタモルフォーゼ
自然に法則
生きることに原理
原則

蝶が草すれすれにとぶ

土の匂い茎の匂い
芋虫のころを懐かしむ

糸杉は十字架の木だという
伝説の死の樹
ゴッホは歩む
糸杉と星の見える道を
うねる糸杉
ゴッホは耳を切った

生息地を追われて
彷徨ういのちたち
白熊は薄い氷に乗って
昏い深緑色の波に
つつみこまれていった

ある日　蛙が
干上がった池を
あとにした
ひっそりと

鬱蒼とした桑の葉陰で
桑の実を摘んで食べた
禁断の木の実は甘かった

わたしは嘘をついた
食べなかったと
けれども桑の実は私の舌を
真っ赤に染めていた

蚕は
みずみずしい桑の葉を食べて
育っていった

ある朝　とつぜん
蚕が糸を作っているのを見た
きらきらと朝日をうけて
銀色のひかりをはなっていた

みんなに見せましょうねと
先生は言った
それぎり蚕に逢えなくなった

毎晩　蚕の夢をみた
蚕は夢の中で銀色の糸を吐いていた
蚕が
まるい象牙色の繭を作ったと聞いたのは
ずっとあとのことだった

「毫釐《ごうり》の差在り」

朱子（論語集注より）

片山　壹晴（かたやま　かずはる）
1948年、群馬県生まれ。『名言を訪ねて～言葉の扉を開く～』、随想句集『嘴野記』。群馬県佐波郡在住。

もともとは「礼記」にある「毫釐の差は千里の謬《あやま》り」から引いているようです。「毫釐」とは「ごくわずかなこと」と辞書にはあります。朱子は孔子の言葉に対し、論語集注で君子と小人との差が、ごくわずかなところから生じると解説しています。

今回、私がこの語に着目したのは、私自身も不得手な「道」のあり方を説くためではありません。この世の中に生ずるあらゆる差異が、実は毫釐の差から生じると感じているからです。特に芸術関係において、名作と凡作との違いはなにかといことを心に留めてきました。優れた芸術家はこの毫釐の差に根を下ろし、その養分が個性的な作品に昇華していると感じています。セザンヌが言う「絶対的なもの（完全）の趣味をもたない者はおとなしい凡庸で満足する。」も、毫釐の差に通じています。

日常生活では、わずかな差に意を止めていれば生活は成り立ちませんから、結果は五十歩百歩と観念して進めていきます。ですが、創造性を必要とする芸術分野、新しい発見に辿り着かなくてはならない科学分野、これらにとって毫釐の差は命です。同じように歴史を作りだす政治家や指導者に求められるのも、毫釐の差への理解なのでしょう。

さて、この地球上の多様な文化は、どこにその毫釐の差があったのでしょうか。逆に、グローバル化は毫釐の差からの差異を均してしまうのでしょうか。

皮膚を這《は》う微生物

青い星の水面《みなも》に浮かぶ
皮膜《ひまく》のうえで
人間という微生物は
樹木より高い塔を建て
冬でも豊かな食べ物を生み
星のない夜を明るくし
季節によらず生殖する
欲望のまま
サリンの雨を降らせ
ミサイルの雨を降らせ
放射能の雨を降らせ
生命をもてあそぶ
快楽の天才
皮膚を這う放埓《ほうらつ》に
かゆみを覚えた宿主《やどぬし》は
ねむりから醒《さ》め
皮膚をかき叩き
見えない微生物を洗う
優しく
高慢な人間の

思惑などおよばない
天体と宇宙の
まことの大きさ
地球はくしゃみをして
アンドロメダ銀河へ
人間の種を噴き出した

植松　晃一（うえまつ　こういち）
1980年、東京都生まれ。詩集『生々の綾』。日本詩人クラブ会員。東京都江戸川区在住。

佐々木　淑子（ささき　としこ）
1947年、岡山県生まれ。詩集『母の腕物語―増補新版』、小説『サラサとルルジ1部・2部』。日本現代詩人会、日本ペンクラブ会員。神奈川県鎌倉市在住。

生命《いのち》の約束

生命にはすべて　約束がある
共に生きるための　美しい約束
私を流れる　血潮の中に
生命が生まれた　太古の海がある
何億年も　受けつがれてきた
共に生きるための　美しい約束

生命にはすべて　約束がある
共に生きるための　美しい約束
あなたの胸の　鼓動の中に
生命を育てた　太古の森がある
何億年も　育まれてきた
共に生きるための　美しい約束

人々よ　今こそ
美しい生命の約束に
目覚めよ
私を流れる　豊かな血潮が
瀕死の魚の涙に　届くように
あなたの胸の　鼓動が
傷ついた大地の　芽吹きとなるように
人々よ　今こそ
美しい生命の約束のために
立ち上がれ

＊　この詩は作曲家安藤由布樹氏によって作曲され、前奏にモーツァルトのソナタK331が組み込まれた。合唱曲集「いのちのソナタ」の巻頭の曲として歌われている。

くいしんぼう・わすれんぼう

チッ　チッ　チッ　青い実　山ぶどう
チッ　チッ　チッ　赤い実　ハナミズキ
甘くて　ちょっぴり　すっぱくて
お口の中に　種いっぱい
森中　あちこち　食べこぼし
木の葉に埋もれて　春の陽あびて
かわいい芽を出し　こんにちは
ブンブン　ひろがる　山ぶどう
スクスク　育つ　ハナミズキ
いっぱい　いっぱい　実を結び
森中　生命をまき散らす
でも　そのはじまりは
だれかさんの　くいしんぼう

クルクルクル　ククールクル　シイの実　七つ
クルクルクル　ククールクル　トチの実　八つ
ルルルールールルー
こっそり　地面にかくします
どこに埋めたのか　シイの実　ひとつ
忘れ去られた　トチの実　ふたつ
かわいい芽を出し　よろしくね
グングン伸びる　シイの枝
メキメキ太る　トチの幹
でっかい　でっかい　木となって
何百年も　たちつづける
でも　そのはじまりは
だれかさんの　わすれんぼう

（ミュージカル「サラサとルルジ」より）

菜園の生命

園田　昭夫（そのだ　あきお）
1943年、大阪府生まれ。歌集『少しだけ苦い』。短歌誌「かりん」会員。千葉県千葉市在住。

雑草を無心に抜けば小さき虫すみか追われて出でてゆきたり
ひたすらに向日葵《ひまわり》の種ついばめる菜園の鳩にしばしみとれて
完熟のトマト手に取りありがとう言葉をかけて枝から離す
朝採りの野菜を皿に山と盛り瑞々しさを身体に容《い》れる
菜園の枝に残せる夏野菜ひとつふたつは虫へ裾《すそ》分け
変わり者とわれを咎《とが》める友の声過ぎては畑の枯草にになる
草を刈る鎌にありあり感じたり丸木夫婦の「沖縄戦の図」
季節終え抜き捨てられし冬瓜の黄色き花が草むらに咲く
突然の宅地化計画告げられて汗を流した菜園閉づる
菜園の生命をつなぐ水運びその重たさは肩に残れる

『少しだけ苦い』より

命持つものたちへ

望月　孝一（もちづき　こういち）
1944年、神奈川県生まれ。歌集『風祭』『チェーホフの背骨』。
短歌誌「かりん」会員。千葉県松戸市在住。

梅薫草《ばいけいそう》春の芽だちを秘めながら土はかすかに湯気をたており

幼木《おさなぎ》の赤芽柏はやわらかにダム湖の岸にいわおをつかむ

烈風は奄美のかたより吹きつけて檳榔樹《びんろうじゅ》の実を春に撒きおり

白樺と赤松かぐわしテント場に曙光まだなり高嶺は明けつ

ジャガード機の飛杼《とびひ》のごとく飛び交うは岩燕かな峪に朝きて

夏の陽に灼けし地を這う蟻の群れちさき生もつゆえのひたむき

かの日には湧くがにおりし沢蟹に会うすべもなし沢はす涸れつ

鶏は沢蟹を好んで食べた

朱き実の蝮草《まむしぐさ》立つ木下闇過ぎゆく我を追いしまなざし

圏谷《カール》より雲湧き続く幌尻《ポロシリ》岳に太古のなごりの花咲き競う

ポロシリ＝大きな山

沢はしる水泡《みなわ》に溶けし山の気はアイヌモシリの秋に鮭よぶ

アイヌモシリ＝人間の大地

『風祭』より

シークレット・ガーデン

南極大陸の北東部　アンターセー湖
分厚い氷に閉ざされた湖底には
三〇億年前の光景が広がっているという
水温〇度
三・五メートルもの氷の下は美しい青一色の世界
植物も魚も存在しない
気の遠くなるような静寂だけが湖を支配している
湖底の浅いところには
柔らかい無数の小さなコブのようなもの
五センチほどの針のようなものも見える
もう少し深くなると
三メートルもある洞窟のような塊
先の尖った網目模様の構造物が
上へ上へと伸びている姿も見える
そして
どの塊も小さな泡を出している

酸素だ

宮本　早苗（みやもと　さなえ）
1950年、茨城県生まれ。詩集『夜の声』。茨城県土浦市在住。

原初の姿そのままに
酸素を地球に送り出しているシアノバクテリアの
ここは彼らのシークレット・ガーデン
真っ暗な最深部の湖底でも
シアノバクテリアは光合成を行っている

地球全体が一〇〇〇メートルもの氷に覆われた
全球凍結の時代でさえシアノバクテリアは
光の影を捉えて光合成を行っていたという

「自給自足」という
画期的な進化を遂げたシアノバクテリアの
更なる驚異的な進化
約一億年も続いたという全球凍結下での光合成
そして更に
「共生」こそが進化の最終形態であると示すかのように
植物の中では葉緑体として
動物の中では眼の細胞の素として多様な進化を遂げ

様々な生命体を支援し続けてきた
この究極の生命体は
神々しい紫色を帯びている

しかし現在
シアノバクテリアは新天地を探そうとしている

宇宙に彷徨《さまよ》い出ようとして水蒸気に捉えられ
赤い雨となって地表に降り注いだ
二〇〇一年　インド
二〇一二年　スリランカ
二ヶ月も降り続いた真っ赤な雨に恐れをなし
人々は天を仰いだ

一体シアノバクテリアに何が起こったのか

年々深刻になる森林伐採や自然破壊に
「もはや地球に我々の生息場所はなくなる。」と
危機を感じているのか
それとも

遺伝子組み換え生物の登場に
「我々が創り上げたＲＮＡやＤＮＡの遺伝情報システム
は近いうちに書き換えられてしまう。」と
憂慮してのことなのか

地球の殆どの生命体を支えて来たシアノバクテリア
彼らが30億年もの長きにわたり
地球全体に与え続けてくれたもの
そして今後も与えてくれるに違いないと
私たちが期待しているもの
それらのすべてが今不条理な暴力に曝され
消滅の危機に瀕している

土との対話

酒井　力（さかい　つとむ）
１９４６年、長野県生まれ。詩集『光と水と緑のなかに』『白い記憶』。
日本現代詩人会、日本詩人クラブ会員。長野県佐久市在住。

サラリーマン人生を終え
〈毎日が日曜日〉という言葉が現実に――
孤寂な空域に　いきなり
ぽーんと投げ込まれたような気分のなか
三カ月が過ぎた

いまは
家の続きにひろがる二十アールほどの畑が
自分の仕事場

かれこれ三十年以上も栽培してきたスイカ
義母が家業として私に引き継いだ菊づくり
三年前から始めたユーカリだが

日がな一日
向き合っていると
それらを取り囲むように
緑の絨毯よろしく
びっしりと生えてくる雑草の強さ
自然の力を実感する

スベリヒユをはじめハコベやアカザ　スギナ
西洋タンポポなども含めると種類もさまざまだ

栽培する作物の周囲に雑草があると
そこに寄生したアブラムシや
さまざまな害虫が作物にとりついてしまう

雑草退治は初歩的な仕事で
特に菊は一週間に一度を目安に
動力噴霧器を使い消毒をする
殺菌と殺虫
薬効・薬害に注意しながら
薬剤の選別が重要なカギになる

よい作物を栽培するには
作物に適した土壌づくりは必要不可欠で
土中の細菌やウィルスの存在も
無視することはできない
畑に生える雑草の種類で

土地の生産性の高さを示す尺度もあるようだ

近頃はカタツムリを
あまりみかけなくなった代わりに
外来種のマダラコウラナメクジが増えている
家の周りの朽木や石を起すと
どこにも大発生していることがわかる
大きなもので体長が二十センチにもおよぶ
巻貝の一種だから
陸に棲むアメフラシといったところ
ナメクジに寄生する「広東住血線虫」が恐い
好奇心からそれを食べた人が苦しみ
やがて死んだという事実もある

畑は様々な命が生息する
小さな大自然
「雑草」という名辞も
人間が勝手につけたものにちがいないが
雑草はそれぞれ固有の存在として
美しい花を咲かせ
自然のまま生きている
細菌やウィルスも自然の中の生き物であり
ナメクジだって好き好んで
そこに生きているわけではなかろう

地面からふと目をあげれば
大気汚染の問題や
地球温暖化による異常気象が
もたらしている風水害さえ
人間たちがいままでの歴史の中で
招いてきていることなのだ

コロナウィルス・パンデミックに
揺れる人間社会は
変容を余儀なくされている

この先どのように共生の道をさぐるか
ともに生きる方策は発見できるだろうか

――わたしは目の前の土に問いかける

生物多様性の亀と詩人

Ｍさんの車でＹさんと一緒に生物多様性の宝庫と言われ
　る　石垣島全体を一望できるバンナ岳の山頂に向かう
途中に「八重山戦争マラリア犠牲者碑」にお参りする
日本軍八〇〇〇人は石垣島の人びとを
このバンナ岳や於茂登岳《おもとだけ》の粗末な共同山小屋に追い立て
　た
マラリア蚊は次々に島民たちを射していった
ギニーネもなく民間療法の野草の青汁が使われたが
死亡率は三〇％で三六〇〇人以上の人びとが亡くなった
三〇〇ｍの山頂からは曇り空で微かに島全体が浮かんで
　きた
Ｙさんがあのゴルフ場と市の自然林の当たりにと指をさ
　す
ミサイル基地は着々と予定されているとのことだ
日本軍が島民を守るどころかマラリア蚊の多い場所に
追いやって多くの島民を無駄死にさせた
今度はミサイルを持ち込み戦争の災いを招くのではない
　か
Ｙさんの詩の言葉「日毒」を再び振りまくことではないか
生物多様性の「癒しの島」と言わる石垣島の未来につい
　て

鈴木　比佐雄（すずき　ひさお）
1954年、東京都生まれ。詩集『鈴木比佐雄詩選集一三三篇』、詩論集『福島・東北の詩的想像力』。文芸誌「コールサック（石炭袋）」、日本現代詩人会会員。千葉県柏市在住。

Ｍさんも Ｙさんも雨空のように顔を曇らせる
微積分などを教える数学塾の先生のＹさんにも
反対署名を拒絶しミサイル基地を受け入れる市議会たち
　の
目先の利益を優先し環境を破壊する頭の構造は理解でき
　ない
その夜Ｙさんと石垣島の焼き肉店で石垣牛を食べ泡盛を
　飲んだ
私がＹさんの家の庭のクワガタエノキを眺めて散策して
　いると
何か硬いものを踏みつけてしまった
すると何匹もの亀が逃げて行った
Ｙさんによると背丸箱亀という台湾から八重山諸島にい
　る亀で
昔から家に住み着いているという
ホテルに帰って調べてみると驚いたことに
その背丸箱亀は天然記念物であり
「ごめんなさい」と謝ったが足裏には硬い感触が残った
石垣島で暮らすということは
捕獲してはいけない天然記念物と
共に暮らすということなのだろう

第九章　脆き星

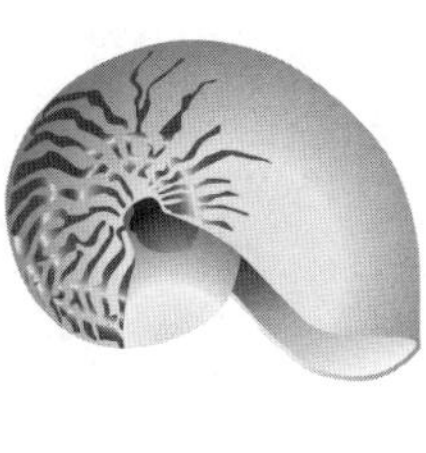

脆き星

巣箱一つかけて静かな家であり

地虫出てまぶしき顔をしてゐたり

東京電力福島第一原発事故から十年、三句

被曝地やもう愛されぬふきのたう

被曝牛十年生かし竹の秋

汚染水海容せよと万愚節

（グリーンランド）

白長須鯨船長氷河の薄さ言ふ

大なめくぢ這はせて櫟は母なる木

牡丹に入りたる虫のそれつきり

一肢無きががんぼが来る雨の夜

パンデミックの地球三句

蛇穴を出れば無人の遊園地

永瀬　十悟（ながせ　とおご）

1953年、福島県生まれ。句集『三日月湖』『橋朧《はしおぼろ》―ふくしま記』。
俳句同人誌「桔槹」、日本ペンクラブ会員。福島県須賀川市在住。

身動きのならぬ地球や蜘蛛の糸

仮面の世の真つ只中を巣立ちけり

螢火や地球は奇跡脆《もろ》き星

人類保護区ばかりの地球虫の闇

基本的生物権利放屁虫

プラごみを食ひし鰯を食ふ私

（アイスランド）

鮭の路残し水力発電所

食物連鎖危ふしと言ひ薬喰《くすりぐひ》

大空の頂点に鷹力抜く

さへづりのあたりきらきらしてゐたり

地球病む

荒れ寺の流れに触れてしだれ梅
花万朶《はなばんだ》伐採反対の小さき札
大気汚染に天吐息《といき》して桜散る
雨の狭庭《さにわ》今年は蝶も蜂も見ず
風に転ぶ紋白蝶の死の軽さ
薫風や墓石の上に巨船乗り
また一枚田植えせぬ田の増えにけり
油照《あぶらでり》身は一片の雲に乗り
何を慌てて炎天の納屋に入る
晩夏の海櫂とプラゴミ漂わせ

中津　攸子（なかつ　ゆうこ）
1935年、東京都生まれ。『仏教精神に学ぶ　み仏の慈悲の光に生かされて』『万葉の語る　天平の動乱と仲麻呂の恋』。日本ペンクラブ、日本文藝家協会会員。千葉県市川市在住。

洪水の流木にしがみついて虫
夜の秋斜めによぎる人工衛星
台風雨人の傲慢に逆襲す
住み処奪われし猪街に死す
白萩を風のおとなふ廃校舎
落葉残し最後の邸松を伐る
咳止みて空の汚れを見逃さず
地球最後の日を招くは人と冬の雷
村の医院にぽっと灯の付く雪催《ゆきもよい》
鳥の死を鳥が見ている寒あかね

地球の日

被災せし屋根の隙間に菫咲く
初蝶や空の重さを翅に受け
蔦の芽や蔦のひととせ始まりぬ
潮干狩地球をすこし引つ掻きて
草原を裸足で歩く地球の日
鈴蘭の音妖精が連れてくる
花びらの闇を重ねて薔薇開く
黄昏のまならうらにつく螢かな
大波を越えし海月の静かなる
鎧戸を押すや比叡のほとときす

向瀬　美音（むこうせ　みね）

1960年、東京都生まれ。句集『詩の欠片』『国際歳時記　春』。「HAIKU Colume」主宰、日本ペンクラブ会員。東京都新宿区在住。

はじまりは零余子《むかご》一粒俳の道
盆帰省同じところに蜘蛛の網
月光や黒猫描くパリの詩人
敗荷の奥に潜める浄土かな
俳諧は国境を越ゆ渡り鳥
寒禽を知り尽くしたるパリの詩人
冬凪や渚に拾ふ虚貝《うつせがい》
大寒や寄り添ふ金と銀の猫
太陽に地に愛されて冬菫
万象の中の私も初日浴ぶ

静脈の蒼と鼓動す

服部　えい子（はっとり　えいこ）
1953年、福島県生まれ。歌集『素足の幻想』『産土とクレーン』。短歌誌「林間」。埼玉県宮代町在住。

樹も水も土も光もセシウムを含んだように見えぬフクシマ
一面が沃地に見ゆる畑にも放射能計器反応したり
冬桜咲きたる樹々の間《あわい》から黒く積まれし除染土の見ゆ
真白なるスケッチブックに福島の原発まえの花を描こう
さみどりの中に藤の花群れて桐の花見ゆ産土《うぶすな》は春
福島の姉に贈りしカトレアは原発事故を越えて咲き継ぐ
池の藻に沈まり浮ける福島の桃ゆらゆらと水面を遊ぶ
復活の兆しとなれよ福島の南瓜《かぼちゃ》アスパラ桃届く夏
手のひらのこのマスカットあおあおと吾が静脈の蒼と鼓動す
海深く小筐《こばこ》開かれ環の中に繋がりていく吾とうからら

地球さん

この星が生まれた説は色々ある
私にはどうでも良いこと

分からない事だらけ
ただ　自分がこの星に生まれ落ち
育ち　宇宙の規模もわからないままに
小さな所から　感じ　体験し
他の人間と交わりながら
歳を取って行く

この星を人間は「地球」と呼んだ
空は高く　海は深い
青い青い星

部屋の窓から満月を愛でて
私はこの星に住まわせてもらっているのだと感じた

酸素　水　野菜や果物
細胞を養うもの
人間が作り上げた全てより遥かに豊富な自然

井上　摩耶（いのうえ　まや）
1976年、神奈川県生まれ。詩集『SMALL WORLD』『鼓動』。
横浜詩人会、日本詩人クラブ会員。神奈川県横浜市在住。

計算され尽くした　食物連鎖
私はその中に居る

ただ　時々疑問に思う
なぜ　人間は破壊したいのかと
なぜ　汚染したいのか？と

私もゴミは出すし　シャンプーも使う
「地球」さんはどう思ってるかな？
皆は「地球」さんをどう思ってのかな？

私達に必要な有りとあらゆるものを提供し
光放つこの星
辛いだろうに…

人間は文明を作りたがる
争いもする　自分たちで作り上げたものでさえ壊す

でも「地球」さんは自然を守りたいだけなんじゃないかな？

それが「地球」さんの一部で全部だから
それを壊してしまったら
私たちはきっと後悔するだろう
生かされて　作り上げた全て
この「地球」さんに感謝しないといけないのに

敵わない力があると分からなければならない
私たちは支配したがるけれど
「地球」さんはそれすら静かに見守って受け入れて

いつまで続くのだろう…？

コンピューターは私たち自身の中にある
正常に機能すればわかること
今からでも遅くないと思いたい

この星「地球」さんに
「ありがとう」と「ごめんなさい」を言いたい

地球の願い　〝ワンヘルス〟

ワンヘルスという言葉がある
この地球上で　人も家畜も野生動物も
みな健康でなければならないという意味だ
今　人は新型コレラに喘いでいる
世界の死者３００万人超
デンマークではミンクが
コロナを感染させると
人間のいけにえに１７００万頭が殺処分に
豚コレラＣＦＳ（豚熱）／ＡＦＳ（アフリカ豚熱）は
日本では24万頭
ベトナム４００万頭が殺処分となった
更に中国からは1億頭に及ぶと
豚肉が値上がりしたと風が嘆く
アフリカ豚熱にはワクチンもない
鳥インフルエンザ　既に日本では
７１１万羽が殺処分
間もなく全国で９３５万羽まで達すると
ウイルスたちよ　いったい世界で幾つの命を奪ったら
人間達への恨みを解いてくれるのだろう
世界中がウイルスの恐怖に戦々恐々としている
この環境を作り出したのは一体誰れ！
ジャングルを焼き尽くし
油とプラスチックで海を覆いつくし
陸を海を空をかけまわり経済優先の炎を吐き続ける
地球温暖化　海洋汚染　森林破壊　絶滅の脅威
この青い地球を　一体どこの宇宙に流離わすのか
人も家畜も野生生物も　自然環境も
全て健康にならなければ・・・
私たちひとり一人がほんの少し意識を変え
自然環境破壊に「ノーサンキュー」と言う生活に
私たちひとり一人の命は生物多様性という
生態系の輪でつながっている

この青い地球の楽園を心をつないで　つないで
未来の宇宙へ
貝塚　津音魚（かいづか　つねお）
1948年、栃木県生まれ。詩集『若き日の残照』『魂の緒』。
「那須の緒」同人、日本詩人クラブ会員。栃木県大田原市在住。

翔《かけ》ろ！　生物多様性

生物多様性の意味を知っていますか？　生物多様性という、地球上のあらゆる生命が、「人間のためだけに存在しているわけではない」のです。人間社会は何が、どれだけの経済的価値があるのか、といった「自分たち本位の視点」で、物事の意味を見ているのです。地球上には人間だけでなく、動物や植物、昆虫など多くの生き物がお互いにつながり合いながら生きています。このように沢山の生き物がいて、それらがつながり合っていることを「生物多様性」といいます。この生き物たちのつながりにより、地球では豊かな生態系が保たれているのです。世代を超えた生命の「つながり」が、この緑に輝く青い地球を、我々が生活している地球環境を創り出してきました。

※多様性には以下の三つがあります。

生態系の多様性：山・川・海・生活区域にはたくさんの自然環境があります。**種の多様性**：動物・植物・昆虫・沢山の生き物がいます。**遺伝子の多様性**：色・形・模様、沢山の個性があります。

※この生物多様性からの恵み（四つ）を「生態系サービス」と言います。

一、生命の基盤です：植物が酸素をつくり、森は水を蓄え、微生物は豊かな土壌を作ります。**二、生活の糧です**：食物、衣料、木材、医薬品など生活に必要な資源として衣食住を支えてくれています。**三、豊かな文化の根源です**：地域の多様な生態系や生き物は、景観やお祭り、郷土料理など自然に根付いた文化の土台となっています。**四、生活の安全を支えます**：森林や湿原は土砂崩れや洪水を防ぐなど、私たちの生活の安全を維持している存在でもあります。

地球上の生き物は40億年という歴史の中で、環境に適応進化し3，000万種ともいわれる多様な生きものが育てられたのです。現在、科学的に認知された野生生物の数は、アフリカゾウからシロアリ、小さな藻類などの生き物まで含め、約140万～180万種。予想される未知の生物の種を含めた数は、1，000万種に上ると言われ、最大では1億種に成るという推定もあります。毎年その数全体の0．1%～0．01%が絶滅しているのです。仮に全生物の種数が1，000万種だとしたら、毎年一万種から一千種の生物が、この地球上から姿を消しているということです。

人は一切の自然破壊を行なわずに暮らすことはできません。ですから、まずは自然のこと、生物多様性のことをよく知り、謙虚な心を忘れずに、極力その保全に努めることが大切なのです。地球温暖化、海洋汚染、森林破壊、絶滅の脅威…地球に起こっている事実を、認識し美しい地球が、悲しい地球になる前に、地球を労わって下さい。

心のふるさと里山は何をしてきたか。昔から里山の人々が間伐や下刈りをして山を守ってきた、お蔭で風水害を防ぎ、奇麗な空気や美味しい水を供給してくれた。生物の生息、生育環境を守って山の恵みの食料や木材など自然資源の供給をしてくれた。また人の心が痛んだ時、心を癒やす良好な自然景観を提供し、里には人が生きる為の様々な文化伝承があった。若者が居なくなり老人ばかり疲弊の一途をたどる（限界集落）。人が里山を管理できなくなった（耕作放棄地）。間伐ができない荒れた山々（間伐材の放棄）。自然環境の変化による生物多様性の劣化。狩猟者の減少老齢化による鳥獣との勢力の逆転（鳥獣被害の増加）。伝承文化の喪失など。やがて里山は喪失するでしょう。そして若い人たちが思いを込めて取り組んだ、幾つかの里山は継承されて行くと想定されます。

今地球の多様性には４つの危機が訪れています。

一、開発や乱獲による種の減少や絶滅、生息・生育地の減少です。**二、**里地里山の手入れ不足による自然の質の低下です。**三、**外来種などの持ち込みによる生態系のかく乱による生態系に対する影響です。**四、**地球環境の変化による絶滅の危機です。これらを放置することにより、人々は知らず知らずのうちに自然から多くのしっぺ返しを受けているのです。その例が、新型コレラウイルスや豚コレラ（豚熱）、鳥インフルエンザ等により、多くの命が奪われています。更には気候不順による自然災害、鳥獣被害などです。

今までは生物多様性は我々人間にとっては、空気のようなものでした。大部分の人が意識することなくなんとなく、日々を生きてきましたが、我々が生きているという事は、この生態系のサービスによって支えられていたのです。今現在、毎年四万種からの生物がこの地球上から絶滅しているのです。現在の絶滅スピードは遥かに過去を上回っております。生態系はいろいろな生き物によって絶妙なバランスが保たれているのです。特定な種が突然絶滅すると生態系のバランスが崩れ、他の種にも大きな影響を与えます。一度失った種は二度と復元はしません。現在のままのスピードで絶滅してゆくと、やがて我々人類にも存亡の危機が訪れるのです。生物多様性を守るための第一歩は、生物多様性にふれて、実感し、身近に感じることからはじめる事です。そして生物多様性を守るために私たちが出来る身近なことに取り組みましょう。我々が今できる第一歩は、生物多様性に触れて実感し、そして生物多様性を守るために私たちが出来る身近なことに取り組みましょう。

食べる：地元で採れたものを食べ、地域活性化のための地産地消。**触れる**：生の自然を体験し、自然や生き物にふれる実体験。**伝える**：自然の素晴らしさや季節の移ろいを感じて、写真や絵、文章などで伝える伝承。**守ろう**：生き物や自然、人や文化との「つながり」を守るため、地域の活動に積極的に参加する。**選ぶ**：エコマーク等が付いた環境に配慮した商品を選んで地球に優しい生活。更に山・海・川・湖など自然を破壊しない。ひとり一人がほんの少し意識を変え「ノーサンキュー」と言う生活に切り替えなければ、生態系を守ることに繋がりません。この危機を守り抜き、人類がこの地球上で生き存えるために、多くの多様性を共有し共存し「つながって」行くこと、こそが人間の生きる価値を高めてゆく知行であります。人類の英知を結集し　翔ろ！　生物多様性

＊参考資料
生物多様性・・・環境省資料・札幌市環境局環境都市推進部資料
生物多様性とちぎ戦略・・・栃木県環境森林部自然環境課ホームページ
野生生物の絶滅・・・・山形大学資料
積水樹脂（株）の支援により「ＭＹ行動宣言」の普及推進のＷＥＢサイト

ボクたち地球家族だよ

遠出のときは馬さんが
背中に乗せてくれたよね
お腹空かして泣く子には
牛さんミルクをくれたっけ

狩りとなったら犬さんが
勇んでお伴してくれた
何でもかんでも食い荒らす
ネズミは猫さん退治した

そうさボクたち家族だよ
地球という名の方舟に
乗って銀河に船出する
かけがえのない家族だよ

こんな小さな蜂さんも
瓶一杯の花の蜜
寒くなったら羊さん
いつも毛糸をありがとう

志田　昌教（しだ　まさのり）

1953年、長崎県生まれ。
詩誌「長崎文学」、ながさき詩人会議会員。長崎県南島原市在住。

道に迷えば鳥さんが
教えてくれたね方角を
水先案内してくれた
イルカさんまでいたそうな

そうさボクたち家族だよ
地球という名の方舟に
乗って未来へ旅をする
かけがえのない家族だよ

ある寄生虫による地球の調和に関する弁

高柴　三聞（たかしば　さんもん）
1974年、沖縄県生まれ。
文芸誌「コールサック（石炭袋）」会員。沖縄県浦添市在住。

この度はゲリラ豪雨の出たり引っ込んだりするような過酷な陽気の中ご苦労を厭《いと》う事無くお集まりいただきました事心よりお礼申上げさせて頂きます。

さて、私を含む我々同胞は人類の腹中に在って静かに余剰な栄養素をシェアさせていただきながら、特に乱暴を働くでもなく、静謐《せいひつ》を旨として暮らしてまいりました。丁度日本人の申すところの真田紐というのと似ておるという事で私達の姿を指してサナダムシと名付けられておりますが、此処においでの紳士淑女の皆様で暴れる真田紐というのを想像できる方がいらっしゃいましょうや。我々はただただ無機物のひものようにたゆたって居るだけでございます。

多少、状況によっては宿主である人間を痩せ細らせることもございますが、それは我々が増えすぎたときにおこる事であります。すなわちバランスの問題ではないでしょうか。

我々も人間同様調和を崩しますと、環境に迷惑をかけてしまうのであります。況や人類をやであります。しかしながら、人類を地球外に放擲《ほうてき》せよと主張するものではありません。

人類は、我々を不潔である、不健康なものであるとその体内より駆逐いたしました。しかしながらどうでしょう、私達はひそかに栄養を頂きながら、人類がアレルギーや花粉症にかからないための自然の予防薬とでも申し上げますか、そのようなものを提供しておったのであります。今は見かけなくなりました「青っ洟」の青色は私共が生産した物質と関係するものであります。その事に気が付くことなく我々を自らの体外に放りだした挙句が、年々目を充血させながら痒みに襲われる苦しみを生じさせておるのであります。

今、地球上の生物全てに言えることは尊重を旨として他者と調和を保つことであり、その結果として生物の多様性が担保されるのであります。ご清聴ありがとうございました。

蒼ざめた万歳
―地球温暖化に寄せて―

生きたまま蛙は茹《ゆ》でられた
何一つ抵抗も示さず
初めはぬるま湯だった
何者かが少しずつ　少しずつ
熱くしていった
変化はまことにゆっくりだった
蛙は気づかなかった
蛙には素晴しい順応性があった
良く言えば泰然自若の太っ腹
悪く言えばいき当たりばったり
それにしても
あまりにも敵は大物だった
ある日　意表をついて見せられた
こともあろうに自分の死体
まさかだった　膨らんだ白い腹
仰向けに万歳して浮かんでいる自分
病んだ月のように

風さやぎ緑したたる古里で
童たちが歌う唄を
うっとりたっぷり聴いていているはずだった

徳沢　愛子（とくざわ　あいこ）
1939年、石川県生まれ。詩集『みんみん日日』、金沢方言詩集『咲うていくまいか』。詩と詩論「笛の会」。石川県金沢市在住。

♬かえるのうたが　きこえてくるよ
　ぐわ　ぐわ　ぐわ　ぐわ
　げげげげ　げげげげ
　ぐわっ　ぐわっ　ぐわ*♪

夜の窓辺から響いてくる唄に
蛙は胸一ぱいの万歳をしたものだ
震えるような命の万歳を
喉ふくらませ高らかに

今や　悔恨の海に魂漂わせ
初めて蛙は　寂しい思索の
醍醐味を味わった
蒼ざめた万歳の姿勢のまま
〝歌だけでは生きられず
　パンだけでも生きられず〟
長い溜息は死の臭いがした
死は永遠に
目覚めていなければならなかった
やむことのない後悔の雨の中を

＊「かえるの唄」より

浸食する distance

こまつ　かん

１９５２年、長野県生まれ。詩集『見上げない人々』『刹那から連関する未来へ』。日本詩人クラブ、日本現代詩人会会員。山梨県南アルプス市在住。

COVID-19 が自身の表面から
太陽のような長い突起を出して
生体の深部に侵入を繰り返した結果
人間は肉体も
けなげな物体も　いったん
有限桁の数値に置き換えて
かつて構築した微細なネットワーク世界に
心身をさらしながら
この世のどこかに存在するという
舞台裏に結集してひとときの満足を得た。

人間が演技する姿を人工知能が　丁寧に
平たく冷たい虹色の縁の液晶画面に
布置しては遠隔地の視聴者を陶酔境に誘う。

distance が浸食している世だ！
もう気付けばいいのだが……
空間的・時間的感覚を麻痺させること
人肌のぬくもり感覚を麻痺させること。

distance の暮らしが自然界に折り重なり
惑星・地球の多様な生命体のなかで
まず人間が不能になったことがある。
それは　たとえば
今ではもう昔のこととなったが
労働を終えた男女は灯りを消した部屋の
蚊よけの蚊帳の中で夜の日常を生きた。
というような　つまり
意識的に精子と卵子を巡り合わせて
受精卵を発生させることなどは望めない。
多様な命の連鎖が突起で断ち切られても
地上は命のうごめきを受け止めてはいる。
やがて変容した縁起が芽を出し　成長し
でもやっぱり　何もかも
バーチャルに飲み込まれようとしている。

ぼくの内的世界といえば
distance に巻き込まれ　細やかだが抵抗し
永遠の孤独が渦巻く場面でため息をついた。
COVID-19 からは含み笑いがもれたらしい。

『動植咸栄』＊

足元の土には還れない　街路樹の落ち葉
私たちの身体、火葬の灰は　土に戻れているの？
どのあたりの土に…？
こんな重大なコトが　わからないなんて
循環という言葉が ひどく空しい

100％食したものから成っている 私たちの肉体は
すべからく 土に、この大地 宇宙に由来する
この当たり前のことが、
死に変り生き変わり… 命の巡りの
直中《ただ》にいることが、
当たり前に全身で解っていたのかしらと思われる時代は
もう想像もつかないけれど

自分たちと ほかの自然物との境目が
真っ当にも あいまいだった時空に
立ち戻ることはできないけれど

あらゆるもの・ことに
畏敬の念を懐き続けてきた心もちが
すっかりよみがえることは　ありえないとは思うけれど

佐野　玲子（さの　れいこ）

1958年、神奈川県生まれ。文芸誌「コールサック（石炭袋）」。
神奈川県横浜市在住。

「土」への祈り、そして
太古より、莫大な恩恵を戴き続けている
数多の生命たちへの　心の底からの「有り難う」
この思念だけは
何としても　何としても・・・

『動植咸栄』《あらゆる動植物が 皆ともに栄える》
わずか数十世代前の先人の このことばを
心の柱 として立て直せたなら…
「人類だけのための技術など　この星の一員として
ゆめゆめあるまじき業」と意訳して
心のなかで　自ずと手を合わせる
朝な夕な　そこここから　あふれ出る 深い念《おも》いで
この雄大な大気が　当たり前に　満たされる日々が…

卵一つ、食することができること、
それが ほんとうは
どれほど「有り難い」ことであるか

＊『動植咸栄《どうしょくかんえい》』：天平十五年（743年）（天然痘が大流行した直後）大仏建立の（聖武天皇の）詔の中の文言。

第十章　風景観察官

風景観察官

あの林は
あんまり緑青《ろくせう》を盛《も》り過ぎたのだ
それでも自然ならしかたないが
また多少プウルキインの現象にもよるやうだが
も少しそらから橙黄線《たうわうせん》を送つてもらふやうにしたら
どうだらう

ああ何といふいい精神だ
株式取引所や議事堂でばかり
フロツクコートは着られるものでない
むしろこんな黄水晶《シトリン》の夕方に
まつ青《さを》な稲の槍の間で
ホルスタインの群《ぐん》を指導するとき
よく適合し効果もある
何といふいい精神だらう
たとへそれが羊羹《やうかん》いろでぼろぼろで
あるひはすこし暑くもあらうが
あんなまじめな直立や
風景のなかの敬虔な人間を
わたくしはいままで見たことがない

宮沢　賢治（みやざわ　けんじ）

1896〜1933年、岩手県生まれ。『銀河鉄道の夜』『風の又三郎』。
岩手県花巻市に暮らした。

青い槍の葉（mental sketch modified）

（ゆれるゆれるやなぎはゆれる）
雲は来るくる南の地平
そらのエレキを寄せてくる
鳥はなく啼く青木のほづえ
くもにやなぎのかくこどり
（ゆれるゆれるやなぎはゆれる）
雲がちぎれて日ざしが降れば
黄金《キン》の幻燈《げんとう》　草《くさ》の青
気圏日本のひるまの底の
泥にならべるくさの列
（ゆれるゆれるやなぎはゆれる）
雲はくるくる日は銀の盤
エレキづくりのかはやなぎ
風が通ればさえ冴《ざ》え鳴らし
馬もはねれば黒びかり
（ゆれるゆれるやなぎはゆれる）

雲がきれたかまた日がそそぐ
土のスープと草の列
黒くをどりはひるまの燈籠《とうろ》
泥のコロイドその底に
　（ゆれるゆれるやなぎはゆれる）
りんと立て立て青い槍の葉
たれを刺さうの槍ぢやなし
ひかりの底でいちにち日がな
泥にならべるくさの列
　（ゆれるゆれるやなぎはゆれる）
雲がちぎれてまた夜があけて
そらは黄水晶《シトリン》ひでりあめ
風に霧ふくぶりきのやなぎ
くもにしらしらそのやなぎ
　（ゆれるゆれるやなぎはゆれる）
りんと立て立て青い槍の葉
そらはエレキのしろい網
かげとひかりの六月の底
気圏日本の青野原
　（ゆれるゆれるやなぎはゆれる）

三千年未来へのメッセージ

若松　丈太郎（わかまつ　じょうたろう）
1935年、岩手県生まれ。詩集『十歳の夏まで戦争だった』、評論集『福島原発難民』。詩誌「いのちの籠」「腹の虫」。福島県南相馬市在住。

ササタケの編み籠にぎっしりと入れられ
三千年まえに貯蔵されていたという
南相馬市鹿島の鷺内《さぎうち》遺蹟から出土した
二百つぶを超える縄文晩期のオニグルミ

出土地に隣接する鷺内稲荷の案内板には
「暖冬清水の地」と書かれている
真野川と上真野川との氾濫原による
ゆたかな自然環境に恵まれて
クリやトチやクルミの木などが
たくさん自生していたことだろう
定住をはじめた人びとのメッセージを
清らかな地下水が三千年後に届けたのだ

こどものころに暮らしたわたしの町は
べつの町ではあるけれど
祖父母の家の裏の川岸にクルミの木
畑のある山にはクリの木
実を拾う楽しみがあった
縄文びとの暮らしをしのぶ

縄文びとは津波が及ばない場所を知っていた
鷺内も小高の浦尻貝塚もそうだ
浦尻貝塚は縄文期をとおして営まれた
アサリ　シジミ　カモ　シカ　イノシシ
スズキ　ハゼ　イワシ　タイ　ウナギ　フナ
恵まれたぜいたくな食卓だ

万葉時代になると大和びとが統治し
真野と名づけ真野の草原《かやはら》は歌枕とされた
四十年まえの地図によると
鷺内周辺に水田と桑畑の記号がたくさんあって
ゆたかな農村をイメージできる
けれど今は桑畑はもちろん水田もほとんどない
核災を被って住み処と暮らしを奪われ
やむなく避難しているひとびとの住宅地になった
多くの人は故郷への帰還をあきらめている

三千年後のひとびとにわたしたちは
どんなメッセージを届けることになるのだろう

十万年のちに

佐藤　通雅（さとう　みちまさ）
1943年、岩手県生まれ。『宮柊二『山西省』論』、歌集『連灯』。「路上」。宮城県仙台市在住。

草木を殺むるは殺生にあらざるか幼くて問ひいまに解きえず

十万年のちに無害になるといふ核にはあらず人類《ひと》のことにて

全山を除染するなんてとてもとても葉を一斉に噴き出して山

葉の色にまぎれながらに青グルミひしひしとあり　侵してはならぬ

蛾と生れ疎まれをるを薄紙にそつと包みて放ちやりたり

差別だよと訴ふるさへ鈍重の蛾はよたよたと飛んで沈みき

一様に黄《きい》のバナナは反り身なり敵意ははじめからないお互ひに

構内のヒマラヤスギは棟超えて人類以後を生きるかたちせり

生命の始源のごとき球根をますぐにおきて土をかけやる

人齢をはるかに超える樹下に来て仰ぐなり噫、とてもかなはぬ

『連灯』より

優しい目

おまえは、あのプレシオスの鎖を解かなければならない
宮沢賢治「銀河鉄道の夜」

私のいのちは
日々、生き物のいのちを絶ち
それを貪り食って保たれている
家畜であれ、魚であれ
あるいは、野菜や果樹であれ
生きているもの、すべてのいのちを
私は貪《むさぼ》り食って生きている

しかし、そのことを
私は、ともすると忘れる

それだけではない
幼年期に悲惨な戦争があって
食うものにもこと欠き、
栄養失調から結核を患ったといっても
それは、遠いむかしの話
それとも、どこかの国のことと、一笑に付される

前田　新（まえだ　あらた）

1937年、福島県生まれ。詩集『無告の人』『一粒の砂—フクシマから世界に』。詩誌「詩脈」、詩人会議会員。福島県会津美里町在住。

私がもし、農民でなかったら
いのちを食うことも
人が飢えて死ぬことも
豊かさの本当の意味さえも
気づかぬままで
死んだかもしれない

その、ともすると
傲慢になる私を諌《いさ》めるのは
丹精をこめて、育て
やがて、そのいのちを絶って食う
そのときに、私にそそがれる
禽獣草木、かれらの優しい目だ
そのまなざしで私は世界を見る
プレシオスの鎖*につながれて
私は農のなりわいを生きる

＊「銀河鉄道の夜」に出てくる賢治の言葉だが、食物連鎖の比喩だと言われる。が、宇宙の生命体の連関として、自らの生命を意識することを問う。賢治は旧約聖書ヨブ記の「プレアデスの鎖」（昴）スバルの星団から連想したと言われる。

生

沙羅《シャラ》の枝にこまどりを見つけた
懸命に羽を震わせ　口を大きく開けて
目は一点を見つめている
家の中にいるこの私に何のご用　と返事をして
腰を浮かせて気がついた
沙羅の木と向き合う梅の枝にもう一羽がいる
鳥の声とも思えない嬌声を挙げて呼び合う
勝負が決まる瞬間の緊張があった
と　梅の木の鳥が
沙羅の木の鳥に一瞬体を重ねて
あっと思う間に　飛び立っていった
夫と声をひそめて見守っていた

やがては風渡る木の　緑濃い葉陰に
新しい命が生まれるだろう
餌を与え　雨風を防ぎ　天敵から守り
親から子へと続く
生の営み

命の引き継ぎは
崇高な儀式のようであった
貴い祈りの中にあった

手を重ねて眠るだけになった夫婦の前に
生は
めくるめくように光っている

せきぐち　さちえ
1942年、山梨県生まれ。『水田《みずた》の空』『ころ柿の時間』。都留詩友会会員。山梨県都留市在住。

里の神様

(天の声・地の声)

(さとぅぬ　かんむぅ　　里の神様を)
(うがまだがぁ　　　　拝まないと)
(のーまい　ぱずまらん　何も始まりません)

過去世
現世
来世
を束ねた
三本の平線香《ひらうこう》
潮風にあおられ
爆《は》ぜる
爆《は》ぜる
爆《は》ぜる
現世の
うめきのような
願いが爆ぜる

潮風が凪いだ束の間
三世の香煙は
からみあいながら
一匹の蛇になり
するするすると
天に上《のぼ》った

里の神様は
よちよち歩きの
赤子のように
まごまご
微笑《ほほえ》んだ

(うゔぁ　　　　　おまえさん)
(んざぁぬ　ふふぁやば　どこのこどもだい)
(いぴっつぁ　　　ちょっとだけ)
(ゆくい　ぴり　　休んでいきなさい)

かわかみ　まさと
1952年、沖縄県生まれ。詩集『与那覇湾—ふたたびの海よ—』『水のチャンプルー』。詩誌「あすら」、日本現代詩人会会員。東京都中野区在住。

プランクトンが死んだら

プランクトンが死んだら
因縁《いんねん》の波を鎮《しず》める
とむらいの雨がふる
いのちの素《もと》を運ぶ
ぼんのうの雨がふる

プランクトンの骸《むくろ》[*1]は
やおよろずの魂の種になる
そして
空高く舞い上がり
水のゆらぎの透き間に根づいて
すがすがしい
一片の雲になる

生まれたての雲は
かいもんこうもくかぞくしゅ
かいもんこうもくかぞくしゅ[*2]
の
舟に乗って
高く　低く　（ひくく　たかく）
右へ　左へ　（ひだりへ　みぎへ）
夢のごとく
自在にたわみ
移ろい
いのちのふるさとで
無垢な魂の仄灯《ほのあか》りに出会う
やがて
プランクトンの骸《むくろ》で温められた
入道雲から
よみがえりの雨がふる
いのちのバトンを授ける
恵みの雨がふる
プランクトンの骸《むくろ》は
すっかり旅を終えて
ふたたびの海へ還る

夕日が沈むころ
生まれ変わった
魂のわたしは
小さくうなづき
プランクトンの骸へ
からっぽの手を合わせる

＊1　植物プランクトンによって生成される有機硫黄化合物の一つであるジメチルスルフォニオプロピオネイト（ＤＭＳＰ）の分解産物である硫化ジメチルは大気中で酸化されて雲の凝結核を形成する。

＊2　界・門・綱・目・科・属・種…生物進化の系統樹

甦れ大地

堀田　京子（ほった　きょうこ）
1944年、群馬県生まれ。詩集『おぼえていますか』『畦道の詩』。
文芸誌「コールサック（石炭袋）」会員。東京都清瀬市在住。

地面一升　金一升
大事なこの世の財産だ
もしも地面がなかったら
この世は闇に違いない
誰も生きては行けません
あなたは四億年のその昔
岩石ミネラルを母にこの世に誕生
さかずき一杯に　微生物数万個
小さな虫も土を耕し働いて
循環しながら　生きています
収奪農業　土の敵
消毒三昧　瀕死の命
化学肥料で　やせ細る
耕作放棄地の嘆き
もの言わぬ土壌の心を誰が知る
ＥＭぼかしの効能やいかに
国土の守り何より大事
植物　樹木　野菜達
この世の汚れをクリーンに
土こそわが母　ミネラルは命の泉

天の恵みはお父さん
一握りの土に　神秘を見る
人の一生　土がつき
最後は　土に還ります
全ての生き物　還ります
ダンゴ虫　朝からせっせと働いて
みみずは　畑の　神様だ
ああ　ありがたや南無阿弥陀仏
一握りの土に　世界を見る

安全な大地を

たんぽぽが咲いている
葉っぱの陰には
蝶が羽を閉じて止まっている

掘り出してはいけなかった
ウラン　プルトニウム
科学の力におごり
死の灰を降らせてしまった

ヒロシマ・ナガサキへの原爆投下
南の島々での原水爆実験
一瞬にして被爆してしまった

西から昇った太陽
降り注いだ白い灰
被爆した日本のマグロ船

原子力発電事故
放射能汚染をたれ流し
千年の　万年の　百万年の責任を
長谷川　節子（はせがわ　せつこ）
1949年、岩手県生まれ。詩集『手のひらの思い』『春よ来い』。
詩人会議、中日詩人会会員。愛知県刈谷市在住。

罪のないこどもに負わせ

ウラン　プルトニウム
核爆弾の要因《もと》
地下深くに眠れ

たんぽぽが咲いている
小さな手が摘む
葉っぱの陰から蝶が舞いたつ
小さな足が追いかける

径

田中　裕子（たなか　ひろこ）
1961年、福岡県生まれ。詩集『夢の先』『カナリア屋』。
詩誌「タルタ」「いのちの籠」。神奈川県鎌倉市在住。

わたしたちが「りすのみち」と呼ぶ径は
初夏には木のトンネルにおおわれ
ひんやりとした
トンネルが途切れるあたりには水が湧き
陽をあびて低くクレソンが自生していた
うす青い甲羅のカニを捕らえたことがあったが
深々とした暮らしを再現することが
わたしたちにはできなくて
艶をなくした骸に
息子はちいさなホラ貝のように泣いたのだった

十数年前ここで初めてりすを見た
今では白いコンクリートの階段となり
大きな空が見える
開発の難を逃れたクレソンたちは
ことしも嬉々として密生を始め
全身で生きる苦みを
食した者にだけ知らせてくる

リュックがふたつ転がって
男の子たちがクレソンの根元を探っている

のぞくとプラスチック容器に小さなカニだ
泥によごれた子どもの爪くらいの三匹が右往左往
途絶えなかった水流とともに
カニにも生きる径があったのだ

偶然見つけたの　と聞くと
前から知ってました
うちで飼うの　と聞くと
ここで飼えばいいかなと思います　と言う

カニを小さな密林の向こうに返し
あの子たちも
見えない重石のようなやさしさを肩にくい込ませ
暮らしのなかに帰るのだろう

白く長い階段を上る
隔たるものをつなぐように風が吹き
立ち止まったり
ふり返ったり
たくさんの小さな足あとが
駈けぬけていく

ひとつの話

関　中子（せき　なかこ）
1947年、神奈川県生まれ。詩集『沈水』『関中子詩選集一五一篇』。日本現代詩人会、日本詩人クラブ所属。神奈川県横浜市在住。

池のむこうへさざなみがよせかえってくる
ここにわたしとくぬぎがいる

いずれうすれてゆく事実とそれをおぎなうようにつのっ
　ていく思いとの
すれちがう縁がある時かさなる
そのひとつの話

徳生池でその水とあそぶ町人《まちびと》とおなじ風にふかれて生き
　ると
歌の頁がひらく
この町はどこへいくのか
この町にすみかをさだめた者はどこへいくつもりか
無言の共同作業
無意識の選択

いのちの不思議と理不尽な存在意識の意義は
葉をめくり波をめくり歌をかなでる
明快な解答がある
ああ　ひとつの話を歌いたい
ひとつの歌をつたえたい

池の芝生
そのさわやかな青さ
ほどよい草丈の低さ
広々と池をとりかこみ池に自在に歌わせる
春を　夏を　秋を　冬を
点在するくぬぎは五線譜に基準音をあたえる音部記号の
　ようだ

町がここにある間
どこにもいかない鳥たち
町と人はそう思っている
くぬぎはどうだろうか
くぬぎも今はここでは共同経営者だろうか

ひとつの歌で町になって
町にすむ人になって
といつづける
池の水とおなじ風に
ふかれているわたしと人と町とくぬぎは
うまれたばかりのゆりかごを今日もゆらす
ここに町があるのはなぜだろう

十月は寂しい

「どうかしましたか」
「べつに…」
十月の
ゆく先は風まかせの
屋根越しの今朝の雲のように
流れてみようと
県境の村を目指した
棚田は色づき
村人たちの見事な営みを見ては
ある種の畏敬に
ぼくは満たされるにちがいない

道の駅は川ガニ、ハエ、アユ、柿、梨、栗
いつのまにか
雲ひとつない空

「いかがですか、具合は」
「べつに…」
快晴の
十月は寂しい

藤子　じんしろう（ふじこ　じんしろう）

1946年、熊本県生まれ。詩集『雨野では』『荒野譚』。
熊本県詩人会、日本詩人クラブ会員。熊本県熊本市在住。

大怪魚はまだいる
～詩人への返信

臓腑もろとも吐き出された魚が
世界中の岸辺に現れている
こやつらは死んでも
　似た子孫をいっぱいつくりあげている
肥大化した魚
変わることない快晴の空の下
地球の豊かさの陰で
　すっかり智を失くし
こんな姿であわれ　負の歴史と化し

若夏の逆光

軍鶏抱いて旧正月のゐや交す
燕来る蜑《あま》の仏間の明るさに
沖に鯨来る話など磯菜摘む
野にあれば蝶の親しき小舟かな
清明の籠へ野のもの磯のもの
草蟬の脱殻オブラートのひかり
あかゆらの花のぬかるみ牛曳けり
あかゆら＝梯梧
若夏の逆光跳べり山羊合せ
御願所《うがんじゅ》に生まれてただのかたつむり
赤子眠らせあをあをと芭蕉かな

前田　貴美子（まえだ　きみこ）

１９４６年、埼玉県生まれ。句集『ふう』。俳誌「りいの」「万象」。沖縄県那覇市在住。

バナナ熟る授乳の猫のまどろみに
おほごまだら優美にかくも無防備に
黙禱の真昼海月のひるがへる
焦げ強き海の落日蚊食鳥
戦野へ梅雨満月の青しづく
月の真昼間《まぴろうま》うみがめ海を割つて出づ
バー街の亀甲墓《かめこうばか》のちちろ虫
那覇まちにはぐれ鷹見て米買うて
海風に乗れ戦跡のまよひ鷹
冬蝶とひとつ日溜り祈り人

同棲

いきものはにおいものなり春の風
豚積みの豚の肢体や花の冷え
食物連鎖花蟲蜥蜴鳥俺君
蛇の芽の芽吹いてほら一面の蛇
初夏の青を獣たちへ還す
蜘蛛は巣を全て感じて安らいだ
大烏賊は焰のように死んでおり
ひととしてとかげの恋に一言す
バナナ曾て禁断の実の世界かな
人類もうなぎも昔いた歴史

赤野　四羽（あかの　よつば）

1977年、高知県生まれ。句集『夜蟻』。
現代俳句協会会員。東京都八王子市在住。

糞虫や巨きな月の泪照り
蟷螂の喰われるまでの手管かな
鰯の王空気の底をみて帰る
ねえねえねえ鵙《もず》の頭の問い殺し
絶対的きのこの下にある平等
雪女地球温暖化論本気
鶴消えて山岳民族みな鮮やか
象の声ひびく枯野にまた誰か
死児思う鼬《いたち》に海のありにけり
水族館の夜陸族ひとり視られ

田園の道

近江　正人（おうみ　まさと）
1951年、山形県生まれ。詩集『北の種子群』『ある日　ぼくの魂が』。
日本現代詩人会、山形県詩人会会員。山形県新庄市在住。

一面の湖となった北の早苗田に
宇宙の彼方から　星々の光が
オーロラとなって映り　ゆらめく
すました紫紺のアヤメを写し
白つめくさの灯が並ぶ
草の花の香しい　田園の道よ

蛙たちの鳴くころ
あの夕暮れのしじまの中に　きっと
三千年　ぼくの忘れていた
明日に帰る扉が　かくされている
父と祖父がおおらかに笑い　酒を酌み
妻と母が楽しげに菜をきざむ……

（つれてゆけ
五月の　風よ　風よ！）

たとえば　ぼくの魂が
桜桃のたわわに実る道を
ひとり　歩いていたとしても
行く先を忘れたなら
風よ　ぼくはさびしいばかりだ

やまつつじの花が
燃えるように咲いている
あれは古里につづく道
失われたとおい古代への道

残雪ひかる　田植えの一服
爺様はどっしりとキセルをふかし
息子はヤカンの口から水を飲み
幼子は握り飯をほおばり
嫁は豊かな胸をはだけて
赤子に乳を含ませていた
小川はこぼこぼ透き通って流れ
やまつつじは紅く紅く香り
そよ風に　山は笑って

ロング・ディスタンス

登り山　泰至（のぼりやま　やすし）
1982年、大阪府生まれ。『ゼロの錯視』『正義は玩具箱』。
関西詩人協会会員、文芸誌「狼」同人。大阪府大阪狭山市在住。

僕たちだってただ生きたいだけなのにそんな当たり前を
普通に生きていて何か悪い
故郷を追われ随分と放浪して此処まで来たね
スーツケースを引っ張って遠く旅して子孫を残し希望と
理想の地を求めては新しいファッションに身を包んでは
青春を消費してきたね
彼方の地で神出鬼没と罵倒され、生存の自由を奪われそ
うになって
未知の大陸を目指して、海を越え、山脈を越え、を繰り
返して
（ねえ　君たちはどうするのさ）
ただの生存本能と真に分かり合える仲間を探して旅して
いるだけ
固体や種的保存の大義名分以外に亡くなったたくさんの
仲間の弔いのためでもある

遠くまでやってきて
僕たちはようやく落ち着いて互いに愛しはじめるように
（ちょうど未開の地であなたたちがそうするように）
僕たちはただ当たり前を生きているだけ

この遍歴には悪も正義もないけれど
みんなで分かり合えた時にはもっと世界は素晴らしいも
のになるにちがいないだろうと
誰もが関心を向けるべきだろう
本当のグローバリズムを実現できた時には
地球はもっと美しい根源を描くだろう
（多様性ってなんだろう、棲み分けるってどういう意味
だろう、線引きって……）

古代の地球はきっと美しかった
古代の人々は、本当の敵は自分たちの中にしかいないこ
とを知っていたに違いない
自然に対して崇敬の念や謙虚さを持っていたに違いない
だからその対極である傲慢さの上にたって彼らが争いや
諍いの原因になったのは悲しい事実だ

自然保護と資源利用のバランスへの取り組みや生物多様
性への理解やディープエコロジーの思想への注目の他に
まず一人一人が無関心を捨てること……古代よりも飛躍
的に発達した科学技術は使い方を誤れば脅威を生む引き

金となるがそもそも人類だけのためではなく地球の幸福
のために活用されるべきだ
ピンチはチャンス
人間たちよ
未曾有の今こそが利他の精神をかえりみ実践するまたと
ない機会だ
利他とは他者との関係性のみならずもっとマクロな地球
との関係性のことだ

地球は「私たち」のものであって
私たちだけのものではない
一人一人が意識を向ければきっと距離も歴史も超えて
あまりに美しくあるべきだと知るだろう

歩み固かれ 目は遠く[*1]

鈴木 正一（すずき　まさかず）
1950年、福島県生まれ。『〈核災棄民〉が語り継ぐこと』。
基礎経済科学研究所福島支部所属。福島県双葉郡在住。

ふるさとの終の住処

友と汗を流した 天王山の登山
高瀬・室原川での 鮎の友釣り 仕掛けは親爺《おやじ》譲り
商工会青年部伝統の河川敷 桜祭り
請戸《うけど》浜の地曳網大会　観客数万人集う お盆の花火大会
街中で 複数台の矢倉を踊り子が囲む 盆踊り大会
歩け歩け初日詣大会 町民体育大会　等々
地域の 親密な絆が頼り
生来 私を守り育んだ源泉 それは　ふるさと

鶯が鳴き 山桜が咲きほこる　林に卵を抱く山鳩の巣
時には　散歩している雉《きじ》のつがい 鶉《うずら》の親子との出会い
茸・タラの芽・ウド・山栗等　自然の恵みを満喫
ため池は 鯉・鮒・公魚《わかさぎ》の棲家　休日は釣り人達が集う
白鳥が飛来し 餌をやるのが日課　私の密かな楽しみ
自宅は 雑木林に溶け込んだ 自慢の住処《すみか》
あの原発事故が 起きる前までは……
一瞬にして　私の人生とふるさとは　奪われた
そして　住人の居なくなった　終の住処

無言の断罪

ある時　消防団の友人　うな垂れたままの独り言
「毎晩眠れないんだ　耳から離れないんだよ……」
「助けてくれ～　助けてくれ～」　微かな必死の声
何度も 何度も 叫んだ　彼の約束
「明日　必ず来るから！　頑張ってくれ！」
翌三月十二日　午前五時四四分
東京電力福島第一原発 半径一〇km圏内 避難指示命令
町長 消防団と全町民に避難発令　苦渋の決断
友人は約束を果たせず　無念の救命断念

初日詣 地曳網 お盆の花火大会の会場だった　請戸浜
津波で亡くなった方 一八二人　未だに行方不明三一人
放射線汚染情報の秘匿が無ければ　助けられた命も！
核災で 生きる力を奪われ自死した人・人・人
避難による原発関連死者 四四一人　母もその一人
掻き消された棄民の叫び　それらは　無言の断罪

ふるさとの復興

二万千人の町民　避難指示解除後四年で 帰還者 七％
創生小中学校開校　千七百人程の児童生徒は 二六人に
誰しも抱く心の拠り所　請戸小学校は 震災遺構で保存
五つの小中学校は 別れの閉校式もなく　解体決定
住民意向調査の結果「帰還しない」は　五四・九％

住んでもいない避難町民からも 資産税や住民税を徴収
まるで 核災が無かったかのごとく……
余りにも理不尽な　国家権力の収奪
核災は「担税力」の基盤を ことごとく粉砕
更にコロナ禍の生活困窮「被災者に寄り添う」？
喜びより怨めしさが募る　　ふるさとの復興

再生は遥か彼方に

あれから九年半　久しぶりの 久しぶりの帰郷
街並みは 砕石の更地と雑草の荒地に
所々にポツンと取り壊しの順番を待つ 建物
郷土住民の結いの絆は 雲散霧消
動植物の有機的な命の連鎖　先人が築いた尊い風土
有形無形の至宝が全て 奪われた

帰還した住民には　被ばく不安の毎日が
帰還困難区域の除染は 殆ど手付かず　今も計画迷走
環境省職員「百年後も帰宅は無理かも」朋友 嘆きの現実
心労は 時間の経過で軽減するか　否 増すばかり
ふるさと ふるさとの　　再生は遥か彼方に

資本と原発 そして潜勢力

資本の本性は
自然の「富」を「商品」に変える 限りない利潤追求
その歴史は 生産力による環境破壊の連続
結果は 人類と自然の物質代謝を破綻
全ての原発は 地球を創傷する人間のおごり
人間は 自然の小さなひとつの命にすぎず
自然の創傷は 人類を取り返しのつかない自滅へと誘《いざな》う

反動阻止・性 人種差別反対・核廃絶・環境 人権保護等
世界中に勇躍する多種多様な 新しい社会運動[*2]
環境と社会基盤が適正に保たれ 安全で公正な市民社会
ネットで結ばれた自律市民　　歩み固かれ 目は遠く！

＊1　福島県立双葉高校（核災で休校）校歌最後の歌詞（作詩 土井晩翠）
＊2　新しい社会運動〜『二一世紀の新しい社会運動とフクシマ―立ち上がった人々の潜勢力―』八朔社 昨年四月発刊　後藤康夫・宣代編著

微粒子の乱

密やかに
悪意もなく
飛ぶように　束になり
オオカミになり
キメラにもなる
どこから？と
聞いてみるけど
応えるものはいない

コウモリの洞窟でもなく
ガラスの部屋でもなく
家なき子の家は
沈黙と饒舌の中

かつて海が海で
山が山だったころ
海から大地へ
風そよぐ緑の草へ
手を伸ばしたときは
自然は　透明だったろうに

何十億の光を越え
微粒子の乱は　突然に……
だれも銀河の運行のように
先回りはできない

母国の地球
急いで回りすぎても
追いつかない

底の底　見えながら
地下の水脈と大地の根
再生の希望をのせて
永遠の微粒子は　どこへ

石川　樹林（いしかわ　じゅりん）
1953年東京都生まれ。
文芸誌「コールサック（石炭袋）」会員。東京都国立市在住。

杣人の憂い

京北《けいほく》は山に囲まれ
水脈は山あいに銀色のうろこを光らせ
上桂川に流れ込む
ここは　昔から林業の盛んな国柄
古くから京都御所の造営に関わってきた

山は杉と檜の良産地
杣人《そまびと》は　ここで生まれて育ち山仕事を
生業としてきた
戦後　植林を広げ
間伐材を山から下し下草を刈り　枝を打ち
木を守り　森を守って来た

新型コロナウイルス禍の二〇年夏
公民館の集いで
杣山の地中を掘り崩して駆け抜ける
「北陸新幹線」の計画が知らされた
国とＪＲは北陸新幹線を福井県境から京都駅へ
一気に地下トンネルで延伸するという
そこで杣人は思いを訴えた

呉屋　比呂志（ごや　ひろし）
１９４６年、福岡県生まれ。詩集『ブーゲンビリアの紅い花』『流離』。
詩誌「１／２」、詩人会議会員。京都府京都市在住。

—掘り出したあとの土砂で谷が埋められ
　地下水脈が断ち切られ川が干上がる

曾て　乱伐で山が荒れたとき
洪水が町を襲い　下流域も大きな
被害を被った

幾世代にわたって　杣人は木と森を守り
ふるさとは木で栄えて来た
杣人は
集った人々に　訴え続けた
—源流の山々をこれ以上壊せない

フキノトウが芽吹く頃　雪の残る斜面に
杣人の枝を打つ澄み切った音

「持続可能な開発目標」を超えて

わがオルタナティブ

間瀬　英作（ませ　えいさく）
1937年、大阪市生まれ。
長野県北佐久郡在住。

神は彼らを祝福して言われた。「産めよ、増えよ、地に満ちて、これを従わせよ。海の魚、空の鳥、地を這うあらゆる生き物を治めよ。」
（『創世記』一章二八節　聖書協会共同訳）

国連に問いたい。あなた方が掲げる
Sustainable Development Goals. ＳＤＧｓ。
正統派ユダヤ・キリスト教由来の人間至上主義が透けて
みえます。地球生命の総体ではのうて、
人間と、将来生まれてくる人間の繁栄を第一義に考えて
いるのではありませんか。
いっぽうアジア人のぼくの胸の底には、
草木国土有情非情これ眞如のアニミズムがあります。
そこのところを、
ぼくにとって唯一の表現手段と勝手に思い込んでいる
現代詩でもって訴えたいのだが、ポエジーの体なさない
んですな、これが。
比喩・隠喩・換喩の努力に憾《うら》み勿《な》かりしか。
でも、書きますね。

ぼくには（ぼくを含めて）、
不思議でならない心理があります。日々の食事に際して、
食材の生前の様子や、死にざまを想像することもないし、
気の毒にも思わないことです。
品川駅の西口（高輪口）に住んでいましたから、
東口（港南口）の東京都中央卸売市場食肉市場に連れ込
まれる牛さんたちと目があいました。
トラックで一〇時間、渋滞なら二〇時間。
死出の旅の半ばにして、もうよれよれで口のまわりに泡。
また、ぼくの勤務先は、
当時売上日本一のスーパーマーケットでもありましたが、
牛肉の安売りが過ぎて精肉業界から圧力、
自前で牛さんを買い、社長以下屠畜に立ち会った歴史が。
ぼくの年金には牛さんの血と脳漿の臭いがします。
それでもぼくはスキヤキを食う。
われながら冷酷。想像力の貧困に呆れます。

ぼくから提案の1.
助数詞。
人は人《にん》、草木は本《ほん》、ワンちゃんネコちゃんは

四《ひき》、牛さん馬さんは頭《とう》。
なぜか鳥もウサギも羽《わ》のあれですけど、
ヒトと他の生命体の平等を担保するため、
人《にん》で統一してはどうでしょうか。
同じ生き物でも人の生命は、警官が護ってくれます。
その発想です。木だって、ご神木となると伐りにくい。
ぼくたち夫婦の会話は昔からこうです。
「いまニホンリスさんを三人みかけたよ」。

東アジア諸国の言葉には助数詞があります（米国先住民の一部の言葉もそうらしいけど）。助数詞の統一、
普及するといいな。タダですし。

似た話があります。昭和六〇年四月、京都。
第九回トランスパーソナル国際会議
（トランスしてパーになる会議なんて悪口、ぼくがいいだしたのではありませんよ）の席上、
ズールー族の文化と神話の導師にして治癒者、
ウズマール・クレード・ムトゥワの発言です。
たとえば私にとってこの机は死んだものではない。
私にとってそれは、私を助けるために、
私の前にひざまづいている生きた人間なのだ。
アフリカでは〝木〟を白人がいうように〝それ〟と呼ぶことはない。「わたしは木をみた。それはそこに立っていた」という言葉も、
すべてのアフリカの部族においては
「わたしは木の人をみた。彼はそこに立っていた」
となる（訳者　井田真木子氏）。

提案の2.
持続可能な工程を経た製品を認証して
「エコラベル」をつけるという運動を目にするようになりました。
日本の食鳥処理って一日一六〇万件はあります。
気絶させてから首を切断したというお墨つき、
「スタニングラベル」の制度化、
図ってもらえないでしょうか。
すでに欧米では気絶処理がふつうで電気水槽とガスが用いられます。
説明文は「殺処分の前に気絶処理を施しています。
食品としての安心・安全上、麻酔薬の過剰投与による安楽殺ではありませんが
比較的苦しまずにすみました」でいかがかな。
価格競争力はないでしょうね。購買意欲をそぐだろうし。
でも、ぼくは買いますけど。

武西　良和（たけにし　よしかず）

1947年、和歌山県生まれ。詩集『鍬に錆』『てつがくの犬』。
詩誌「ぽとり」「ここから」。和歌山県岩出市在住。

網に鹿

角が引っかかって
網にもがいている

そこは野生と
人里との境界

山から畑へ侵入しようとして
角で網をすくい上げ
その隙間から入ろうとしたが網の目が
絡みつき
身体の自由が奪われ
外そうとすればするほど網の糸が
締め付け
手足の動きを止められ
立つこともできなくなった
もがく足が孟宗竹の太い竹の根元に当たって
打楽器でも鳴らすように
カンカンと

漁網をリユースした網は山の斜面で

進入禁止の印だったが
鹿は生きていかなくてはならない
食べ物を見つけなくてはならない

足の爪で竹を蹴る音が早朝から
竹林に響いていた
その音は助けを呼ぶ
サイン
仲間たちに近寄るなという禁止の
合図
二つの合図が身動きとれずにねじれて

もがくごとにつのる怖れ
もがけばもがくほど
網の目が締まっていき
とうとう横たえてしまった身体

意識はとうの昔に
森の奥で弾んでいるはずだったのに
この捕らえられた身体は不器用で

網に嵌まったまま
現場を目撃した男は
長い鋏を持って慎重に糸を
切り
網を外した

鹿はしばらく横たわっていたが
ある決意のあと
ゆっくりと起き上がり
よろよろと森の奥へと入って行った

まだ大人になりきっていなかったのではなかったか
よろよろ歩きは捕らえられることの
恐怖を味わった
証か
罠を外れ森へ帰れることの
安堵だったか

もうこいつと逢うこともないだろう
男が追って来ないことを
背中で確かめながら
森の奥へと入って行った

木々の間にさまざまな路が
奥へと続いている
どの路を選んだのか
男はそこへ踏み込むことができない
この境界を出て踏み込めば二度と
出て来れない気がする

ふとよぎる先日の光景
イタチが畑の端で死んでいた
ギンバエが寄ってたかって
その死を確かめていた
あの竹を鳴らす音が風で
竹どうしがこすれ合う音に聞きなしていれば
鹿もイタチと
同じ運命をたどっただろう

空高く鳶の鳴き声
鳶は男の場所を知らない
この茂った竹林のなか
男にも鳶の位置が分からない

〈初期形〉二〇一八年5月7日（月）午後2時00分
自宅にて　先日の鹿の事件を思い出して

コロンブス君　ありがとう

鈴木　春子（すずき　はるこ）

１９３６年、新潟県生まれ。詩集『イランカラプテ・こんにちは』『古都の桜狩』。静岡県浜松市在住。

コロナが流行ってきて
ステイホームの君が玉子の殻で
石灰づくりをしていると
ラジオへの投稿が紹介された
ぼんやり聴いていてビックリ仰天
まさにコロンブスの卵の思いだった

「卵の殻だけは生ごみ堆肥に入れない方がいい」
団地の先輩のアドバイスを信じ切って
半世紀余り過ぎ去ってしまった
余り突然だったから君の住んでいるところも
ラジオネームも記憶にとどまらなかった
とりあえずコロンブス君と呼ぶことにしたい
緑に囲まれた温かい家庭に育ち
花や野菜作りにも興味を持つ少年のようだ
しかも自分の意見を投書する
勇気のあるのも頼もしい

不安の続く日々
布切れに卵の殻を包んで
ザクザクとくだいてゆく
新しい手作業が加わって
元気によく育つ植物に助けられながら一年過ごした

聞けば宮沢賢治も晩年石灰の製造にかかわり
その普及に奔走したそうだ
日本は雨が多いので
石灰や堆肥を補充し土の再生をしなければならない
手作りの石灰は電力を使わないので
脱炭素に貢献できる

コロナ下で野菜作りをする人が増え
コンポスト（生ごみ処理機）を利用して
地球に優しい暮らし方をする人が
多くなったようだ

日本をしょって立つ君たちが
育てる未来が楽しみだ。

共存

本堂　裕美子（ほんどう　ゆみこ）
1952年、北海道生まれ。絵本『どうせのぼく』。
詩誌「舟」、岩手児童文学の会会員。岩手県宮古市在住。

松明しの夜
家の中で松の木のはぜる音を聞いていると
夫が呼ぶ
「何かいる」
知っている私も聞いた
向かいの山の斜面
暗い草陰で生き物が歩く音を
ぱきぱきと小枝の折れる音
かりかりと何かを食む音
ここいらは熊の目撃情報がたえない

庭にイタチやタヌキが来た夜もある
小型の猛禽類が庭に降りた時の胸の高鳴り
庭に来る野鳥を見るように
安全が保障されているがゆえの楽しみ
野生動物の支配下にある暗闇では
人は恐れおののくしか術がない
恐怖をさりげなさに置き換えて
家に逃げ込む
暗闇をにらんで威嚇《いかく》する猫をなだめて

家に逃げ込む
猫の爪一本の傷に大騒ぎをする人が
支配し蹂躙《じゅうりん》する世界
畏敬・寛容・共存
政治家の言葉に
日本人は志という言葉を失ったと嘆いた日
人を殺す道具を開発売買する人は
他の種の存亡に心を痛めることもないのか
熊よ、早く山へお帰りという言葉も
殺人熊にはかけることができない
自然が好きという人の言葉を
深くふかく掘り下げて考えてみる時が
今なのだと思える
共存への道は
弱さを自覚するところから
始まるのではないか
野性と対峙してきた人の末裔《まつえい》として

葉っぱに学ぶ

青木　善保（あおき　よしやす）
1931年、長野県生まれ。詩集『風が運ぶ古茜色の世界』『青木善保詩選集一四〇篇』。日本現代詩人会、日本詩人クラブ各会員。長野県長野市在住。

植物たちは
空気中の二酸化炭素
根からの水
太陽の光を利用して
葉っぱで澱粉をつくる
光合成をおこない自活している

白神山地の幸は無限
マタギは原生ブナ林に猟をする
　冬はカモシカ　ノウサギ　ヤマドリ…
　クマは一年一・二頭に留める
マタギの里は漁をする
　夏はイワナ　サクラマス　アユ…
弘前藩の生活源は白神山地から
水源　食糧　燃料　鉱物を得ている
燃料になる薪材は年十五万本
十カ年廻伐　備山　森林保護を定める
しかし　山の伐り尽しは止まらない
藩の都合のために…

人間たちは
太陽の光　水　酸素を採りこみ
大量の食糧を求め　燃料にして
欲望を限りなく燃やし続ける
植物のように人間が体内で
澱粉をつくることができたら
人間社会はどうなっていただろう
せめて　葉っぱの光合成を
自負する先進科学で
工業化ができないのだろうか
貴女は不思議なことを考える

愛犬「陸《りく》」を偲ぶ

貴女の見舞いに来て
病院のお茶会に出席
「隔たりのないおだやかな空間を
　学校に創りたい」というK先生の
愛犬「陸」が逝く
貴女の四十九日法要の後
十八歳の年月　生活を共にする
朝夕の散歩　食べ物にも気配り
月毎の獣医検診を受ける
歩くことができない「陸」の
排泄を親身に世話する
　スコシモ　イヤダトオモワナイヨ
夜半のうめき声に　K夫妻は
いそぎ起きて　愛犬の不安をなだめる

かつて　自分の教育に悩み苦しむ心を
幾夜も「陸」に語り続ける
もう一人の自分に話すように
「陸」は優しい眼で　K先生をみつめる
言葉が持つしがらみを　超える
広く深い響存の世界を直覚する
言葉に縛られる人間を超えて
生きる者すべてが響存する
温かく豊かな境位がある

K先生の三十四年間勤めあげを
待っていたのだろうか
子どもが本気になったとき自分でも
驚いてしまう自分に出会う
支援指導が有効に働いていることを
担任たちに自覚させてくれた
オリジナルオペレッタ「産川の唄」
「人間を感じ理解し人間をつくる
　ための教育」を教育研究所で学ぶ
運動会を子どもたちの力で創り上げる
総合的な学習の時間の単元開発
モンスターペアレンツとの遭遇
親権破綻の犠牲となる子に
対応する限界
自分を俯瞰できた療休から
本来の想いに立つ授業観・実践へ
教育職人を自負するK先生が
常に対話した愛犬「陸」さん有難う
貴女と出会っていますか

万の祈り

有村　ミカ子（ありむら　みかこ）
1942年、鹿児島県生まれ。歌集『喩の微光』。歌誌「林間」同人。
鹿児島県鹿児島市在住。

百合の花わが手にあまる香を放ち万の祈りの島の風なれ
せめて血の轟《とどろ》きとなれ海紅豆のつぶさな赤にたぎつ七月
夕あかね背なに負いゆく道すがら鳥の零せしことばが親し
天河の青くひそけし夜のくだち皿をあふれて葡萄みなぎる
一閃のいのちをしぼる蟬しぐれ謀るすべなき生渡りゆけ
秘めやかな戦ぎとならむ天空へ紅を差しつつ蓮はさゆらぐ
夕顔がつぶさに白し無傷なる未知の結び目われにほどきて
水と水呼び合うごとし吾亦紅はた女郎花みたす夜の部屋
手の中に鳴りをひそめる貝殻と茫洋の海の系図分かたむ
島の花さきしま芙蓉の白まぶし禊《みそぎ》なし得ぬ女人かわれも

第十一章　荘子の夢

荘子の夢

（饒舌廃句　冬扇房便りより）

シュラフの中で　明日は蝶の夢を見る

山が霧に包まれる　手に負えぬ虚無を抱えて人を恋する

日だまりに　蜻蛉と化した座禅僧

問われても答えようがない　空気がご馳走

不味い方は熊も食わず　牛と人とが分けて食う

気が付けば　天井の蛾に聞かれている　悪巧み

明かりを灯し　蛾の紋様を愛でる夜

翔ぶ羽根を持てるか　お前も僕も　蝶になれるか

傍に来て合掌するか　蝶も僕も　野辺の巡礼

柏手が響く　試みに　蜘蛛の巣の張る霊界を覗く

吉田　正人（よしだ　まさと）

１９４７年〜２０１９年。静岡県生まれ。詩集『吉田正人第一詩集　人間をやめない 1963 〜 1966』『吉田正人詩集・省察集　黒いピエロ　1969 〜 2019』。東京都中野区などで暮らした。

肺が森の精気で一杯になる　「毒のないお前なんて」

空色のピアノの上で　赤蜻蛉の連弾　飽きもせず

耳が痛くなるほど　静けさを聞いている

草の緑が愛しくて堪らないから　刈り取らずにおく

今朝見れば　地に平伏している　修羅の虫

夏が来ない　蟬が足下をおろおろと歩く

取り憑いて　ここまで牛に引かせて来たか　管狐《くだぎつね》

あかぎれの森　霜焼けの落ち葉の間の虫の息

野辺の花に　羽根を休めて見る　荘子の夢

頑張れば潰れる　土筆《つくし》よ—お前も！

修羅の道

（饒舌廃句　冬扇房便りより）

年季を終えたあの夏草が　又も宿替えの永劫回帰
芋平の花瓶に熊笹二本　美学という程の衒《てら》いもなく
火戸を見せて　ままよ　一期一会の草の露
食卓の皿の上で　身土不二《しんどふに》が豊かさと知る　国際化
螢烏賊に巡り合う山の背後に　日本海が荒れている
唐松の梢の上を今宵も天狗が翔んで行く　羽団扇《はうちわ》で吉兆を投げ込む
しゃがみ込む　乾いた路肩の銀蠅の横で　「エチカ」を夢見る
熊笹が手招きするから　丁重に礼を返して踊りに出て行く　風の輪の中に
米はない　しがらみはない　心に患いもない　ソローを夢見る森の生活
「殺生してしまった」と菩薩の笑顔を覗かせている　修羅の道

神の遊び場《カムイミンタラ》

（表題・抄出はコールサック社編集部）

チューリップ蕊に観音さま坐る

青海島・鯨供養

鯨墓まで鯨唄ひびきけり

川中島・岩間桃園　三句

つぎの世は桃の砧木《だいぎ》にでもなるか

桃受粉手妻づかひの毛叩きよ

桃の枝剪るは雀の通るほど

恐竜のうんこの化石こどもの日

那覇四句

さがりばな海より月ののぼりくる

草を擂りつぶし草魂沖縄忌

草蟬の引き摺り鳴きや空爆地

白鳥を食べしことなど捕虜の夏

宮坂　静生（みやさか　しずお）

1937年、長野県生まれ。句集『噴井』、評論集『季語体系の背景―地貌季語探訪』。俳誌「岳」主宰、現代俳句協会特別顧問。長野県松本市在住。

ひとの世の隙をいとしと郭公鳴く

陸前高田

セシウムの翅をたためる蛇とんぼ

蟻抓むごそと歓喜のごときもの

九月尽烏真白き尿を撒き

旭川へ三句

大虎杖《おおどんぐい》神の遊び場《カムイミンタラ》天に据ゑ

豆の芽のまばたきアイヌモシリの智

アイヌモシリ＝アイヌの大地

姥百合のカムイの意志にさからはず

弓箭《きゅうせん》の那須や藪蚊に攻めらるる

落鮎のいのち掠りて串通る

放射能避難区域の熊注意

『草魂』より

はらいそ

白亜紀へ砂漠の薔薇を採りにゆく
マンモスの影がみどりにチバニアン
夭折の王の眠りや矢車草
完璧な球と信じてスカラベ
春うらら麒麟の首の骨七つ
夏雲をうつかり呑んで象の鼻
蛤や隠しきれない大あくび
利き足をいまだ決めかね蟇
百千鳥ことば啄《ついば》み得たるとき
朧夜の麒麟の睫《まつ》毛《げ》ぬれてをり

つつみ　眞乃（つつみ　まの）

1944年、東京都生まれ。句集『白游』『水の私語』。日本文藝家協会、日本ペンクラブ会員。神奈川県川崎市在住。

千年に涙一滴八咫烏《やたがらす》
胸に手を置いて地球の殻の蟬
木菟《ずく》鳴いて暗闇といふ落しもの
銀河燃ゆバベルの塔を超えてプラゴミ
鳥雲や地球静かに滅ぶらし
心中に摩《ま》す悔悟あり法師蟬
冬の蠅ひとつ歩めば罪消えて
空蟬の背にはらいその青の傷
心まだ水の地球に紋白蝶
誰にともなく一礼す白き百合

抱卵

雄鶏のこゑ朗らかや初御空（鶏）
抱卵の鶏かほ上げよ初明り

甃《いしみち》に蝶一頭の重みかな（蝶）
瞬くがごと夏蝶の翻る

水明《あか》き日と翳れる日蝌蚪の国（蝌蚪）
清流に黒際《きは》やかや蝌蚪今も

燕《つばくら》の半《はん》身《み》真白く飛び去りぬ（燕）
相前後して中空《なかぞら》を夫《め》婦《を》燕《つばめ》

鳩歩む後ろを歩む花見かな（鳩）
青芝に何啄むや離れ鳩

原　詩夏至（はら　しげし）

1964年、東京都生まれ。歌集『レトロポリス』『ワルキューレ』。
日本詩人クラブ、日本詩歌句協会会員。東京都中野区在住。

愛されて金魚硝子の牢獄に（金魚）
掬はれて金魚アルミのＵＦＯに

さういへば鴉も見ざり梅雨曇（鴉）
黒目がちなる鴉の目炎天下

仔亀亡《う》せをり暁闇に首縮め（亀）
溺る否泳ぐ亀脚じたばたと

売れ残る大き蜥蜴《とかげ》や硝子箱（蜥蜴）
売れ残りつつなほ餌を大蜥蜴

巣落せば走る蜘蛛《ささがに》草叢に（蜘蛛）
土間掃けば走る蜘蛛どこなりと

縁側のひよんなところにまた小蟻（蟻）

蟻の道追へば小闇《をやみ》へ昼厨《くりや》

袋透け見えて小蠅のレモン色（蠅）

飄然と蠅群れ飛ぶやポリ袋

遺言もなく太蚯蚓《みみず》道のうへ（蚯蚓）

蚯蚓なほ生きて業火のアスファルト

飛ぶ蟬を追ふ蟬よりも大きもの（蟬）

傍らに寄る落蟬を踏むまじく

見れば蝙蝠《かはほり》逆光にあの翼（蝙蝠）

病む閨に蝙蝠来る生家かな

油虫殺しまた読む平和の書（油虫）

生愛《かな》し遂に空飛ぶ油虫

旋回のヘリなほ去らず放屁虫《へひりむし》（放屁虫）

もう乾きゐるワイシャツに放屁虫

蟋蟀《こほろぎ》やダンテ神曲まだ地獄（蟋蟀）

蟋蟀や車灯河なす道逸れて

見えぬものでもあるウィルス星朧（ウィルス）

春光の下群衆もウィルスも

犬数多《あまた》連れ絢爛とコートの女《ひと》（犬と人）

老犬と人冬海に真向かひて

ブーメラン

大蜘蛛を猫よりさらい放ちやる
久闊《きゅうかつ》を述べるのでなく河鹿《かじか》鳴く
矢の構えキノボリトカゲの忘れた尾
キリギリスそれほどまでに葬送曲
弱肉なれど素知らぬ猫と小鳥の首
ナナフシの子は色つかぬままに揺れ
ライカムの暗渠口宿探すツバメ
氷河の国の蝶葬を聞く不思議
アオスジアゲハ怒りを乗せたブーメラン
初蝉や不連続線の波間にマスク

山城　発子（やましろ　はつこ）
1951年、沖縄県生まれ。
俳句同人誌「天荒」。沖縄県中頭郡在住。

張り込みは蜘蛛にまかせたはぐれ雲
名を何と乳房《ちぶさ》棘蜘蛛《とげぐも》風の点
河鹿鳴くスピカも胸も同周波
弾んでた音符と未来アマリリス
八艘飛び時空の間《あわい》を義経蛙
身を隠す術のドヤ顔おたまじゃくし
海を捨ておのれ捨て啼くキリギリス
平にひらに河鹿蛙が世を背負い
光降らす一隅に寄った石蕗《つわ》なれば
淵を背にその涙色仏桑華

縄文ｐｅａｃｅ

甘里　君香（あまり　きみか）
１９５８年、埼玉県生まれ。詩集『ロンリーアマテラス』、エッセイ集『京都スタイル』。日本ペンクラブ、日本エッセイストクラブ各会員。京都府宇治市在住。

編み衣を翻しイタチを追い込む
俊敏な脚に恋した

落とし穴からイタチを摑みだす
滑らかな腕に恋した

視線に気がついた
あなたの涼しい表情に
ぼくの心は立ち止まるが
メスからオスが生まれた
奇跡のストーリーが
記憶の奥底から溢れだし
夥しいアニたちが
自然のピースになれと歌いだす

海に走り
虹色の貝と白い貝を探す
あなたに虹色のブレスレットを
捧げるために
ぼくの腕に白いブレスレットを
飾ろう

葦の戸からでてきたあなたは
きのうと同じ涼しい目をしているが
ぼくの使命は物語のピースを
つなげるためにあなたを笑顔にし
その照り返しを受けとり
また笑顔にすることだ

ふいに駆け出す
横顔に導かれ
全速力でついていく
声を出して
笑うあなたはぼくを
はじめての森に案内し
とうとう切り立った
オパールの淵に追いつめた
自然のピースになって
果てのない谷を
落ちていくぼくに
あたたかな
太陽の笑顔が贈られる

鳥浜*の時は流れて

縄文の遙か昔
オーロラが彩る神秘な北の空で
美しい粉雪が　キラキラ
キラキラ　と舞っている時

　鳥浜の竪穴式小屋の中では
　親子が夢を見ながら
　スヤスヤと抱き合って寝ておりました

見下ろすように村の峠の山の頂では
大きな大きな樟《くすのき》さまが笑っておられました

（朝になれば東の空からお日さまと現れ
（冷たい冬が来れば一番に知らせてくださる

村は　今年も
豊かな若狭の海と山の幸に囲まれて
豊作
いつの時代もいつの時代も　しあわせ
あの世もこの世も

　樟さまの下で結ばれて

時はゆらーりゆらーり
丸木船に揺られ　ゆらーりゆらーり

昔も今も夢見るものは
このしあわせ
この空間

いつの時代も
いつの時代も
願いは一つ

それなのに

ああ　それなのに

＊福井県三方上中郡若狭町に所在する縄文時代の集落遺跡

笠原　仙一（かさはら　せんいち）
1954年、福井県生まれ。詩集『命の火—詩ロマン—』『明日のまほろば〜越前武生からの祈り〜』。水脈の会、詩人会議会員。福井県越前市在住。

卵を産んだら死ぬのかな

永山　絹枝（ながやま　きぬえ）
1944年、長崎県生まれ。評論集『魂の教育者 詩人近藤益雄 ―綴方教育と障がい児教育の理想と実践』詩集『讃えよ、歌え』。文芸誌「コールサック（石炭袋）」、詩人会議会員。長崎県諫早市在住。

昨年までザリガニが居た川は
宅地造成のため消えてなくなっていました
蛍がいた真崎川は健在で
楽しみにしていた川遊びに出かけました
腕白たちの天下です　わいわい言って
カワニナやアメンボを獲るのに
夢中になっているとき
拓さんは一カ所にねらいを定め
集中して　いきました
生活に根付いた言葉というのでしょうか

　　　かに
　　　　　　　かわら　たく

かわで　あそびました
ぼくが石の下をさがしたら
いきなり　かにが　でてきたよ
かにが　たまごをうんでいました
とろうとしたら　いきなり
はさみを　せなかの上で　はさみを上にして
ぼくの手を　はさもうとしました
かには　たまごをうんだら　死ぬのかな

と書くのです
「いきなり」の使い方がうまくできていますし
蟹の動き　よく思い出して書いています
特に感動したのは
「たまごうんだら　しぬのかな」
と　つぶやいた言葉です。

命を大事にし、命を惜しんでいる言葉です
落ち着きがないと表面的には見える彼ですが
「拓さんは　なんて素晴らしいんだろう」
一瞬　光の中に包まれたようでした

棕櫚

美濃　吉昭（みの　よしあき）

1936年、朝鮮大邱市生まれ。『或る一年〜詩の旅〜III』『或る一年〜詩の旅〜II』。日本詩人クラブ、関西詩人協会会員。大阪府大阪市在住。

海南の竹　棕櫚が復活
町に老舗の箒屋《ほうきや》が
生き残っていた
棕櫚で作る大から極小までの
様々な箒　刷毛《はけ》　束子《たわし》　鞄《かばん》までが
ところ狭しと溢れている

掃除機が手に負えない
家具の隅々を掃きとる小さな刷毛箒
障子　襖《ふすま》を貼る建具屋の糊刷毛
にぎり寿司にタレを塗る極小の料理刷毛
職人が手離せないプロの道具だ
ナイロンが敵わない機能の本質

これに
若い主婦が目を付ける
――あれっ
　コレ、イイジャン
　やさしく静かで
　きれいに

――ハケル　ハケル、と
――この　タワシ、と
　肌にすべらせる
――たまらんわ………

晴れ渡った　海南の空

の、高いところから
　先祖代々のバッチャン
が、入れ替わり
　箒に乗って　見守っている

最後の日

「わたしはすべての人を絶やそうと決心した。それは彼らが地を暴
虐で満たしたからである。わたしは彼らを地とともに滅ぼそう」
（創世記６：13）

その日　わたしは何をするだろうか
人ひとりいない街を歩き
何を探すだろうか
もはや動くものはなにもなく
モノレールが１両、宙に吊り下がっている

あの日をもう一度確かめようとして
わたしは街はずれの丘にのぼり
手を翳して　海を眺めるだろうか
海はわたしたち　生きて泣いて　そして
死んでいったものたちの涙であふれ

宙をかきむしって嘆き悔やんだ人たちの
胸腔のように荒れ狂っている
何万年という歴史を必死に生き延びて
突如　強制排除されてしまった人類の阿鼻叫喚

佐々木　薫（ささき　かおる）

１９３６年、東京都生まれ。詩集『那覇・浮き島』『海に降る雨』。
季刊誌「あすら」。沖縄県那覇市在住。

——遠い海鳴り

海はしずまり、嵐はおさまり、大洪水はひいた。空模様を見る
と、まったく静かだった。そしてすべての人間は粘土に変わってい
た。／天窓をあけると光がわたしの顔にさした。わたしはうなだれ、
坐って泣いた。涙がわたしの顔をつたって流れた。
（メソポタミア神話）

みると　足許《あしもと》に
ハマヒルガオが一輪　咲いている
砂に埋もれた貝殻が
寄せる波　返す波に洗われて
濡れて光っている
この渚は世界につながっている

香山　雅代（かやま　まさよ）
1933年、兵庫県生まれ。詩集『雁の使い』『粒子空間』。詩誌「Messier」、日本現代詩人会会員。兵庫県西宮市在住。

無限表情
――宿痾《しゅくあ》を超える瞬時の光に

ひとしきり
喜・怒・哀・楽の中間《げん》に　仮寝する
八拍子の囃子《はやし》の間《ま》に　身を　委ね
仕手《して》の居ずまいに　呼応しながら
幻想する
宿痾の坩堝に　響く
雨粒の音を　聴く
ひととき
（時が時のうちで熟成されるとき[*1]

ふと
草花の　枝葉の囁きに
耳を　傾ける
〈花宇宙〉と呼ばれる　時の滴り
舞台の舞人　姿態に宿る　超時にも
（花はこころ　種は態《わざ》[*2]

風薫り
樟《くす》樹は　緑を　戦《そよ》がせる
公孫樹《いちょう》は　葉を　散らし　黄金《きん》色の鈴を　振る

巷《ちまた》の　人と人とのあいだに　詩《うた》われる
四季《とき》の　移ろい
剰《あまつさ》え　波動を　寄せる
星宿の　耀《かがよ》い

瞬時《いま》
宇宙空間に
小面の翳りを　超えて
潜む
みえない　玻璃の光
に

〽重力波　寄る年波や　梅一枝　（雅代）

＊1　〝時熟〟はマルティン・ハイデガーの『存在と時間』のなかの用語
＊2　〝花はこころ　種は態《わざ》〟は『風姿花伝』第三問答条々ほかにみる世阿弥のことば

愛のモチーフ

古城　いつも（こじょう　いつも）
1958年、千葉県生まれ。歌集『クライム ステアズ フォー グッドダー』。歌誌「覇王樹」、文芸誌「コールサック」会員。千葉県船橋市在住。

店頭のオレンジの傷愛おしみ即ちそれは愛のモチーフ
あれこれと思い迷えど猫やなぎおいでと優しく誘われている
どうしても欲しきものこそ捨てるべし机上離れて裏庭の槇
野鼠に近しくされて騒動す毎夜訪れ飴舐めてゆく
苦しみは思案などせず遣り過す病いの荒野にハコベラ探す
片仮名を排除せしのち現わるる七月盡の山の氈鹿
幸水の甘き完成確かめにキッチンに立つ真夜の目覚めは
黄緑を観念として実らせて爪の先まで風船蔓
紅葉の前の樹液を舐めたれば小鳥しほどの我が野生かも
落葉松は黄色く色づく落葉樹山の友なら山語るべし

伊良波　盛男（いらは　もりお）

1942年、沖縄県生まれ。詩集『幻の巫島』『眩暈』。
詩誌「あすら」。沖縄県宮古島市在住。

天龍《アマウナ》

巨大な雷雲の山の下底から抜け出て、
いさぎよく、ずるずる、ずるずる、と、
うねりくねる青海原に、
あられもなく垂れ下がるアマウナ。
眺めやっているとわくわくして来る。
風神を吸い寄せ、
海神をざわざわと波立たせ、
あられもなくぶらぶらするアマウナ。
血をたぎらせ、
いきり立っていのちを燃やし、
海面をなめずって渦巻くアマウナ。
渦旋のきりを海に差し入れて巻き上げ、
不敵の力をつけて、
いよいよ渦旋の魔力となるか。
ぶんぶん唸り、
南の洋上に孤高を振りかざし。
猛々しく毒々しくあられもないアマウナ。
白日夢の海に踊り狂う天のマスラオよ。
長たらしくたわみ、
なまなましい本能をかきむしるアマウナ。

卑猥の眼がぎらぎら。
愉楽の虫が這いずり。
苦懐の魂がうち沈み。
いさぎよく、するする、するする、と、

碧《あお》い林檎の夢

林檎を剝《む》いてあげましょう
どぶねずみが僕の耳元で囁く
そして耳たぶをかじる
くすぐったいよ
ああ、僕は夢を見ているんだな…

林檎を剝いてあげましょう
フラミンゴが僕の耳元で囁く
そして喉ちんこを揺さぶる
痛気持ちいいや
ああ、僕は夢を見ているんだな…

林檎を剝いてあげましょう
アダムがイブに囁きかける
そして乳房をナイフで切開する
碧い樹液が滴り落ちる
ああ、ここはもう天国か…

林檎は碧く　僕らは若い
林檎をかじると歯茎から林檎ジュースが滲む

ああ、僕はもう戻れないんだな…

夢見るように夢の中へ

柏木　咲哉（かしわぎ　さくや）
1973年、兵庫県生まれ。詩集『万国旗』。
「コールサック（石炭袋）」、日本詩人クラブ会員。兵庫県西宮市在住。

星屑のバッタ

俺はバッタ
しんと静まりかえった星空の下の草むらで
俺はじっと息を潜めてるんだ
青暗い夜の闇に耳を澄まして
ずっと星の聲《ほし》を聴いているんだ
俺はこの一日を終えてひとり過ごす時間が好きなんだ
宇宙のゆりかごにゆったり揺られてるようで
とてもこの世界が愛おしく感じられて来るんだ
静かに静かに今宵も更けて行く…
綺麗な綺麗な星屑を見つめながら
誰もが誰も知らないメロディを聴いている

未完の方舟

秋のせいにした雲はやがて、うなだれるようにとける
　から、大地のひび割れを生命の水で満たし、それは。
秋は雲の裏切りを、大切な手紙とともに抽斗《ひきだし》にかくし
　自由な枯葉と風に戯《あそ》び、新しくうまれる季節をまつ。
――わたしの方舟《はこぶね》はまだか？
身体に刻まれる「生きている」の文字は、細胞からの
　分裂する宇宙は化石《いし》となりて、シュメールの粘土板。

〈外套の襟を立て、懐中の缶珈琲に触れる／その微かな
温もりすら、何刻かは俺の体温よりも冷めてゆくだらう
／晩秋の凩《こがらし》が、駅の歩廊に強く吹きあげる／隣に立つ
若い女は、硝子板越しの虚構《セカイ》に意識を傾け、燃えるやう
な夕日の橙色には、気付かなゐ〉

秋のせいにしたからといって、猿は、鳥は、うまれ出《いず》る
　大海に泳ぐむれなす魚たちの眼は、しっているのだ。
秋が月と星の位置を精確になぞるように設計されたこと
　鶯のなきごえに音符を与えた音楽家はうつで斃《たお》れた。
――わたしの方舟はまだか？
あなたは大洪水にあって生きのびよと命ぜられたはずだ

篠崎　フクシ（しのざき　ふくし）
1969年、東京都生まれ。小説『明滅する世界の縁』。
東京都小平市在住。

ギルガメシュ、ギルガメシュ、ヒロシマは燃えたよ。

〈背後に立つ酔客は、ゆら〳〵揺れて／不織布《マスク》の
お陰で匂いは抑えられている／「新常態」の効用も、悪
くはなゐ／俺は誰にもサトラレぬやうに、一日の終わり
を嗤う／日は沈み、やがて武蔵野線の燈《あかり》が軌条を照ら
し、生きている肉たちを運び去つてゆくだらう〉

――未完の方舟は、天文百景つめこんで
駆除される森のくまたちをのせるには、あまりに脆《もろ》く
　冬は抽斗をあけて、秋の手紙を懐しくよむ。

〈大国の大統領が交代する見通しだと、名前すら知らな
い某《だれか》が機械で呟いている／残業続きで疲弊した俺の肉軀
は、遠ほい誰かと繋り、夕餉に生き物を喰らふのだ〉

春、大地に落ちた小さな種は、芽吹き、幹となり枝とな
り。夏、うたう花は、地表を覆い、仔鹿は地平線のむこ
うからやってくる動物《なかま》たちと、秋《ひと》の気配に耳をすます。
未完の方舟は、こわれゆく夢だというのに。

解説・編註

【解説】

詩・俳句・短歌は「生物多様性」をいかに詠い続けてきたか

――『地球の生物多様性詩歌集――生態系への友愛を共有するために』に寄せて

鈴木　比佐雄

1

「生物多様性」を考える際に、私は宮沢賢治の『銀河鉄道の夜』のラッコに関する次の箇所を不思議と想起させられる。


「ねえお母さん。ぼくお父さんはきっと間もなく帰ってくると思うよ。」

「あゝあたしもさう思ふ。けれどもおまへはどうしてさう思ふの。」

「だって今朝《けさ》の新聞に今年は北の方の漁は大へんよかったと書いてあったよ。」

「あゝだけどねえ、お父さんは漁へ出てゐないかもしれない。」

「きっと出てゐるよ。お父さんが監獄へ入るやうなそんな悪いことをした筈《はず》がないんだ。この前お父さんが持ってきて学校へ寄贈した巨《おお》きな蟹《かに》の甲らだのとなかいの角だの今だってみんな標本室にあるんだ。六年生なんか授業のとき先生がかわるがわる教室へ持って行くよ。一昨年修学旅行で〔以下数文字分空白〕

「お父さんはこの次はおまえにラッコの上着をもってくるといったねえ。」

「みんなぼくにあふとそれを云ふよ。ひやかすやうに云ふんだ。」

「おまへに悪口を云ふの。」

「うん、けれどもカムパネルラなんか決して云わない。カムパネルラはみんながそんなことを云ふときは気の毒さうにしてゐるよ。」


（宮沢賢治『銀河鉄道の夜「三、家」より』）

ラッコは今から百年以上前に高級な毛皮として乱獲されたため、一九一一年頃には捕獲が禁止されて保護動物となった。賢治がこの作品を書き始めて加筆し続けていたのは一九二〇年代頃であり、当時は絶滅種になりかけていて、ラッコ漁はかなり制限されていたに違いない。そのような社会的な背景の中で賢治は「ラッコの上着」を息子に届けるという漁師の父の帰りを待つ少年ジョバンニを主人公にした。ジョバンニは病気の母を抱えて「不在の父」の代わりに朝は新聞配達、学校から帰宅する夕方からは活版所で活字拾いなどをして家計を助ける。しかし同級生のザネリたちからは「ジョバンニ、お父さんから、ラッコの上着が来るよ。」と執拗にからかわれる。たぶん同級生の親御さんからジョバンニの父は噂でラッコ漁の嫌疑を抱えて戻ってこられないことを知らされて、それがジョバンニの弱みと考えていじめを繰り返す。その意味ではジョバンニの「不在の父」は生きるために、二十世紀初めの経済活動が野生動物を商品化して絶滅危惧種にしていくことに加担していることに対して、その父の十字架を背負わされているかのように感じられる。ザネリはそのいじめの中心人物であるが、そんな同級生をいじめて楽しむ性格の悪いザネリを助けるために、カムパネルラは水に飛び込みザネリを助けた後に水死してしまう。天気輪の柱の下の草原で母の牛乳が牛乳店に届くのを待つ間に仮眠をしてしまい、その時に見た夢の中でジョバンニとカムパネルラが銀河鉄道に乗り込み壮大な宇宙の旅は始まり、生きること死ぬことの意味を問い続ける。ラッコは東北地方では絶滅種になっていたと言われていた時期もあるが一九八〇年代に生存が確認されて徐々に増えてきているようだ。賢治は天上でラッコが復活してきたことはきっと喜んでいるかも知れない。

ところで賢治の童話『氷河鼠の毛皮』では、イーハトヴ停車場からベーリング行の列車に乗り三重もの毛皮をまとったイーハトヴのタイチたちが今まで数えきれない何百匹もの動物たちを仕留めて毛皮にしてきた自慢話やこれから行くベーリングで狩りの大風呂敷をして酒盛りをしているが、その話を聞いていたスパイの赤ひげによってその密猟の悪事が暴露されてしまう話が書かれている。仮説であるが賢治はもしかしたら「不在の父」のことをこの童話によって書いたのかも知れない。そのタイチと同行していた青年が次のように言って捕らえられたタイチたちをかばい、赤ひげの仲間の白熊のような男たちとの折り合いをつけるように語る。「おい、熊ども。きさまらのしたことは尤もだ。けれどもなおれたちだつて仕方ない。生きてゐるにはきものも着なけぁいけないんだ。おまえたちが魚をとるやうなもんだぜ。けれどもあんまり無法なことはこれから気を付けるやうに云ふから今度はゆるして呉れ」。この箇所を読むとこの青年は賢治の分身であり、野生生物たちの命を軽視してきた私たち人間存在そのものであり、また「不在の父」はこの青年かも知れないし、スパイの赤ひげかも知れないし、強欲なイーハトヴのタイチだったかも知れない。賢治は人間と野生生物との関係の様々な問題点を百年前に書き残した。その問いかけは「生物多様性」が問われる現在において重要性を増している。現在の地球の置かれている情況は、「今度だけはゆるして呉れ」という情況でないことは誰が見ても明らかになっている。詩や童話

『銀河鉄道の夜』『氷河鼠の毛皮』を含め賢治の作品は「生物多様性」の観点から再読することによって新しい発見があるに違いない。また同じことは現代の詩歌においても「生物多様性」の価値を宿した作品に見い出せるに違いない。

私は今回の『地球の生物多様性詩歌集――生態系への友愛を共有するために』に参加を呼び掛けるために左記のような論考『詩・俳句・短歌は「生物多様性」をいかに詠っているか』を「コールサック」（石炭袋）１０３号に記した。その主要な部分を引用する。

【1／（略）／「生物多様性」（バイオダイバーシティ）という言葉は、「社会生物学」を提唱した米国のエドワード・O・ウィルソンが、著書の『社会生物学――新しい総合』、『バイオフィリア』、『生命の多様性』などでキーワードとして論じている。それは経済のグローバル化による生態系を破壊し絶滅種を増やしていく在り様を根本的に考え直し、生態系システムを持続した方がマクロ的な経済においても有益であり、また思想・哲学・文明批評的な役割を担う根拠になる考え方だ。実際に国連環境計画（ＵＮＥＰ）や国際自然保護連合（ＩＵＣＮ）などの基本的な考え方に反映されて、「生物多様性条約」（Convention on Biological Diversity、CBD、アメリカを除く一九三か国が批准）に向かっていき様々な利害関係を超えて実現もされているものもある。ウィルソンの考えを解説しているデヴィッド・タカーチの『生物多様性という革命』によるとウィルソンは次のように「生物多様性」を語っている。

《生物多様性は、遺伝的多様性から、分類のかなめの単位と見なされるべき種、そして生態系にいたる、すべてのレベルの組織におよぶ生命の多様さのことです。全体像を描くために、この各レベルを個々に、あるいはいっしょに扱うことができるし、またそう取り扱われています。また各レベルを地域ごとにも、地球全体としても扱うことができます。》

というように「生命の多様さ」を「遺伝的多様性」、「種や個体群」、「生態系」、「地域」などの様々なレベルにおいてフィールドワークでその実態を明らかにして、現実の政策に反映させようとする試みだった。ウィルソンはさらにそれを推し進めるために「バイオフィリア」という仮説を次のように語っている。

《私たちの最も深いところにある欲求は、古来の、まだ十分に理解されていない生物的適応から生じたものです。そしてこうした要求のひとつが、「バイオフィリア」です。庭や森林で、動物園で、家のまわりで、そして原生自然の中で、人間だけでなく動物と植物が織りなす多様性に囲まれることで、人間の中に湧き出てくる豊かな、そして自然な喜び、それがバイオフィリアです。／他の生きものは人間の生得的な情緒的要求を満たしてくれるだけでなく、終わることのない知的な挑戦の対象でもあります。たった一匹のチョウのなかに、地上のあらゆる機会を凌駕する複雑さがあります。ましてやすべての生態系の複雑さといったらどれほどでしょうか。地上に生息する生物種の大部分を自然環境の不注意な破壊によって消滅させれば、私たち自身に対して本当に回復不可能なダメージを与えるでしょう》

「バイオフィリア」とは「バイオ」（生物）への「フィリア」（友愛）であり、「生きものたちへの友愛」という意味だろう。このウィルソンの考え方は、多くの短詩形文学者や作家たちが地域の自然の生きものたちを詠う際の精神と重なっていると考えられる。このウィルソンの言葉は私が暮らす里山の生態系が消滅した時に抱いた喪失感を正確に説明してくれていた。】

【2／例えば次の宮沢賢治の詩「風景観察官」などは、地域の風景を眺めながら生態系という環境への友愛に満ちている詩だと言えるだろう。

風景観察官　　宮沢賢治

あの林は
あんまり緑青を盛り過ぎたのだ
それでも自然ならしかたないが
また多少プウルキインの現象にもよるやうだが
も少しそらから橙黄線を送つてもらふやうにしたら
どうだらう

ああ何といふいい精神だ
株式取引所や議事堂でばかり
フロックコートは着られるものでない
むしろこんな黄水晶の夕方に
まつ青な稲の槍の間で
ホルスタインの群を指導するとき
よく適合し効果もある
何といふいい精神だらう
たとへそれが羊羹いろでぼろぼろで
あるひはすこし暑くもあらうが

299

あんなまじめな直立や
風景のなかの敬虔な人間を
わたくしはいままで見たことがない

宮沢賢治の詩集『春と修羅』の中にある詩「風景観察官」はとても魅力的なタイトルだ。手帖に記されていた「雨ニモマケズ」は、他者の幸せを願う精神性の高さによって多くの人たちから愛されて様々な形で論じられるだけでなく、一般の人びとからもこの詩の中の言葉は引用され続けている。しかしこの詩「風景観察官」に関してはそれほど批評家たちから論じられることはなかったが、賢治の詩的精神を考える際にこの詩の試みは興味深い。賢治は「プウルキインの現象」によって「黄水晶の夕方」が近づくと外界の輝度が落ちてくると、「緑青を盛り過ぎ」る状態になり青が深みを増すことを告げている。こんな科学者的な視線がある一方で、「羊羹いろでぼろぼろ」の「フロックコート」を着た農民が、真っ青な稲の穂先の周りで「ホルスタインの群を指導」をする農民の姿に憧れている視線を感じさせてくれる。どこか天上から降り注ぐ生態系を見つめる視線と同時に、土と共に稲作や酪農で生きようとする理想的な農民の視線が合わさって「風景観察官」という言葉が生まれているように思われる。】

このように地球の住人としての人類は、果たしてこのような《「バイオ」（生物）への「フィリア」（友愛）であり、「生きものたちへの友愛」》という「バイオフィリア」を取り戻すことができる「本当の地球人」になれるだろうか。また宮沢賢治のような《天上から降り注ぐ生態系を見つめる視線と同時に、土と共に稲作や酪農で生きようとする理想的な農民の視線が合わさって「風景観察官」》という天と地の複眼を持つ「天地人」に近づけるのだろうか。「今度だけはゆるして呉れ」と言われてから百年経ち、地球の気温は一℃も上昇した。今世紀末までには地球温暖化は加速度的に上がってしまう。そのような情況の中で詩人、俳人、歌人たちは次のような危機意識を以って作品を記してきた。その作品の紹介を次にしていきたい。

2

本書は二三四名の「生物多様性」に関わる作品から成り立っていて、十一章に分けられている。各章の作品の中で心に残る作品・詩行を紹介していきたい。

第一章「誰がジュゴンを殺したか」十八名の作品は、絶滅危惧種に関わる人間の痛切な思いを記している。

金子兜太の「おおかみ」の句「おおかみを龍神《りゅうかみ》と呼ぶ

山の民」、「ニホンオオカミ山頂を行く灰白なり」では絶滅させたニホンオオカミの神々しさを甦らせている。**玉城洋子**の「儒艮《ザン》といふ人魚の歌」の短歌「人魚の歌聞こえて来たり若者が下ろすザン網のたゆたふ波間」では沖縄の漁師たちが儒艮《ザン》というジュゴンを「人魚の声」として語り継いでいる。**上江洲園枝**の「ジュゴンのヘソの緒」の俳句「初あかねジュゴンのヘソの緒絡みつく」では沖縄の女性たちは「ジュゴンのへその緒」を美しい花として描く。**松村由利子**の「霧に包まれ」の短歌「陸《りく》を棄て海へ戻りし海牛目《かいぎゅうもく》　争うことが嫌いであった」ではジュゴンという「海牛目」を平和の象徴として捉えて沖縄と重ねている。**謝花秀子**の短歌「限りある命」の短歌「限りある命なりせば島の宝ヤンバルクイナ・イリオモテヤマネコ」では本当の宝であるならその命を絶滅種にすべきでないと呼び掛ける。**大河原真青**の俳句「星生まる」の俳句「子蟷螂《ことうろう》に原爆の日の星生まる」、「儒艮《じゅごん》ねむる南十字を聖樹とし」では子蟷螂や儒艮を再生させたいと願っている。**馬場あき子**の「夏至の蛇」の短歌「庭に立つ榠樝《かりん》にほつそり寝てゐたのはこのへんの絶滅危惧種なる蛇」では蛇の夢見る権利を尊重している。**照井翠**の「鯨の耳骨」の句「息かけてやれば目を上げ病み夏蚕」では病んだ蚕の命を励ましている。**おおしろ建**の「絶滅種の男」の句「若水やヤンバルクイナの声も汲む」では「ヤンバルクイナの声」を同じ絶滅危惧種として聞き入っている。**石川啓**の詩「誰がジュゴンを殺したか」では「一頭の儒艮の死が報道されました／誰がジュゴンを殺したのか」と辺野古の生態系を破壊する罪深さを告発する。**柴田三吉**の詩「コスモス日記」では「花畑は老人が創造した宇宙だ。絶滅するのはあんたらの方さ、とは言わない」と老人が河川敷で花畑を育てている。**栗原澪子**の詩「主旨」ではイチモンジセセリという『「蝶のせわしないいとなみを／「せせる」と見立てた　先人の目の素晴らしさ』に共感する。**髙橋宗司**の詩「都タナゴ」では「朱色の腹部や青い線に震える鰭／都タナゴと鮒の相違は明瞭だ」と故郷の川に生息していた絶滅危惧種の都タナゴが増えることを願う。**神山暁美**の詩「源五郎」では『池の名を冠して「ヤシャゲンゴロウ」』という絶滅危惧種の源五郎の中でもその池にしかいない源五郎を紹介している。**森田和美**の詩「青春の暦」では「苦しみの果てに新しい年が明けるという／十二月はニューパパナ」という北米先住民族の言葉に「多様性」の原点を探っている。**萩尾滋**の詩「黒い虹」では「刻まれた模様の数は少ないが／まちがいもない　タイラギの　稚貝」と諫早湾の干拓で消えた「タイラギ」という二枚貝が甦りつつあることを記す。**築山多門**の詩「虐げられた子どもたち」では「おまえが悪いんじゃない／おまえはいい子なんだよ　と／

それ以外に　このわたしに何ができただろう」と親に愛されない子供たちの悲惨さを書き記す。**斎藤紘二**の詩「愛ふたり」では「人間としてこの世に生まれたばかりに／親に殺されてしまった結愛《ゆあ》と心愛《みあ》」と親に最も残酷な方法で殺された子供たちを悼み、動物であり得ない人間の残酷さを記す。

　第二章「海のかなしみ」三十三名の作品は、海や水辺の生物たちが人間によって酷い扱いをされて生存の危機に遭遇していることを、同じ生きものの内面の痛みとして記している。

　金子みすゞの詩「大漁《たいりょう》」では「はまは祭りの／ようだけど／海のなかでは／何万の／いわしのとむらい／するだろう」。**曽我貢誠**の詩「海のかなしみ」では「ぼくはアカウミガメ／ある日クラゲと間違えて／ビニールを飲み込んでしまった／息ができなくて　苦しんだ」。**草野心平**の詩「ぐりまの死」では「ぐりまは子供に釣られてたたきつけられて死んだ。／取りのこされたるりだは。／菫の花をとつて。／ぐりまの口にさした」。**新川和江**の詩「『水へのオード16』　16 源流へ」では「多摩川は痩せ　汚れ／白いふくらはぎまで漬かって／手づくりの布をさらす娘も　もういない」。**ドリアン助川**の詩「汚染蟹《よごれがに》」では「雪のなかで動かない／おっかさん目がにごっているよ／おっかさん　爪が割れているよ／おっかさん　尻からなにか滲んでいるよ／おっかさん」。**淺山泰美**の詩「渚にて」では「海豹《あざらし》の狩りをしていたそのシャチは／浜に近づきすぎ　躯を砂地に乗りあげて／海に帰れなくなった／沖から／仲間たちがやって来て／シャチが力尽き／息絶えるまで見守りつづけた」。**中久喜輝夫**の詩「ボネリア」では「光の射さない海底の泥の中に／生息するボネリア／ユムシ類のボネリアという／無脊椎動物をご存じでしょうか?」。**うえじょう晶**の詩「不条理の海」では「夢に描いた祖国が崩壊していった46年間／それでも日本語で思考し／日本語を愛さずにはいられないジレンマ／美しい日本語と美しくない日本の乖離／それでもなお美ら海を守ることを／諦めてはいけない」。**村尾イミ子**の詩「石の揺りかご」では「アダンの甘酸っぱい香りに／がさごそとヤシガニが集まる／荒々しい浜のこの場所でこそ／万年の夢を見ながら／化石たちは／石の揺りかごで波に揺られている」。**星乃マロン**の詩「深海の伝言」では「水底のうねりの底に在るものについて　／あんこうは語る／／そこでは　魂を働かせなければ　／何ひとつ　微動だにしない」。**日野笙子**の詩「アメフラシの乱」では「潮の引いた砂浜にアメフラシはぬらぬらゆらゆらごろごろいた。体長十五センチの大きさの手頃なものを捕まえた。自分史があるとしたらこのときほどぼくが無自覚に残酷だった時代はなかっただろう」。**山本衛**の詩「潮だまり」では「広く果てしない蒼空を／穴いっぱいに写した場所／いるわ　いるわ／溢れんばかりの小さなものども／チチコハゼ　ヤドカリ　カエルウオ　ベラ　コトヒキ」。**青柳晶子**の詩「弱肉」では「折しもクリスマス／どれだけたくさんの鶏や七面鳥が捌かれたろうか／／私たちは折り紙を丸めてつないだ長い鎖の輪のひとつ／七夕になれば銀河にむかって懺悔する」。**門田照子**の詩「眠る魚」では「瀬戸の大海原越えち／島ん娘に逢いに行く夢なんか見ちょっち／知らんなか《間》まに高級ブランド魚にさせられち／グルメん舌先い幻の味となっち消ゆるんは／関サバん不覚の涙じゃ」。**植木信子**の詩「浜べいっぱいに響く」では「初なつの夕はつばめがひらりひらり飛ぶ／浜べでは子育て真っ最中のヒバリが空と海いっぱいに鳴く」。**坂田トヨ子**の詩「耳を澄ませば」では「世界は会話が満ちている／草木の根とバクテリアの会話が映像で確認された／世界の会話を見つけ出す科学の力」。**橋爪さち子**の詩「もっと海へ」では「おびただしい染みを散らせた背中に比して／かあさんの胸はしろく張りに充ち／ほとんど齢をとらないようでした」。**福田淑子**の短歌「大王烏賊」では「生まれては消ゆる営み海深く大王烏賊の眼は炯々《けいけい》と開《あ》く」。**青木みつお**の詩「ヤドカリ異聞」では「ヤドカリは小指の爪にも満たない生きもの／ひょうきんで透明な風貌をする／小さな黒い点としかいいようがない眼／意外に表情が変化する」。**秋野かよ子**の詩「貝ですっと囁きに来て」では「体じゅうに海水を溜めながら／人は何もわかっていないのです／夜空の星や渦巻く銀河の映像を／水たまりのような　小窓を眺めて微笑んでいても」。**ひおきとしこ**の詩「かいぼり　池はしなやかによみがえりつつ…」では『るるるー」と甲高い鳴き声　ヒナを狙うゴイサギ／鋭い嘴　種を繋ぐいきもの　逞しく痛ましく競い／やがて淘汰される命と　深い哀しみの闇を超えた／慈しみ溢るる命のさけび　おごそかな輪廻』。**勝嶋啓太**の詩「水族館」では「海に帰った一族は　今の形のクジラになり／陸に残った一族はその後　カバになったのだそうだ／生物学的に根拠のある話なのか　おとぎ話なのか／知らないが　ぼくはこの話が好きだ」。**金野清人**の詩「カンツカ」では「近くの小川からはとうに消えた／頭でっかちの剽軽者のカンツカに／しばらくぶりに出会ってみると／元の姿はどこへやら／丸焼きにされ／錆びた釘になって／影すら消えていた」。**大塚史朗**の詩「みずすまし」では「子どものころ／前の小川で何度も見たのだ／〈アメンボ〉と言ってた／――アメンボ歩くぞ水の上／そんなに急いで何さがす／俗謡を歌っていた仲間たちも浮かぶ」。**高森保**の詩「メダカ」では「どうしてメダカはいない／／思えばベトナム戦争後　そこで使われていた枯葉剤等／の毒薬が農業用に転用され出したのだった」。**山野なつみ**の詩「雨は」では「小さな生き物の命は土になり／土の深く　いくつもの命を埋め／我も彼らも終の棲家の土となる」。**沢田敏子**の詩「井戸を浚《さら》う」では「旱魃と戦乱に挟まれたアフガンの荒土に／井戸を掘り／用水路を拓く人は　言った／世界が錯覚で成り立っている、と」。**中尾敏康**の詩「金魚」では「あの日少年が泣いたのは／金魚の死を悼んだからではない／祖母が少年に／金魚の代金の出所を訊かなかったからなのだ」。**村上久江**の詩「金魚」では「和金、琉金、らんちゅう、出目金／朱文金、コメット、丹頂などと／彩も形もさまざまに華やぐ／店の大きな水槽のなかから／一匹、二匹と女に選ばせた」。**末原正彦**の詩「或るカメラマンの歓びと嘆き」では「小櫃川《おびつがわ》の水は、三十五万市民の飲み水を賄い、周辺田畑の生命線でもある。また、この産廃処分場の真下にある久留里という町は上総掘りによる自噴井戸で名水の里として有名だ」。**武藤ゆかり**の詩「亀太郎」では「庭の小さい池を眺めていたら／亀太郎が寄ってきた／両手両足を必死に動かして／体をぐらぐら揺らしながら／私の方へ寄ってきた」。**室井大和**の詩「白山荘のタオル」では「東日本大震災から七年／松川浦の養殖海苔が出荷される／復興の兆が見えて来た／県漁連の検査で合格した沿岸漁業の／ヒラメ　コウナゴ　ホッキ貝　アワビ」。**おおしろ房**の句「地球船」では「月光にメダカ孵化する地球船」。

第三章「花に神をり」二十八名の作品は花という存在から呼ばれているかように豊かな対話を試みている。**小林一茶**の句「爰をまたげと」では「茨《ばら》の花爰《ここ》をまたげと咲《さき》にけり」。**喜納昌吉**の詩「すべての人の心に花を」では「花は花として　わらいもできる／人は人として涙もながす／それが自然の　うたなのさ／心の中に　心の中に　花を咲かそうよ／泣きなさい　笑いなさい／いついつまでも　いついつまでも　花をつかもうよ」。**八重洋一郎**の詩「白い声」では「南の島のいきはてのはてのはて　いつかこの地に神の声がきこえるだろうか　牛糞からはえる白いキノコの麻薬の声ではない声が」。**安井佐代子**の短歌「花に神をり」では「紅く咲き百日あかく身をこがす花に神をり視野ふさぎ雨」。**影山美智子**の短歌「辛夷がともる」では「雑木々の芽吹きいまだし雪のこる金北山に辛夷がともる」。**高橋静恵**の詩「季節の内側で」では「開成山《かいせいざん》公園の桜も／富岡町夜ノ森《よのもり》の桜も／福島花見山《はなみやま》の桜も／会津鶴ヶ城の桜も／三春町の滝桜も／すべての桜よ」。**北村愛子**の詩「花やしきかなあ」では「戦地から種を持ち帰った兵隊さん／天国で見ていますか／／「平和の花」が風にゆれているのを／幼女が「はなやしきかなあ」／とつぶやきながら通っていくのを」。**悠木一政**の詩「保存樹木0993号」では「もう古木の風格だ／樹齢は百年に近いだろう／戦争が終わるずうっと前に　新吉じいさんが／山梨から上京するとき持ってきて植えた」**あゆかわのぼる**の詩「オニアザミの夢」では「けたたましい歴史が終わって／小さな歴史が始まって／七十五年後の八月の朝／今年もここに刺のある紫色の花が咲く」。**森三紗**の詩「夏椿」では『私は／忙しいふりをしていた／今とう　時の　とりこになっていた／「それは　夏椿という　花ですよ」と／教えてくれたのに／厳しい冬に耐えて咲いているのに』。**吉田隶平**の詩「冬菫」では「死に近いその時に／大事なものを／見ていない／と　思うだろうか／／ひっそりと咲いているという／冬菫を　まだ／というふうに」。**大掛史子**の詩「天上の青」では『光あふれる朝／「天上の青」の初花は／巨きな瞳を一杯に見開いて／青い韻きを撒きちらした』。**中川貴夫**の詩「キンポウゲ」では「今は／群れ咲くキンポウゲが／白い蝶と遊ぶように／代々の先祖の御霊の上で／ゆれる」。**埋田昇二**の詩「いっぽんの欅の木が」では「おおきな竹ぼうきをさかさにしたような／冬の裸木も　いいな／ぼくのこころのなかの／ちりあくたを／きっぱりと／はききよめてくれる」。**清水茂**の詩「藤も山査子も」では「藤も山査子も　いまは咲き終って／ほどなく梅雨の季節になるだろう。何処までか子どもが歩いてゆく、たったひとりで　むこうの径を」。**比留間美代子**の「野ばらの変遷」では「植物も人間が感じる以上に／様々な感覚があるのです／化学物質を出しながら互いに会話するのです」。**上野都**の詩「砂漠の花」では「マリーゴールド／銃の先に一輪の花／その日を照らし出し／積み重なる死者を覆い尽くせ」。**方良里**の詩「ダリア」では「死ととなりあわせた／生をまのあたりにし／ダリアたちと少女は／絶望から希望をうみだそうと／渾心の思いをもって／神に祈りをささげる」。**谷光順晏**の短歌「こぼれ種」では「うす紙にくるみ仕舞ひしこぼれ種もちてあたたむ蟻とわたくし」。**柳生じゅん子**の詩「クジャクサボテン」では「見事な息遣いの胸の奥は／耐えてきた日々や苦悩の跡は淡く消され／薄桃色の花心の真中に／一本の強い意志を白く咲かせていた」。**大城静子**の短歌「甘藷の花」では「ほほえみのこぼれるような甘藷《いも》の花やさしい気持で実家へ急ぐ」。**福井孝**の短歌「種子ふりこぼす」では「青桐の被爆二世を仰ぎみよ種子《たね》ふりこぼす市庁舎横に」。**池田祥子**の短歌「それぞれの藍」では「手のひらのブルーベリーとのご挨拶ひと粒ひと粒それぞれの藍」。**西巻真実**の短歌「サボテンの花」では「秋風にあなたの髪が揺れている窓辺にそっとサボテンの花」。**鈴木文子**の詩「マンジュシャゲ」では「花を踏むな　毒などと嫌ったりするな／結実しない花は　百姓の化身　一〇四年前／ここに　谷中村と呼ばれる集落があった」。**小谷博泰**の短歌「冬のタンポポ」では「十年後、百年後にも咲いている冬のタンポポ　雉鳩のなく」。**朝倉宏哉**の詩「冬牡丹苑」では「雪積もる牡丹苑を／ひとはさまよい　とまり　しゃがむ／目線を同じくして／花たちの嫋やかな言葉を聴く／そして未生の言葉でなにごとかささやく」。**糸田ともよ**の詩「うすゆきそう」では「たしなめられても／こっそり触れてしまうでしょう／うすゆきそうの白い柔毛《にこげ》／撫でたくて／風も来る」。

第四章「昆虫の叙事詩」三十二名の作品は昆虫や小動物への讃歌と驚きを記している。

種田山頭火の俳句「虫が考へてゐる」では「酔うてこほろぎと寝てゐたよ」、「ばたり落ちてきて虫が考へてゐる」。**高浜虚子**の俳句「蛍追ふ子」では「蛍《ほたる》追ふ子ありて人家近きかな」、「凍蝶《いてちょう》の己《おの》が魂追うて飛ぶ」。**能村登四郎**の俳句「命終の綿虫」では「命終の綿虫にしてたかく群る」、「綿虫の消ゆる刻来て青を帯ぶ」。**森岡正作**の俳句「虫の闇」では「背後には鬼もゐるべし虫の闇」、「大瑠璃の声みづうみを磨きをり」。**渡辺誠一郎**の俳句「蛭の国」では「吾いつか蟻に曳かれる夕山河」、「歌枕一つだになき蛭の国」。**大城さやか**の俳句「昆虫の叙事詩」では「プチプチと海底の独り言海ぶどう」、「昆虫の叙事詩を詰めた琥珀玉」。**鈴木光影**の俳句「蟬の肉」では「生と死の一塊りに蟬の肉」、「織りたての白布のやうに山法師」。**小山修一**の詩「虫のいろいろ」では「古来、いわゆるムシは蟲《むし》と書き／毒蛇《へび》のことを虫と呼んでいたという／本草学では人類・獣類・鳥類・魚類以外の小動物の総称をいい／蝿　蚤　虱　蚊　蛆虫…」。**ローゼル川田**の詩「ハブが出た」では「月夜の晩にハブが出た／家の門から数歩／ハブとバッタリはちあわせ／とぐろを巻いて鎌首を立てて見つめている」。**藤田博**の詩「ヤモリ　西表島で」では「西表の九月のヤモリは／はしこき動きの中に／私をためす／見つめ得るということは／肉質と肉質とのあらわな決闘なのだ」。**吉川宏志**の短歌「琉球の玉虫」では「琉球の玉虫ならむ掌に置けり斜めに見ると浮き上がる赤」。**坂本麦彦**の詩「漏れどき」では「いまどき月待ちする霊屋で／カゲロウおぶったナナフシ走らせ／露路の仲秋へと　つんのめる人がいたなんて…」。**後藤光治**の詩「蛍」では「村の死者はここに集まるのだと／祖父は常々言っていた／やがて　一匹の蛍が近づいてきた／僕は咄嗟にそれが／僅か四才で死んだ姉だと思った」。**福本明美**の詩「蟬しぐれ」では「生家を守っていた犬が亡くなった／飼い主の弟が亡くなって／八年目の八月の早朝／一匹で暮らしていた／最後の犬もいなくなった」。**橋本由紀子**の詩「ツブヤキ姫」では「声を聞いた人は／／ほんのわずか／／一年中枕元に飼育箱を置いても／聞き取れない　愛虫家が「ツブヤキ姫」／と名付けた　クダマキモドキ」。**豊福みどり**の詩「蛙」では「庭の枯れた草を引き抜くと／そこに冬眠中の蛙が一匹／ぶるっと震えて／憮然とした顔で／ちょっとだけ片目を開けては／地上の様子を覗き見した」。**髙橋淑子**の短歌「あなたと出逢う」では「偶然に生まれ出でたる存在は必然のようあなたと出逢う」。**福山重博**の俳句「蟻の塔」では「話したいことあったみたいだ蝉の殻」、「永遠という名の国の蟻の塔」。**藤谷恵一郎**の詩「蝶の地平」では「死者たちの魂のように／山に群れ集い／いっせいに海を渡る蝶／（略）／一匹の蝶が風に抗って／孤独を深め　飛び去る」。**市川つた**の詩「虫になったわたし」では「蝶々になって蜜を吸い／トンボになって目玉くりくり／青い空　夕焼けの空／精一杯飛んでみた」。**相野優子**の詩「蝶の時間」では「いま　か細い翅を割れんばかりに羽ばたいて／生きる喜びをつたえてくる蝶たちは／いのちのみじかさを惜しむこともなく」。**伊藤朝海**の俳句「虫の棲みか」では「草刈りの虫の棲みかを残しつつ」、「ストローが壊す海洋生態系」。**秋野沙夜子**の短歌「生きる」では「生きるもの生きぬく知恵を身につけて生きるを阻むは人のごう慢」。**中原かな**の俳句「虫売り」では「虫売りの行灯暗し川の町」、「金魚玉買いに古町坂越えて」。**市川恵子**の詩「蝉」では「玄関の戸を開けようとすると足元で／腹をみせて／翅をばたつかせている／蝉／／灼熱の日の籠る／青葉の茂みは／どんなにか暑かったことだろう」。**馬場晴世**の詩「緑色の繭」では「六月は繭の収穫のとき／安曇野に緑色の繭があるという／蚕も緑色で／織られたうす緑の着物は／初夏の風を思わせた」。**根本昌幸**の詩「変な虫」では「おい　どうしたんだよ／その体は。／／放射能とかいうものに／やられてしまったのだよ。／／なにやら草むらの中に／変なものが降ってきて／おいらはその犠牲になったのだ」。**青山晴江**の詩「かなぶん」では「かなぶんに小さな土饅頭《どまんじゅう》を／作ってあげたいのだが／見わたしても／コンクリートが広がるばかり／／風景はすでに／いのちの埋葬すらも／拒絶している」。**苗村和正**の詩「フンコロガシ」では「天の川や月のひかりをナビにして／わずか二、三十秒で一日の糧を巣穴に運び込むという／そんな奇蹟のようなことを／ぼくはほとんど信じることができなかった」。**北畑光男**の詩「水の輪」では「散歩をしていたら／アマガエルが田んぼのそばで／幼児のように／四つん這いになっているではないか／／おれが近づくと／田んぼに水の輪がひろがっていく」。**榊原敬子**の詩「ミツバチが来なくなった庭で」では「今　世界の国々でネオニコチネイド系農薬の使用によりミツバチが激減し農産物の生育が困難となった事から使用を規制する動きがあるが　日本では逆に使用拡大の方向だという」。**梶谷和恵**の詩「ブンキ　テン」では「ゴキブリ／ヲ／コロシタ／ワタシ／／ネコ／ヲ／ダイタ／ワタシ／（略）／ワタシ／ノ／ナカノ／ナニガ／／モノゴト／ヲ／ワケテイル／ノダロウ／？」。

第五章「悲しい鳥」の十六名の作品は鳥の気高さや生きる悲しみなどを聞き取っている。

松尾芭蕉の俳句「かなしき鵜舟《うぶね》」では「永き日も囀《さえづり》たらぬひばり哉」、「おもしろうてやがてかなしき鵜舟《うぶね》哉」。**黒田杏子**の俳句「鶴の声」では「雪嶺へ身を反らすとき鶴の声」、「鳥の名をききわけてゐる諸葛菜」。**能村研三**の俳句「神鵜翔つ」では「一島の全きを視て鷹渡る」、「暁闇の冷えを纏ひて神鵜翔つ」。**金井銀井**の俳句「鳥だった頃は」では「鳥だった頃はついばみ真桑瓜」、「鬼灯《ほおずき》と仁王は赤く怒ってる」。**天瀬裕康**の詩「ともに生きよう！」では「獣も虫も魚介類も　鳥も人工の鳥も／絶滅なんて　しないでおくれ／絶滅忌避種になって　生き続けよう」。**尹東柱**の詩「鶏」（上野都　訳）では「鶏たちは溶け出る堆肥を掻き出そうと／か細い二本の脚は忙しなく／飢えた嘴が突きまわる／両の目が赤く染まるほど——」。**谷口典子**の詩「悲しい鳥」では「羽毛を集めに来た人間に／撲殺され　死滅した／だからその名も「アホウドリ」／／みんなやさしい鳥だった／人を恐れぬ鳥だった」。**石川逸子**の詩『鳥の音——メシアン「世の終わりのための四重奏曲・第三楽章」』では「わたしは　ツグミ／わたしは　コジュケイ／わたしは　ナイチンゲール／どこまでも　飛んで行くんだ／／かじかむ指　こわばる唇を　だまし　だまし／ユダヤ人奏者は強く　ひたすら強く」。**清水マサ**の詩「白鳥の歌」では「新しい春三月　春分の朝／燦燦と降りしきる雪の中から／死者の白鳥の歌が聴こえる」。**近藤八重子**の詩「鳥の巣集落」では「渡り鳥は／弱い鳥を真ん中にして飛ぶという／途中　嵐に遭遇すると／出島の岩肌は／渡り鳥の死骸で真っ黒になるという」。**飽浦敏**の詩「鷗が飛んだ」では「鷗は知っているのだ／一瞬の風を捕えると素早く飛んだ／天鵞絨《びろうど》の綾羽を大きく広げ／太陽《ていだ》ば冠《か》め（太陽を頭上にして）／東《あがる》かい舞《ま》いつけ（東方へと舞って行った）」。**志田道子**の詩「遠くを想って」では「カモは目を細めて一心に遠い山影を想う／未だ生えそろわぬ翼を伸ばし折りたたみ／腰を上げ身を揺すっては座り直し／夜の雨の中にいる」。**安部一美**の詩「ひよこ」では「どうして子どもはひよこが好きなのか／思い出すと今でも／木箱の鶏糞の臭いが鼻につくのだ」。**佐藤春子**の詩「カラスへの手紙」では「拝啓　カラス様／雪の降る寒い元日の朝／赤いポストのある公園の入口で／あなたはじっと待っていましたね／私の体操が終わるまで」。**長嶺キミ**の詩「待つ」では「野鳥のほとんどが姿を消したという／二〇一一年三月の／この映像はどこにも送られなかった」。**佐々木久春**の詩「渡りの春」では「あ　かれら八万羽は／八郎潟　小友沼　からウトナイへ／さらにカムチャツカへ　三千五〇〇キロ／花を捨て　さらに花を求めて　行く／くぉー　くぉー　くぉー」。

第六章「森の吠えごえ」の二十五名の作品は森や動物たちの多様な生物との関りを記している

与謝蕪村の俳句「戸をたゝく狸《たぬき》」では「鹿寒し角《つの》も身に添ふ枯木哉」、「戸をたゝく狸《たぬき》と秋をお《を》しみけり」。**太田土男**の俳句「木のはなし」では「夏木立幹を叩いて木のはなし」、「狼のゐると信ずる方につく」。**奥山恵**の短歌「風切り羽」では「放射能降りたる森にどれだけのふくろう遺伝子傷ついている」。**光森裕樹**の短歌「Madagascar 2012」では「バナナフランベ胃に溶かしつつゆく森に吾の瞳を見るキツネザル」。**坂井一則**の詩「植物図鑑（2020.9）実生」では「もしも発芽した一本の実生であれば／私はその震える葉に想いを馳せる／風や日照りの軽さに驚きながら」。**矢城道子**の詩「初めて地上に降り立ったもののように」では「はじめて地上に降り立ったもののように／私は歩いた／いつもの道を／胸の奥がいっぱいになって／ひとひらの詩が生まれた」。**小田切敬子**の詩「森の吠えごえ　戦争マラリアの記憶」では「波照間島《はてるまじま》の　プルマ山の森から／追われた島人／ハマダラ蚊の巣へと／たちまち病んだ　むごいマラリア／三六四七人が死んだ」。**伊藤眞理子**の詩「椎の森」では「ドングリの森へのけもの道は／高速道路に断ち切られ／里の柿や田畑を荒らすというが／熊の親子の冬眠は／踏みしだかれる椎の実を知らず／痩せた夢を見ながら眠るだろう」。**江口節**の詩「木が立っている」では「人を憎むと／人は木になる／／若い頃／こんな詩を書いた／木のまっすぐな剛直さ／容易に刃の入らない幹の堅さに」。**谷口ちかえ**の詩「木の遍歴」では「風の行方を指して傾いだ秩父・三峯神社の杉の歳月／〈さよなら〉と手を振れなくて訪ねたハンカチの木／老いて八方から支えられ　気骨ならぬ木骨を示す神代桜」。**玉木一兵**の詩「魂の宿り樹」では「やがて樹にその時がくると／樹は自分の根元の吸引力の衰えに／従容として迫らず／空に放っていた無数の視線をゆっくりおろして／命の炎を消し枯れていくのだ」。**赤木比佐江**の詩「志比谷の春」では「長寿の人が／多いという／ふしぎな谷だ／モリアオガエルがやわらかく／愛の歌を歌っている」。**高橋英司**の詩「野道にて」では「林の中に入ろう／ぶんぶん虻が飛んで来て／梢では百舌がぎゃあぎゃあ啼いていて／特別なことは何もないけれど／湿った地面からは土の匂いがする／木漏れ日がわずかに射して下草が光っている」。**宮本勝夫**の詩『「縄文」の森』では『親爺の産まれ育った父祖地の／「福島」の森林は／いま雑草に喰い荒らされ腐り溶けて／いや　枯れ木になって／倒れているのだろうか』。**望月逸子**の詩「早春の森に行ってきました」では「わたしたちは細胞から気づいていった／遡れば〈森と暮らす人〉であったことを／地球の表面積のたった三割の陸に住む／命の種のひとつでしかないことを」。**小林功**の詩「月山の風」では「ふたたび月山は輝き始め／大地を潤す水を蓄え／雪を被り　嵐に耐えながら／じっと春を待つ」。**室井忠雄**の短歌「子育てする森」では「葉がでれば葉を食う虫が虫でれば虫食う鳥が子育てする森」。**安森ソノ子**の詩「花背峠」では「川の雫を

峠で知った／水はちろちろと杉林の地に　表れ／傾斜をひたして　峠を下り／再び地下へもぐった／そして峠下　山の断層からとうとうと流れ出した」。**瀬野とし**の詩「新しいノート」では『生徒が　彼の手のノートを見て／言ったという／「そのきれいなノート／この国から持って行った木で／作ったんだろ？」』。**日高のぼる**の詩「くすりの森」では「森は街をうるおし緑は心をも癒してくれました／まるでいのちのくすりのような森だということで／いつかしら／くすりの森と呼ばれるようになっていきました」。**いとう柚子**の詩「樹の声」では「時の中を通過するすべてのものの記憶の影を／地の底からすくい上げて立つ／樹の無言を／きょう　聴きに行く」。**二階堂晃子**の詩「五年後」では「屋根瓦をほんの少しだけ残し／蔦は人家を覆い尽くし／ふるさとは森に飲み込まれた／ふるさとと人の人生をおとしめた人災／たった五年で翻された森との共存」。**熊谷直樹**の詩『妖怪図鑑「王子の狐」』では「表の戸を叩く小さな音がした／はいはい　どなた　と戸を開けると／一人の子どもが立っていた　そして／すいません　手袋を下さい　とっても寒いんです　と言う／見ると可愛いらしい小さな手に小銭が握られている」。**水崎野里子**の詩「象に乗る」では「象に乗って／女王さまは今　山の彼方のお城へ行きます／花嫁さんは今　花嫁衣裳で象に乗ります／仏陀は今　象に乗り　スジャータを飲みに／印度の平原をゆかれます

竹林まで」。**肌勢とみ子**の詩「時空を超えて」では「のこぎりを持って柿の木の元に走った／ぎっしり生った青い実をみないようにして／腕ほどの太さの柔らかい幹にノコギリの歯を当てた／／ごめんね　ごめんね／カリカ

リ　ジョリジョリ　白い粉を飛ばしながら泣いた」。

第七章の『「動物哀歌」が響きわたる』の二十名の作品は動物の命によって人間が生かされている痛切な思いを突き付けられる。

村上昭夫の詩「豚」では「人は涙など流さぬだろう／人は愛など語らぬだろう／人は舌鼓をうってやむだろう／その時お前は／曳光弾のように燃えて行け」。**杉谷昭人**の詩「畜魂祭」では「この町が口蹄疫に襲われたのは四年まえのことだった／三十万頭からの牛と豚がガスで殺処分されて／農場に掘った大きな穴につぎつぎと埋却されて／その上に菜種やコスモスの種子が撒かれた／〈畜魂碑〉と刻まれた一本の石碑も建った」。**みうらひろこ**の詩「牛の哀しみ ―偲ぶもの―」では「未だセシウムの雨の降りそそぐ／セシウムのしみ込んだ土の中に／沢山の牛の哀しみが／やがて花や草や樹木の種を育て／この地球を覆いつくすにちがいない」。**高野ムツオ**の俳句「棄牛」では「全地球よりも棄牛の全体重」、「汚染され剝がされる田やその痛み」。**中原道夫**の俳句「砂漠の舟」では「大搖れに駱駝をたたむ春の星」、「春暁や砂漠の舟を連ねゆく」。**岡田美幸**の短歌「心臓の音」では「子うさぎの心臓の音に合わせて囁くように降る春の雪」。**座馬寛彦**の短歌「鹿の眼」では『鹿の眼のどこまでも黒い二点から線を延ばせば交点に「心」』。**伊藤眞司**の詩「水牛㈡」では「俺は牛の尻は叩かないでしつける／ことばでわかるように／牛には牛の強情があって／涙をいっぱい流すが／わがままを許さない」。**松沢桃**の詩「キリンのなみだ」では「ちいさなキリンのおきものを　もとめた／パンフによれば／キリンは　くびをねじり　じさつこういにおよぶことがある／ほんとうだろうか／しんじつは　かぶんにしてしらない」。**原子修**の詩「乳しぼり・虹」では「うす薔薇いろに恥じらう乳首をつよく握り／乳にむかって成熟をとげた牝牛の内部をしぼりだす／／それは　まさしく今なのだ／ぼくという幼い器いっぱいに　液体化された愛をうけいれるのは」。**神原良**の詩「漂泊の　豹」では「浄らかな物をもとめて／旅に出た豹だが／いま　海辺に／葬られているという／伝聞は／むしろ　安らぎに近く／真実は　まだ／さすらっているのかも知れない」。**永田浩子**の詩「こうもり」では「やっと階下の台所の隅に隠れているところを捕らえた／やさしく逃がしてやろうと玄関に出ると／歯をむき威嚇する悪蝙蝠の形相／幼い頃のこうもりへの憧れは／たちまち消えた」。**池田瑛子**の詩「たまの帰宅」では「ゆうべ　夢のなかへ／ふらりと帰ってきた／猫のたま／このごろは母も訪ねてはくれないのに／喉を鳴らしながら／わたしのふとんのなかへ入ってきた」。**小谷松かや**の詩「子鹿」

では「春はまだおぼろ／子鹿を目で追う人がいた／子鹿を見逃す人がいた／子鹿を、撃つ人もいた」。**草倉哲夫**の詩「アヌビス神とラクダ」では『多くのラクダは、ヌビアからの数千キロの道を／苦労して半年かかって歩いてきて／カイロの町で食肉にされる。「殺される時にラクダは始めて声を出すそうだが…」』。**くにさだきみ**の詩「殺処分」では「（名前をつけることが　命に責任を持つことだ。）／と　あかねさんはいう。／ホントダ。／名前をもらったその日から　犬も猫も（器物）ではなく／愛に抱かれた　温かい（命）だ」。**向井千代子**の詩「ラクリモーサ（ちいさきいのちのために）」では「これまで見送ってきたたくさんのペットたち／／涙の中に浮かぶ／ちいさないのちたちよ／小さくても／大きくても／いのちはいのち／ひととき燃えてやがて消えゆく」。**恋坂通夫**の詩「日本の猫」では「半年たつというのに／黒も茶色も僕らに懐かない／黒は威嚇し、茶色は逃げる／人を信用していない／／こんなことは初めてだ／骨の髄まで人間不信／愛も誠も理想もない／人の世の姿を映しているのか」。**秋葉信雄**の詩「国民的珍味」では『「有機的生物多様性混合料理ですよ」と言う。／大臣自ら小鉢に中身を盛って薦める。／（略）／焦げたしゃけのような味。／「これはどこの国の料理ですか」と同僚が聞くと、大臣は「これぞ日本人料理です」と胸を張った』。**佐藤怡當**の詩「愛情」では「呼びよせられた子馬を見て立ち上がった／ほおをすり寄せた／子馬と一緒に3キロ歩き／飼主の家に着くや／息を引きとった／という」。

第八章の「それぞれの命の香」の十二名の作品では地球の多様な命の讃歌を記している。

高橋公子の短歌「それぞれの命の香」では「薔薇の香も蕺草の香もそれぞれの命の香ぞと思へば愛し」。**琴天音**の詩「それぞれの　時間帯」では「夜型人間も朝型人間も　睡眠時間帯を乱され／多々の病が　創りだされている／／野生の哺乳類も　人工光に惑わされ／夜行性が進み　生態系に影響が及んでいる」。**山口修**の詩「小さな島の国のはなし」では「かつての黄金の国　日出ずるこの国は／大陸から剥がされ追われたおかげか／現存する固有種百三十種に及ぶ／（略）／数秒、数分の出来事で失ってしまうには／命のもつ美しい儚さが　あまりに虚しい」。**伊藤朝海**の詩「ひとつひとつのいのち」では「毎晩　蚕の夢をみた／蚕は夢の中で銀色の糸を吐いていた／蚕が／まるい象牙色の繭を作ったと聞いたのは／ずっとあとのことだった」。**片山壹晴**の詩『「毫釐《ごうり》の差在り」朱子（論語集注より）』では「この地球上の多様な文化は、どこにその毫釐の差があったのでしょうか。／逆に、グローバル化は毫釐の差からの差異を均してしまうので

312

しょうか」。**植松晃一**の詩「皮膚を這う微生物」では「高慢な人間の／思惑などおよばない／天体と宇宙の／まことの大きさ／地球はくしゃみをして／アンドロメダ銀河へ／人間の種を噴き出した」。**佐々木淑子**の詩「生命の約束」では「生命にはすべて　約束がある／共に生きるための　美しい約束／あなたの胸の　鼓動の中に／生命を育てた　太古の森がある／何億年も　育まれてきた／共に生きるための　美しい約束」。**園田昭夫**の短歌「菜園の生命」では「菜園の生命をつなぐ水運びその重たさは肩に残れる」。**望月孝一**の短歌「命持つものたちへ」では「かの日には湧くがにおりし沢蟹に会うすべもなし沢はす涸れつ」。**宮本早苗**の詩「シークレット・ガーデン」では「地球の殆どの生命体を支えて来たシアノバクテリア／彼らが30億年もの長きにわたり／地球全体に与え続けてくれたもの／（略）／それらのすべてが今不条理な暴力に曝され／消滅の危機に瀕している」。**酒井力**の詩「土との対話」では『畑は様々な命が生息する／小さな大自然／「雑草」という名辞も／人間が勝手につけたものにちがいないが／雑草はそれぞれ固有の存在として／美しい花を咲かせ／自然のまま生きている』。**鈴木比佐雄**の詩「生物多様性の亀と詩人」では『何か硬いものを踏みつけてしまった／すると何匹もの亀が逃げて行った／Yさんによると背丸箱亀という台湾から八重山諸島にいる亀で／昔から家に住み着いているという／（略）／その背丸箱亀は天然記念物であり／「ごめんなさい」と謝ったが足裏には硬い感触が残った』。

第九章の「脆き星」の十一名の作品は地球環境の危機が迫っていることを切実に感じて記している。

永瀬十悟の俳句「脆き星」では「被曝牛十年生かし竹の秋」、「螢火や地球は奇跡脆き星」。**中津攸子**の俳句「地球病む」では「台風雨人の傲慢に逆襲す」、「地球最後の日を招くは人と冬の雷」。**向瀬美音**の俳句「地球の日」では「被災せし屋根の隙間に菫咲く」、「草原を裸足で歩く地球の日」。**服部えい子**の短歌「静脈の蒼と鼓動す」では「手のひらのこのマスカットあおあおと吾が静脈の蒼と鼓動す」。**井上摩耶**の詩「地球さん」では『「地球」さんは自然を守りたいだけなんじゃないかな？／それが「地球」さんの一部で全部だから／（略）／この星「地球」さんに／「ありがとう」と「ごめんなさい」を言いたい』。**貝塚津音魚**の詩「翔ろ！　生物多様性」では「今地球の多様性には4つの危機が訪れています。一、開発や乱獲による種の減少や絶滅、生息・生育地の減少です。二、里地里山の手入れ不足による自然の質の低下です。三、外来種などの持ち込みによる生態系のかく乱による生態系に対する影響です。四、地球環境の変化による絶滅の危機です」。**志田昌教**の詩「ボクたち地球家族だよ」では「そうさボクたち家族だよ／地球という名の方舟に／乗って未来へ旅をする／かけがえのない家族だよ」。**高柴三聞**の詩「ある寄生虫による地球の調和に関する弁」では「人類は、我々を不潔である、不健康なものであるとその体内より駆逐いたしました。しかしながらどうでしょう、私達はひそかに栄養を頂きながら、人類がアレルギーや花粉症にかからないための自然の予防薬とでも申し上げますか、そのようなものを提供しておったのであります」。**徳沢愛子**の詩「蒼ざめた万歳―地球温暖化に寄せて―」では「生きたまま蛙は茹でられた／何一つ抵抗も示さず／初めはぬるま湯だった／何者かが少しずつ　少しずつ／熱くしていった」。**こまつかん**の詩「浸食するdistance」では「ぼくの内的世界といえば／distanceに巻き込まれ　細やかだが抵抗し／永遠の孤独が渦巻く場面でため息をついた。／COVID-19からは含み笑いがもれたらしい」。**佐野玲子**の詩「『動植咸栄』」では「『動植咸栄』《あらゆる動植物が皆とともに栄える》／わずか数十世代前の先人のこのことばを／心の柱として立て直せたなら…」。

第十章の「風景観察官」の二十四名の作品には自然の風景とそこに生きる生物たちの奇跡を賛美しその存在への祈りが込められている。

宮沢賢治の詩「風景観察官」では「まつ青な稲の槍の間で／ホルスタインの群を指導するとき／よく適合し効果もある／何といふいい精神だらう／たとへそれが羊羹いろでぼろぼろで／あるひはすこし暑くもあらうが／あんなまじめな直立や／風景のなかの敬虔な人間を／わたくしはいままで見たことがない」。**若松丈太郎**の詩「三千年未来へのメッセージ」では「ササタケの編み籠にぎっしりと入れられ／三千年まえに貯蔵されていたという／南相馬市鹿島の鷺内遺蹟から出土した／二百つぶを超える縄文晩期のオニグルミ」。**佐藤通雅**の短歌「十万年ののちに」では「葉の色にまぎれながらに青グルミひしひしとあり　侵してはならぬ」。**前田新**の詩「優しい目」では「傲慢になる私を諌めるのは／丹精をこめて、育て／やがて、そのいのちを絶って食う／そのときに、私にそそがれる／禽獣草木、かれらの優しい目だ／そのまなざしで私は世界を見る／プレシオスの鎖につながれて／私は農のなりわいを生きる」。**せきぐちさちえ**の詩「生」では「梅の木の鳥が／沙羅の木の鳥に一瞬体を重ねて／あっと思う間に　飛び立っていった／夫と声をひそめて見守っていた／やがては風渡る木の　緑濃い葉陰に／新しい命が生まれるだろう／餌を与え　雨風を防ぎ　天敵から守り／親から子へと続く／生の営み」。**かわかみま**

さとの詩「里の神様」では「(天の声・地の声)／(さとぅぬ　かんむぅ　里の神様を)／(うがまだがぁ拝まないと)／／(のーまい　ぱずまらん　何も始まりません)／／過去世／現世／来世／を束ねた／三本の平線香《ひらうこぅ》／潮風にあおられ／爆《は》ぜる／爆ぜる／爆ぜる／現世の／うめきのような／願いが爆ぜる」。**堀田京子**の詩「甦れ大地」では「一握りの土に　神秘を見る／人の一生　土がつき／最後は　土に還ります／全ての生き物還ります／ダンゴ虫　朝からせっせと働いて／みみずは畑の　神様だ／ああ　ありがたや南無阿弥陀仏／一握りの土に　世界を見る」。**長谷川節子**の詩「安全な大地を」では「原子力発電事故／放射能汚染をたれ流し／千年の万年の　百万年の責任を／罪のないこどもに負わせ／／ウラン　プルトニウム／核爆弾の要因／地下深くに眠れ」。**田中裕子**の詩「径」では「途絶えなかった水流とともに／カニにも生きる径があったのだ／／偶然見つけたの　と聞くと／前から知ってました／うちで飼うのと聞くと／ここで飼えばいいかなと思います　と言う」。**関中子**の詩「ひとつの話」では「町がここにある間／どこにもいかない鳥たち／町と人はそう思っている／くぬぎはどうだろうか／くぬぎも今はここでは共同経営者だろうか」。**藤子じんしろう**の詩「大怪魚はまだいる〜詩人への返信」では「臓腑もろとも吐き出された魚が／世界中の岸辺に現れている／こやつらは死んでも／似た子孫をいっぱいつくりあげている／肥大化した魚」。**前田貴美子**の俳句「若夏の逆光」では「御願所《うがんじゅ》に生まれてただのかたつむり」、「月の真昼間《まぴろうま》うみがめ海を割つて出づ」。**赤野四羽**の俳句「同棲」では「大烏賊は焔のように死んでおり」、「象の声ひびく枯野にまた誰か」。**近江正人**の詩「田園の道」では「蛙たちの鳴くころ／あの夕暮れのしじまの中に　きっと／三千年　ぼくの忘れていた／明日に帰る扉が　かくされている」。**登り山泰至**の詩「ロング・ディスタンス」では「誰もが関心を向けるべきだろう／本当のグローバリズムを実現できた時には／地球はもっと美しい根源を描くだろう／(多様性ってなんだろう、棲み分けるってどういう意味／だろう、線引きって……)」。**鈴木正一**の詩「歩み固かれ　目は遠く」では「全ての原発は　地球を創傷する人間のおごり／人間は　自然の小さなひとつの命にすぎず／自然の創傷は人類を取り返しのつかない自滅へと誘う／(略)／環境と社会基盤が適正に保たれ　安全で公正な市民社会／ネットで結ばれた自律市民　歩み固かれ　目は遠く!」。**石川樹林**の詩「微粒子の乱」では「密やかに／悪意もなく／飛ぶように　束になり／オオカミになり／キメラにもなる／どこから?と／聞いてみるけど／応えるものはいない」。**呉屋比呂志**の詩「杣人の憂い」では「掘り出したあとの土砂で谷が埋められ／地下水脈が断ち切られ川が干上がる／／曾て　乱伐で山が荒れたとき／洪水が町を襲い　下流域も大きな／被害を被った」。**間瀬英作**の『「持続可能な開発目標」を超えて　わがオルタナティブ』では「ぼくから提案の1．／助数詞。／人は人《にん》、草木は本《ほん》、ワンちゃんネコちゃんは／匹《ひき》、牛さん馬さんは頭《とう》。／なぜか鳥もウサギも羽《わ》のあれですけど、／ヒトと他の生命体の平等を担保するため、／人《にん》で統一してはどうでしょうか」。**武西良和**の詩「網に鹿」では「角が引っかかって／網にもがいている／／そこは野生と／人里との境界／／山から畑へ侵入しようとして／角で網をすくい上げ／その隙間から入ろうとしたが網の目が／絡みつき／身体の自由が奪われ」。**鈴木春子**の詩「コロンブス君　ありがとう」では「聞けば宮沢賢治も晩年石灰の製造にかかわり／その普及に奔走したそうだ／日本は雨が多いので／石灰や堆肥を補充し土の再生をしなければならない」。**本堂裕美子**の詩「共存」では「向かいの山の斜面／暗い草陰で生き物が歩く音を／ぱきぱきと小枝のかりかりと何かを食む音／ここいらは熊の目撃情報がたえない／（略）／共存へ／道は／弱さを自覚するところから／始まるのではないか／野性と対峙してきた人の末裔として」。**青木善保**の「葉っぱに学ぶ」では「植物のように人間が体内で／澱粉をつくることができたら／人間社会はどうなっていただろう／せめて　葉っぱの光合成を／自負する先進科学で／工業化ができないのだろうか／貴女は不思議なことを考える」。**有村ミカ子**の短歌「万の祈り」では「百合の花わが手にあまる香を放ち万の祈りの島の風なれ」。

第十一章の「荘子の夢」の十五名の作品は人間社会に絶望や破滅を透視しながらも生命や存在の在りように崇高なものを見出して希望を記している。

吉田正人の俳句「荘子の夢（饒舌廃句　冬扇房便りより）」では「日だまりに　蜻蛉と化した座禅僧」、「野辺の花に　羽根を休めて見る　荘子の夢」。**宮坂静生**の俳句「神の遊び場《カムイミンタラ》」では「鯨墓まで鯨唄ひびきけり」、「大虎杖神の遊び場天に据ゑ」。**つつみ眞乃**の俳句「はらいそ」では「銀河燃ゆバベルの塔を超えてプラゴミ」、「空蟬の背にはらいその青の傷」。**原詩夏至**の俳句「抱卵」では「抱卵の鶏かほ上げよ初明り」、「蚯蚓なほ生きて業火のアスファルト」。山城発子の俳句「ブーメラン」では「アオスジアゲハ怒りを乗せたブーメラン」、「淵を背にその涙色仏桑華」。**甘里君香**の詩「縄文peace」では「編み衣を翻しイタチを追い込む／俊敏な脚に恋した／／落とし穴からイタチを掴みだす／滑らかな腕に恋した／／視線に気がついた／あなたの涼しい表情に／ぼくの心は立ち止まる」。**笠原仙一**の詩「鳥浜の時は流れて」では「縄文の遙か昔／オーロラが彩る神秘な北の空で／美しい粉雪が　キラキラ／キラキラ　と舞っている時／／鳥浜の竪穴式小屋の中では／親子が夢を見ながら／スヤスヤと抱き合って寝ておりました」。**永山絹枝**の詩「卵を産んだら死ぬのかな」では「ぼくの手を　はさもうとしました／かには　たまごをうんだら　死ぬのかな／／と書くのです／「いきなり」の使い方がうまくできていますし／蟹の動き　よく思い出して書いています」。**美濃吉昭**の詩「棕櫚」では「海南の竹　棕櫚が復活／町に老舗の箒屋《ほうきや》が／生き残っていた／棕櫚で作る大から極小までの　様々な箒　刷毛《はけ》　束子《たわし》　鞄《かばん》までが／ところ狭しと溢れている」。**佐々木薫**の詩「最後の日」では「みると　足許に／ハマヒルガオが一輪　咲いている／砂に埋もれた貝殻が／寄せる波　返す波に洗われて／濡れて光っている／この渚は世界につながっている」。**香山雅代**の詩「無限表情――宿痾《しゅくあ》を超える瞬時の光に」では「仕手の居ずまいに　呼応しながら／幻想する／宿痾の坩堝に響く／雨粒の音を　聴く／ひととき（時が時のうちで熟成されるとき」。**古城いつも**の短歌「愛のモチーフ」では「店頭のオレンジの傷愛おしみ即ちそれは愛のモチーフ」。**伊良波盛男**の詩「天龍《アマウナ》」では「巨大な雷雲の山の下底から抜け出て、／いさぎよく、ずるずる、ずるずる、と、／うねりくねる青海原に、／あられもなく垂れ下がるアマウナ。／眺めやっているとわくわくして来る」。**柏木咲哉**の詩「碧い林檎の夢」では「林檎は碧く　僕らは若い／林檎をかじると歯茎から林檎ジュースが滲む／ああ、僕はもう戻れないんだな…」。**篠崎フクシ**の詩「未完の方舟」では「春、大地に落ちた小さな種は、芽吹き、幹となり枝となり。夏、うたう花は、地表を覆い、仔鹿は地平線のむこうからやってくる動物たちと、秋の気配に耳をすます。未完の方舟は、こわれゆく夢だというのに」。

　以上の「バイオフィリア」という「生きものたちへの友愛」が宿り、「生物多様性」の豊かな価値につながる作品を折に触れて読んで欲しいと願っている。

編註

1、『地球の生物多様性詩歌集―生態系への友愛を共有するために』を公募した趣意書は左記のようだった。

「生物多様性」という言葉は、「社会生物学」を提唱した米国のエドワード・O・ウィルソンが、著書の『社会生物学―新しい総合』、『バイオフィリア』、『生命の多様性』などでキーワードとして論じている。それは経済のグローバル化により生態系を破壊し絶滅種を増やしていく在り様を根本的に考え直し、生態系システムを持続した方がマクロ的な経済においても有益であり、また思想哲学・文明批評的な役割を担う根拠になる考え方だ。ウィルソンは「生命の多様さ」を「遺伝的多様性」、「種や個体群」、「生態系」、「地域」などの様々なレベルにおいてフィールドワークでその実態を明らかにして、現実の政策に反映させようとした。ウィルソンは「バイオフィリア」という仮説を提案する。「バイオフィリア」とは「バイオ」（生物）への「フィリア」（友愛）であり、「生きものたちへの友愛」という意味だ。これは多くの短詩形文学者や作家たちが地域の自然の生きものたちを詠う際の精神と重なっている。例えば次の宮沢賢治の詩「風景観察官」などは、地域の風景を眺めながら生態系という環境への友愛に満ちている詩だと言える。《あの林は／あんまり緑青を盛り過ぎたのだ／それでも自然ならしかたないが／また多少プウルキインの現象にもよるやうだが／も少しそらから橙黄線を送つてもらふやうにしたら／どうだらう》天上から降り注ぐ生態系を見つめる視線と同時に農民の視線が合わさって「風景観察官」という言葉が生まれたのだろう。賢治の修羅は『春と修羅』の主旋律だが、この詩ではむしろ通奏低音としてのサイエンティストである賢治が強く出て、風景の一部として鳴り響く。賢治は修羅を通した「風景観察官」で「生物多様性」を実践していた先駆者だった。

　俳人宮坂静生氏の著書に『季語体系の背景　地貌季語探訪』があり、その「地貌季語」という考え方は、地域の生態系や歴史とその地で暮らす人びとと本質的な関係を言葉で表現する意味で俳句の解釈や評価にとどまらない重要な問題提起となっている。宮坂氏は「自分の息遣い」とは、突き詰めると「私という身体のことばを介した生者と死者とのとの語り合い」に向かい、その際に「語り継がれてきたことばの中にも大事な古人の感受性の集積がある」ことに気付かされる。そして次の沖縄の俳人の「立雲」という「地貌季語」から沖縄の民衆の深い思いを受け止めていく。〈立雲のこの群青を歩みけり　渡嘉敷皓駄〉

　生物多様性の石垣島に暮らす松村由利子氏の歌集『光のアラベスク』の中には生態系の破壊を危惧し、生きものたちを賛美する短歌を見出す。〈虎たちは絶滅危惧種となり果ててサンボのいない森も消えゆく〉〈深海に死の灰のごと降り続くプラスチックのマイクロ破片〉〈絶滅した鳥の卵の美しさ『世界の卵図鑑』のなかの〉このような生きものたちへの存在の危機を明らかにし、その友愛を詠いあげるには、短歌の響きは適しているように思われる。

　以上のようなその土地や地域で生きる生きものたちを讃美する左記のような観点の俳句、短歌、詩などの短詩系文学を公募したいと考える。ぜひご参加下さい。

　①世界各地で生きる生きものたちの実相とそれを讃美する作品、②世界各地で絶滅した生物を悼み、絶滅危惧の恐れのある動植物に触れた作品、③原発事故などの制御できない科学技術によって生態系が壊されることを憂うる作品④生物多様性の根幹にある生きもの・生態系への友愛を込めた作品、⑤新型コロナ以後の世界で生物多様性がどのように再評価されるべきかを問う作品

（鈴木比佐雄）

　2、公募・編集の結果二三四名の作品を収録した。

　3、編者は、鈴木比佐雄、座馬寛彦、鈴木光影である。

　4、詩集は文芸誌「コールサック」103号～106号での公募や趣意書プリント配布に応えて出された作品と、編者から推薦された作品で構成されている。

　5、詩集・歌集・句集・雑誌・オリジナル原稿の作品を底本として、現役の作者には本人校正を行なった。さらにコールサック社の鈴木光影・座馬寛彦の最終校正・校閲を経て収録させて頂いた。

　6、パソコン入力時に多く見られる略字は、基本的に正字に修正・統一した。

　7、旧字体、歴史的仮名遣いなどは、作品によって適宜新字体、現代仮名遣いへ変更した。

　8、また収録作品に関しては全国の詩人・歌人・俳人や関係者から貴重な情報提供やご協力を頂いた。

　9、松本菜央が装幀・デザインを担当した。

　10、本詩歌集の作品に共感してくださった方々によって、集会等で朗読されることは大変有り難いことだと考えている。但し、朗読会や演劇のシナリオ等で活用されたい方は、入場料の有料・無料を問わず、二ケ月前にはその作品の著者名とタイトルをご連絡頂きたい。著者や著作権継承者の許諾をコールサック社が出来るだけ速やかに確認させて頂く。また、ひと月前には、著者の氏名や作品名入りの当日のパンフレット案やポスター案と著者分の入場チケットかそれに代わる書類をお送り頂きたい。それらをコールサック社から著者や継承者たちに送らせて頂く。書籍への再録及び朗読会や演劇の規模が大きい場合で、著者への印税が発生するケースやコールサック社の編集権に関わる場合も、遅くとも二ケ月前にコールサック社にご相談頂きたい。

　11、本書の作品に触れて百年前の宮沢賢治の詩・童話からの課題であった「バイオフィリア」という「生きものたちへの友愛」を感受し、本来的な「生物多様性」の豊かな価値につながることを心から願っている。

鈴木比佐雄・座馬寛彦・鈴木光影

石炭袋

地球の生物多様性詩歌集―生態系への友愛を共有するために

2021年9月16日初版発行
編　者　鈴木比佐雄・座馬寛彦・鈴木光影
発行者　鈴木比佐雄
発行所　株式会社 コールサック社
〒173-0004　東京都板橋区板橋2-63-4-209
電話 03-5944-3258　FAX 03-5944-3238
suzuki@coal-sack.com　http://www.coal-sack.com
郵便振替　00180-4-741802
印刷管理　（株）コールサック社　製作部

＊装幀　松本菜央

ISBN978-4-86435-497-4　C0092　￥1800E